SUSANNE GRULICH

K. o. durch Meister

K. O. MIT ROCK'N'ROLL Der Kölner Musiker Magnus Meister bessert seine mageren Einnahmen mit einem Job als Detektiv auf. Während der Proben für einen Hochzeitsgig soll er für seinen alten Freund Benno Sabotagefälle auf den Baustellen der Bestkauf GmbH aufklären. Kaum mit den Ermittlungen begonnen, stolpert Meister auch schon über eine Leiche. Nach einer Betriebsfeier ist der Abteilungsmacho völlig nüchtern gegen einen Baum gefahren. Gibt es eine Verbindung zwischen seinem Tod und den mysteriösen Vorgängen auf den Baustellen? Magnus Meister tritt auf der Stelle, bis er eine Affäre zwischen dem Opfer und dessen Mitarbeiterin, der attraktiven Steffi Lindner, aufdeckt. Als er sie befragen will, ist sie wie vom Erdboden verschluckt. Und als hätte er nicht schon Probleme genug, drängt Benno ihm noch die nervige Nadja als Assistentin auf. Auch im Proberaum kippt die Stimmung. Was ist nur mit Leadgitarrist Nick los? Magnus Meister braucht Humor, seine Band und die Hilfe seiner Freundin Eliza, um die Fäden zu entwirren.

Susanne Grulich wurde in Köln geboren. Nach dem Abitur studierte sie Germanistik, Romanistik und Jura und verdiente ihr Geld zunächst als Rechtsanwältin. Seit ihrer Studienzeit musizierte sie in diversen Rockbands. Als Gitarristin, Schlagzeugerin und Sängerin schrieb sie zunächst die Songtexte. Daraus entwickelten sich später Kurzgeschichten und schließlich ihr Krimidebüt um den ermittelnden Rockmusiker Magnus Meister. Sie arbeitet aktuell als Dozentin für ein großes Kölner Einzelhandelsunternehmen. Hierbei trifft sie täglich auf die unterschiedlichsten Charaktere, die sie zu ihren Geschichten inspirieren. Sie wohnt mit Mann, Gitarre und Garten im Kölner Süden.

SUSANNE GRULICH

K. o. durch Meister

Kriminalroman

GMEINER SPANNUNG

Besuchen Sie uns im Internet:
www.gmeiner-verlag.de

Im Ehnried 5, 88605 Meßkirch
Telefon 07575/2095-0
info@gmeiner-verlag.de

1. Auflage 2017

Lektorat: Claudia Senghaas, Kirchardt
Herstellung: Mirjam Hecht
Umschlaggestaltung: U.O.R.G. Lutz Eberle, Stuttgart
unter Verwendung eines Fotos von: © shamm/fotolia.com
Druck: CPI books GmbH, Leck
Printed in Germany
ISBN 978-3-8392-2120-4

Personen und Handlung sind frei erfunden. Ähnlichkeiten mit lebenden oder toten Personen sind rein zufällig und nicht beabsichtigt.

FREITAG, 24. APRIL

Sie hätte Emmi im Dunkeln nicht von der Leine lassen sollen. Was für eine Schnapsidee, die Hündin mit auf die Baustelle zu nehmen. Wo war sie? Sie pfiff leise, in der Hoffnung auf eine Reaktion. Nach dem Schauer war es kühler geworden. Carola Wolf zog den Reißverschluss ihrer Regenjacke hoch. Vom Rheinufer her wehte ein frischer Wind. Streng genommen war es nicht ihr Job, zu überprüfen, ob die Container abgeholt waren. Aber nach allem, was in den letzten Wochen vorgefallen war, konnte ihr niemand übertriebenes Sicherheitsbedürfnis vorwerfen. Morgen früh sollte die Vorabnahme für den neuen Supermarkt reibungslos über die Bühne gehen. In der Dunkelheit konnte sie nicht viel erkennen, obwohl sie die Baustelle kannte wie den Inhalt ihrer Handtasche. Sie trat auf dem lehmigen Untergrund in eine Pfütze und fluchte. Die neuen Sneakers sogen sich sofort mit Wasser voll. Aus den tiefen Taschen ihrer Jacke kramte sie eine kleine Taschenlampe hervor.

»Emmi! Bei Fuß!« Bisher gehorchte die junge Labradorhündin nur auf dieses Kommando, wenn es dafür zur Belohnung eine kleine Leckerei gab. Sie hatte sie mit ihrem Mann erst vor vier Wochen aus dem Tierheim abgeholt. Carola Wolf blieb stehen und lauschte. Außer dem

Reifengeräusch der Autos auf dem nassen Asphalt der Rheinuferstraße und dem Rumpeln der Linie 16, die hier auf den Ubierring abbog, war nichts zu hören. Sie fror in den nassen Schuhen. Was, wenn Emmi durch ein Loch im Zaun zur Rheinuferstraße gerannt wäre? In ihrem Magen breitete sich ein Druckgefühl aus. Hoffentlich war ihr nichts passiert. Sie wollte gerade das Handy aus der Jacke holen und Andreas um Hilfe bitten, als sie ein helles Bellen hörte.

»Emmi, hierhin! Komm zu mir!« Erleichtert eilte sie in die Richtung, aus der das Gebell kam. Emmi gab Laut, aufgeregt, als ob sie zwischendurch kaum Luft bekäme.

»Hier bin ich! Bei Fuß!« Die Hündin antwortete mit Gebell, sie musste am äußeren Rand des frisch asphaltierten Parkplatzes sein. Carola Wolf versuchte sich zu orientieren, aber der schmale Lichtkegel der Taschenlampe half ihr nur wenig weiter. Sie trabte quer über die Asphaltfläche in die Richtung, aus der sie das Gebell zuletzt gehört hatte, und übersah dabei eine Vertiefung im Boden. Sie trat mit dem linken Fuß in die Vertiefung, knickte um, verlor das Gleichgewicht und fiel der Länge nach hin. Vor Schmerzen traten ihr die Tränen in die Augen.

»Mist, verdammter!«

Plötzlich leckte ihr eine warme Hundezunge über die Wange. Sie musste trotz der Schmerzen lachen. »Emmi, du dummer Hund, was machst du bloß?« Die Hündin umkreiste sie aufgeregt und winselte. Carola Wolf rappelte sich auf und tastete vorsichtig ihren linken Knöchel ab. Er schwoll bereits an, bestimmt waren die Bänder überdehnt. Sie versuchte mit dem linken Fuß aufzutreten und verzog das Gesicht, als ihr ein stechender Schmerz bis in die Wade hochschoss.

»Komm her, ich nehme dich an die Leine.« Dieses Mal gehorchte die Hündin. Carola Wolf bückte sich und hob die Taschenlampe auf, die ihr bei dem Sturz aus der Hand gefallen war. Sie brannte noch. Emmi zog an der Leine.

»Was ist denn da vorne so interessant? Ich hatte für heute genug Abenteuer.« Sie humpelte ein Stück in die Richtung, in die Emmi sie zog, und ließ ihr etwas mehr Leine.

»Am Montag melden wir dich in der Hundeschule an. Ich bin das satt.« Plötzlich setzte die Hündin sich vor ihre Füße und bellte ein Mal. Carola Wolf erschrak und blieb stehen. Zwei Schritte vor ihr endete die Asphaltdecke. Dahinter tat sich eine Baugrube auf. Wieso war hier nichts abgesperrt? An dieser Seite des Gebäudes sollte nächste Woche das Fundament für den Getränkemarkt gegossen werden. Daran hätte sie denken können, statt wie eine Anfängerin über die Baustelle zu laufen. Sie wich einen Schritt zurück, atmete tief ein und richtete den spärlichen Lichtkegel auf den Rand der Grube, aber es war zu dunkel, um etwas zu erkennen. Links von ihr stapelten sich die düsteren Gerippe der Stahlbewehrung, die die Fertigbauteile verstärken würden. Rechts von ihr flatterte das lose Ende eines rot-weißen Absperrbandes im Wind. Emmi nutzte die lange Leine, um am Rand der Grube auf und ab zu laufen. Carola Wolf näherte sich langsam der Mulde und lauschte. War da nicht ein Geräusch zu hören?

»Emmi, sei still!«, zischte sie. Sie ließ sich auf alle viere nieder und kroch auf den Rand zu, so gut es mit Leine und Taschenlampe in der Hand ging. Vorsichtig das Gewicht ausbalancierend reckte sie ihren Kopf über den Rand und spähte nach unten. Sie riskierte es, die Leine loszulassen, und richtete den Lichtkegel der Lampe in die Tiefe der Grube. Nur Sand und Geröll, soweit sie erkennen konnte. Da war das Geräusch wieder, ein leises Scharren auf der rechten Seite. Wahrscheinlich liefen in der Senke ein paar Mäuse oder Ratten herum.

»Hallo, ist jemand da unten?« Sie kam sich albern vor. Dann hörte sie ein leises Wimmern. Das klang nicht nach Ratten. Vielleicht ein verletztes Tier? Sie leuchtete mit dem Strahl ihrer Taschenlampe systematisch den rechten Teil der Grube ab, soweit das mit dem schwachen Lichtkegel möglich war. »Hallo?« Es war wieder still.

»Tut mir leid, Emmi, aber ich kann nichts sehen.« Sie kroch behutsam rückwärts, den Schmerz im linken Fuß ausblendend. Die Hündin winselte und stupste sie mit der Nase an.

»Weißt du was, Andreas soll uns abholen. Mir reicht es.« Sie setzte sich auf den nassen Asphalt und tippte die Handynummer ihres Mannes ein. Noch bevor sie eine Verbindung aufbauen konnte, hörte sie wieder ein Wimmern, diesmal lauter.

»Verdammt.« Sie steckte das Handy in ihre Jackentasche zurück, kroch erneut zum Rand der Baugrube und leuchtete in die Richtung, aus der sie das Geräusch gehört hatte. Da war etwas – ein heller Fleck hob sich vom Sand ab, ein ganzes Stück weiter rechts. Ein Stück Stoff? Sie erhob sich fluchend und humpelte am Rand der Grube entlang, den Lichtstrahl unverwandt auf den hellen Fleck gerichtet. Emmi blieb dicht hinter ihr. Beim Näherkommen gewann die helle Stelle an Schärfe. Ein Kleidungsstück – eine Jacke vielleicht? Carola Wolf blieb stehen, spähte hinunter und ließ den Lichtstrahl wandern. Sie konnte in der Tiefe kaum Umrisse mit dem schwachen Licht erfassen.

»Können Sie mich hören? Antworten Sie doch!« Doch es kam keine Antwort. Sie glaubte, eine Bewegung wahrzunehmen. In den Lichtstrahl schob sich langsam die bleiche Form einer geöffneten menschlichen Handfläche.

Carola Wolf zuckte zurück und verlor vor Schreck fast das Gleichgewicht. Dann bewegte sie sich vorsichtig vom Rand weg, rief die Hündin zu sich und tippte entschlossen die Notrufnummer in ihr Handy.

SAMSTAG, 25. APRIL

»Stopp! Aufhören! Die Braut soll am Tag ihrer Hochzeit nicht in Tränen ausbrechen. Der Shoop Shoop Song ist ihr Lieblingslied.« Magnus räusperte sich ins Mikrofon. »Noch mal den Refrain, mit mehr feeling. One, two, three, four! –

Hey, wo bleibt die Begleitung?« In die Stille hinein schrillte dreimal der Klingelton seines Handys, dann war Ruhe. Die Jungs grinsten ihn an.

»Wie wäre es mit einem modernen Handy, Meister? Smartphone, weißt du. Damit kannst du sogar ins Internet.« Sven drückte auf eine Taste am Keyboard. Künstliches Gelächter füllte den Raum.

»Nenn mich nicht Meister. Was ist los hier? Wir haben ein Repertoire von 150 Songs und scheitern an diesem albernen Popliedchen?«

»Du bist nicht Cher und ich keine schwarze Backgroundsängerin. Hat die Braut kein anderes Lieblingsstück?«, fragte Sven. »Meinetwegen ›Happy‹, das haben wir wenigstens schon geprobt, wie heißt der noch?«

»Pharrell Williams«, sagte Hotte. Er legte seine Sticks auf der Snare Drum ab.

Jasper streifte sich den Gurt über den Kopf und lehnte den Bass gegen den Verstärker. »Ich brauche ein Bier.«

»Okay, wir können den Gig auch absagen. Es ist sicher kein Problem für Franziska und Mark, eine Woche vor der Hochzeit eine andere Band zu finden.« Magnus schaffte es nicht, den Ärger in seiner Stimme zu unterdrücken.

»Jetzt spiel nicht die Diva«, murrte Jasper. »Du hörst doch selbst, dass es bescheiden klingt.«

»Schülerband.« Hotte sagte selten mehr als ein Wort. »Schülerband« war sein schlechtestes Urteil über ihre Bandleistung.

Magnus blickte zum Keyboard. »Sven?«

»Der Song basiert auf dem Wechsel von Leadstimme und starkem Background. Uns fehlt eine richtig gute zweite Stimme.« Sven öffnete sich mit dem Feuerzeug eine Flasche Bier. »Lass uns draußen weiter überlegen.«

Der Proberaum von »Till Dawn« lag in der Kölner Südstadt, im dritten Stock des Bürgerhauses Stollwerck. Sie spielten mit Aussicht auf den Rheinauhafen und die Spitzen des Kölner Doms, Traum jeder Band, die im Keller proben musste. Tagsüber nutzte ein gemeinnütziger Verein die Räume in diesem Stockwerk, abends waren sie hier unter sich. Magnus öffnete die Glastür mit der Beschriftung »Notausgang«. Ein kühler Aprilwind wehte ihnen einen Geruch von Frühling und die Abgase der Rheinuferstraße in die Nase. Sie quetschten sich auf das Plateau der Feuertreppe. Magnus ließ sich auf einer Treppenstufe oberhalb nieder und fischte sein Handy aus der Hosentasche. Eine Mitteilung von seiner Freundin Eliza, er möge sich dringend bei Benno melden. Drei Anrufe und eine SMS von Benno selbst. Benno war einer seiner ältesten Freunde, betrieb erfolgreich eine Detektei und verschaffte ihm gelegentlich Jobs. Magnus öffnete die letzte Nachricht und las: »Meister, wo steckst du? Probe? Morgen früh um acht bei mir im Büro. Sei pünktlich!«

Morgen? Morgen war Sonntag. »Spinner«, murmelte Magnus. Jetzt war Benno endgültig übergeschnappt. Magnus beschloss, ihn frühestens morgen Mittag zurückzurufen. Er angelte ein Päckchen Tabak aus der Brusttasche seines Hemdes und drehte sich eine Zigarette.

»Das war noch Rock 'n' Roll, als wir im Proberaum rauchen durften.« Jasper schnippte die Asche über das Geländer nach unten.

»Der ganze Raum voll mit leeren Bierflaschen, wisst ihr noch?« Svens Augen bekamen einen verträumten Ausdruck.

»War das Benno? Hast du einen neuen Schnüffelauftrag?«, wollte Jasper von Magnus wissen.

»Keine Ahnung, was der will. Hey, können wir über den Song reden? Woher sollen wir bis Samstag eine Backgroundsängerin bekommen?«

Hotte, der sich hinter Magnus gesetzt hatte, tippte ihm auf die Schulter. »Eliza?«

Magnus schüttelte den Kopf. »Sie ist schon ewig nicht mehr aufgetreten. Außerdem soll sie auf der Hochzeit die Fotos machen. Das Brautpaar will professionelle Bilder.«

»Wo ist eigentlich Nick? Ohne Leadgitarre klingt der ganze Sound mau.« Jasper schnippte seine Kippe über das Geländer.

»Er hat noch einen Termin, kommt später«, antwortete Magnus zerstreut. Vielleicht könnte er Eliza dazu überreden, am Samstag aufzutreten?

»Wahrscheinlich ist der Termin blond und langbeinig«, sagte Jasper.

»Na und? Lass ihn doch! Fass dir an die eigene Nase. Du vergisst dafür dauernd, mir den Akustik-Bass mitzubringen«, sagte Magnus.

»Geht's noch?«, schaltete Sven sich ein. »Wir wollen am Wochenende mit 2.000 Euro für den Gig nach Hause gehen, und ihr macht ein Fass wegen nichts auf!«

In diesem Moment öffnete sich die Glastür zum Plateau einen Spalt, und Nick schob sein breit grinsendes Gesicht durch die Tür.

»Nee, ist klar, ohne einen echten Gitarristen dreht ihr Däumchen. Was würdet ihr nur ohne mich, euren Superstar und Bandmotor machen?« Er quetschte sich neben Magnus auf die Feuertreppe.

»Wir haben uns gefragt, ob dein Termin blond ist«, sagte Sven.

Nick wurde rot und begann seine Haarsträhnen zu zwirbeln. »Äh – diesmal ist es anders.«

Schallendes Gelächter antwortete ihm. »Strichliste!«

»Wer führt die Strichliste?«

»Wie oft haben wir das schon gehört?«

Hotte deutete mit der Hand in den trübe beleuchteten Gang zum Proberaum. »Weiter?«

Nach der Probe ging die Band geschlossen ins »Alibi«, ihre Lieblingskneipe für den Absacker danach. Hannes, der Besitzer, war wie Magnus ein glühender Rolling-Stones-Fan und winkte ihnen vom Tresen aus zu. Sie drängelten sich an älteren Ehepaaren, Studenten und Alt-Hippies vorbei zu einem Ecktisch, den Hannes ihnen freigehalten hatte. Es roch nach den Frikadellen, die Hannes' Frau in der Mini-Küche freitags und samstags am Fließband produzierte. Wer etwas anderes essen wollte, hatte Pech gehabt.

Ein paar Schülerinnen kicherten an einem Stehtisch über Fotos, die sie sich gegenseitig auf ihren Handys zeigten. Magnus schoss durch den Kopf, dass sie im selben Alter wie Clara waren. Ging seine Tochter auch schon samstags in solche Kneipen?

Magnus orderte am Tisch eine Runde Kölsch für alle. Sylvia, eine freundliche Mittfünfzigerin, die Hannes an den Wochenenden aushalf, stellte kurz darauf die Getränke und eine Schale Erdnüsse auf den Tisch. Sie zwinkerte Magnus zu. »Da wartet jemand auf dich, Hübscher. Dreh dich mal um.«

Vom Tresen winkte Magnus ein massiger, kahlköpfiger Mann im grauen Nadelstreifenanzug zu. Er fiel in dieser Kneipe auf wie ein Alien in der Fußgängerzone.

»Benno, das Metronom! Hey, warum kommst du nicht rüber? Lass deinen Glanz auf uns scheinen!« Nick brüllte quer durch die Kneipe.

»Der will nicht mit uns gesehen werden«, grinste Sven. »Der ist seriös.«

Magnus seufzte, trank sein Kölsch auf einen Zug aus und erhob sich. »Da muss ich wohl mal hin.« Er kämpfte sich durch die Menge an die Bar durch.

Benno hob ein Wasserglas hoch und prostete ihm zu. »Ich wusste, dass du nicht zurückrufst.«

»Hat dir Eliza gesagt, dass wir hier sind?«

»Ihr seid so berechenbar wie ein Haufen Wirtschaftsprüfer. Hast du meine SMS gelesen? Ich brauche meinen besten Mann.«

»Wovon zur Hölle redest du?«

»Ich habe unserer neuen Klientin erzählt, dass du mein bester Mitarbeiter bist.«

»Du meinst: deiner Klientin. Ich habe keine Zeit. Wir spielen am Samstag auf einer Hochzeit.«

»Lass mich raten«, sagte Benno spöttisch. »Für lächerliche 400 Euro schlägst du dir das Wochenende um die Ohren. Wie klingt das: 2.500 Euro, Spesen, eine, höchstens zwei Wochen Arbeit.«

Magnus zögerte. »Morgen früh um acht? Eliza macht mir die Hölle heiß!«

»Willst du nicht wissen, worum es geht?«

»Nein.«

»Warte ab, bis du die Klientin siehst, genau dein Typ.«

»Eliza ist mein Typ«, sagte Magnus.

»Tja, Wunderheilungen soll es geben. Hey, ich brauche dich. Die Dame solltest du unbedingt kennenlernen. Am Montag kannst du anfangen.«

»Was will sie denn?«

»Das erfährst du morgen.«

»Vergiss es.« Magnus stand auf. »Um acht Uhr bin ich morgen nirgendwo.«

Benno winkte Hannes herbei. »Ein Kölsch für meinen hitzigen Kumpel hier.« Er klopfte Magnus auf die Schulter und grinste. »Die Klientin kommt um elf Uhr. Ich wollte nur mal dein Gesicht sehen, wenn ich dich für acht Uhr bestelle.«

»Idiot.« Magnus grinste zurück und schnappte sich sein Bier. »Jetzt komm mit rüber an den Tisch, deine ehemalige Band hält dich schon für einen arroganten Sack.«

»Aber nur auf ein Getränk!«

SONNTAG, 26. APRIL

Magnus zwängte die verklebten Lider auf und schloss sie sofort wieder. Zu hell. Er drehte sich auf den Bauch und merkte, dass er pinkeln musste. Der Drang ließ selten von alleine nach. Eigentlich nie. Mühsam richtete er sich auf. Ein sengender Schmerz schoss ihm hinter die Augen. Kurz bevor er sich gestern Abend verabschieden wollte, hatte Nick für alle ein Gesöff namens »Kettenfett« geordert, Wodka mit irgendetwas, das nach Lakritz schmeckte. An mehr konnte er sich nicht erinnern, auch nicht daran, wie er nach Hause gekommen war. Mit dem Taxi? Aus dem Erdgeschoss schepperte das Geräusch von Tellern und Tassen, mit denen Eliza den Tisch für das Frühstück deckte, bis hoch ins Schlafzimmer. Es roch nach gebratenen Eiern und Kaffee. Ihm wurde übel, und er hatte es plötzlich eilig, ins Badezimmer zu kommen.

»Alles in Ordnung, Süßer?« Eliza klopfte an die Badezimmertür.

»Fang schon mal ohne mich an.« Magnus' Stimme war nur noch ein schwaches Krächzen.

»Benno hat wegen des Termins gleich angerufen.«

Verdammt, der neue Auftrag. »Wie spät ist es denn?«

»Viertel vor elf.«

Magnus fluchte und beeilte sich, unter die Dusche zu kommen. Unmöglich, noch pünktlich in Bennos Büro in der Südstadt zu erscheinen. Er musste halbwegs anständig aussehen, wenn ein neuer Klient im Spiel war. Er warf beim Rasieren einen kritischen Blick in den Spiegel und beneidete Frauen nicht zum ersten Mal darum, dass sie Make-up benutzen konnten. Sein Fahrrad stand vermutlich noch vor dem »Alibi«. Er würde mit dem Volvo fahren, falls noch etwas im Tank war.

Eliza rief von unten: »Ich habe Benno gesagt, dass du deiner Mutter dringend etwas aus der Apotheke vorbeibringen musst und daher etwa eine Stunde später kommst! War das richtig?«

Statt einer Antwort tapste er nackt die Treppe herunter, nahm Eliza in den Arm und küsste sie lange auf den Mund.

»Du hast eine Fahne, die nach Lakritz schmeckt«, murmelte sie. »Wann kommst du wieder? Ich habe eine Idee für eine schöne Beschäftigung am Nachmittag.«

»Nimm deine Hand da weg, sonst passe ich gleich nicht in meine Hose«, stöhnte Magnus.

»Na gut, Herr Meister, ich komme später darauf zurück. Kaffee?«

Magnus parkte den Volvo wenig später im Innenhof eines Altbaublocks aus der Gründerzeit. Im ersten Stock befanden sich die Büroräume von Bennos Wirtschaftsdetektei. Antiquitäten aus edlen Hölzern, Parkettboden, gemietete Grünpflanzen, ausgeliehene Kunst. Den Klienten gefiel es oder war es egal, jedenfalls kamen sie wieder und empfahlen die Detektei weiter. Benno konnte sich vor Aufträgen kaum retten, seit er ein DAX-Unternehmen als Kunden an Land gezogen hatte. Vor fünf Jahren, direkt nach Magnus' Trennung von Carolin, hatte Benno ihm einen Job angeboten, ohne es wie ein Almosen aussehen zu lassen. Magnus war damals pleite, seelisch angekratzt und im Zweifel, ob er seine musikalische Karriere weiterverfolgen sollte. Magnus stellte sich als Idealbesetzung für den Job heraus. Selbst anspruchsvolle Kunden lobten gegenüber Benno sein Talent, auf einfühlsame Art den Finger in die Wunde zu legen.

An den Wochentagen saß Nadja für die Detektei am Empfang, eine professionell freundliche Schönheit, die Magnus wie lästiges Ungeziefer behandelte, das man am besten ignoriert. Er konnte auf ihren Anblick heute gut verzichten.

Benno öffnete ihm. »Geht es deiner Mutter wieder besser?« Was hatte Eliza ihm erzählt? Magnus murmelte etwas Unverbindliches. Er ging direkt durch in Bennos verqualmtes Büro und wedelte sich ein Luftloch frei.

»Wie halten deine Klienten den Gestank aus?«

»Mitrauchen.« Die Frau, die diese Feststellung mit nüchterner Stimme traf, saß auf einem schwarzen Ledersofa, halb verborgen hinter einer ausladenden Birkenfeige. Magnus sah deshalb zunächst nur schlanke, übereinandergeschlagene Beine in schwarzen Stiefeletten. Am oberen Rand des linken Schuhs ragte ein Streifen Verband heraus. Eine schmale, gepflegte Hand hielt eine Filterzigarette. Der Bildausschnitt war ein schönes Versprechen, das sich erfüllte, als sie aufstand, um ihn zu begrüßen. Ihre neue Klientin war zierlich, was der schmale Jeansrock mit dem kurzen Blazer unterstrich.

Benno hatte nicht übertrieben, sie sah mit ihren hochgesteckten schwarzen Locken und dem hellen Teint gut aus, wenn man den Schneewittchen-Typ mochte. Magnus mochte ihn.

»Darf ich vorstellen«, sagte Benno, »Carola Wolf. Bitte setzen Sie sich doch wieder. Magnus Meister, mein bestes Pferd im Stall. Er wird Sie ab morgen unterstützen.« Sie setzten sich in die schwarzen Ledersessel, dem Sofa gegenüber. Auf dem Glastisch zwischen ihnen stand eine teuer aussehende hellblaue Ledertasche, in die ein Wocheneinkauf hineingepasst hätte.

»Frau Wolf, wenn Sie bitte für Herrn Meister zusammenfassen könnten, warum Sie uns beauftragen wollen«, sagte Benno.

»Sabotage.« Sie sog nervös an ihrer Zigarette, die sie bereits bis auf den Filter abgeraucht hatte.

Magnus verkniff sich ein Lächeln, die Ein-Wort-Sätze erinnerten ihn an Hotte. Er spürte, dass er gemustert wurde, und war froh, noch genug Zeit für Dusche, Rasur und ein sauberes Hemd gefunden zu haben. Falls sich Schneewittchen einen Wirtschaftsdetektiv anders vorgestellt hatte, ließ sie es sich nicht anmerken.

»Sie haben mir am Telefon erzählt, dass Sie vor Kurzem zur Leiterin der Bauabteilung befördert wurden«, sagte Benno.

»Seitdem gibt es Probleme?«, fragte Magnus.

»Probleme …« Sie ließ das Wort einen Moment im Raum stehen, als ob sie seinen Bedeutungsgehalt neu überprüfen wollte. Dann sah sie Magnus an. Ihre Augen tauchten in seinen Blick ein, und er spürte, wie ihm unter dieser Hypnose warm wurde.

»Seit drei Monaten leite ich diese Abteilung. Ich verantworte die Bauvorhaben unseres Unternehmens in Nordrhein-Westfalen, Umbauten wie Neubauten.«

»Wir reden von der Bestkauf GmbH, einem der größten Einzelhandelsunternehmen Deutschlands«, sagte Benno. »Frau Wolf baut Supermärkte.«

»Zuerst dachte ich an Fahrlässigkeit«, sagte sie. »Seit einigen Wochen verschwinden Planzeichnungen aus meiner Abteilung und tauchen nicht wieder auf. Bauaufträge, die ich schon unterschrieben hatte, sind nicht mehr auffindbar. Aktuell verschwindet gerade Baumaterial in erheblichem Umfang.«

»Kommt das nicht häufiger vor?«, warf Benno ein.

»Aber nicht immer an derselben Baustelle.« Sie griff nach ihrer Zigarettenpackung, ließ sie aber dann wieder auf den Tisch fallen. »Letzte Woche erhielt ich einen Hinweis von unserer Innenrevision. Wir bauen am Kölner Flughafen gerade bei laufendem Geschäft den Markt um. Die Kühlung der Molkereiprodukte fiel in der Nacht von Sonntag auf Montag aus.«

»Wird dann nicht Alarm ausgelöst?«, fragte Magnus.

»Richtig.« Sie bedachte ihn mit einem anerkennenden Blick. »Vorausgesetzt, er funktioniert. Das war leider nicht der Fall. Auf einer der Kameras ist zu sehen, dass sich eine unbefugte Person in der Nähe der Alarmsicherung aufgehalten hat. Leider kann man nicht genug erkennen. Ich habe mir die Aufzeichnung bestimmt 20 Mal angeschaut.«

»Der Warenschaden für die verdorbenen Lebensmittel betrug rund 25.000 Euro«, sagte Benno. »Die Bestkauf GmbH hat Anzeige gegen Unbekannt erstattet, bisher ohne Ergebnis. Frau Wolf, erzählen Sie Herrn Meister, was am Freitagabend passiert ist.«

»Kann ich bitte ein Glas Wasser haben?« Sie wandte sich an Benno, der sofort aufsprang, um ihr das Gewünschte zu holen.

»Kennen Sie die Großbaustelle am Rheinauhafen? An den Kranhäusern?«

Magnus nickte. Er musste ihr ja nicht auf die Nase binden, dass er schräg gegenüber zweimal in der Woche mit seiner Band probte.

»Ein Traumstandort, falls wir ihn jemals eröffnen können. Kein Mitbewerber weit und breit.«

Benno kehrte mit einer Flasche Mineralwasser und drei Gläsern an den Tisch zurück. Ihre Klientin goss sich ein Glas Wasser ein, zündete sich eine Zigarette an und holte tief Luft.

»Morgen früh war ursprünglich der Termin für die Vorabnahme des Hauptmarktes angesetzt. Wir lagen gut im Zeitplan. Am späten Freitagabend wollte ich überprüfen, ob die Schuttcontainer wie vereinbart abgeholt waren. Ich hatte zum Glück Emmi dabei, unsere Hündin. Sie riss mir aus und lief auf eine Baugrube zu.« Sie hob den Blick und fixierte Magnus. »Haben Sie gestern die Zeitung gelesen?«

Benno schob ihm den Kölner Express vom Samstag über den Tisch zu. Die Überschrift auf der ersten Seite lautete: »Praktikant im Koma! Pfusch auf der Baustelle?« Auf dem Titelfoto waren der Teil eines Rettungswagens, ein paar Sanitäter und Feuerwehrleute abgebildet, die im Halbkreis standen. Im Hintergrund sah man die hell erleuchteten Kranhäuser am Rheinufer. Den Leser forderte man auf, den ausführlichen Artikel auf Seite 16 im Kölner Lokalteil nachzulesen.

»Was ist genau passiert?«, fragte Magnus.

»Wenn ich das bloß wüsste. Nils, unser Praktikant, ist in die Baugrube gestürzt. Das Absperrband an der Grube war beschädigt, als ich ihn fand. Er ist schwer verletzt und momentan nicht bei Bewusstsein. Eine Katastrophe.« Sie vergrub ihr Gesicht in den Händen, die Asche ihrer Zigarette gefährlich nah an einer Locke, die sich aus ihren hochgesteckten Haaren gelöst hatte. Dann fing sie sich wieder und richtete sich auf. »Ich musste am Samstagmorgen sofort bei unserer Geschäftsleitung antreten. Dass ich meinen Job noch habe, ist ein kleines Wunder. Aber ich stehe auf der Abschussliste.«

»Was macht Sie so sicher, dass es kein Unfall war?«, fragte Magnus.

Carola Wolf griff nach ihrer Tasche und begann darin zu wühlen.

»Ich habe mir angewöhnt, vor wichtigen Abnahmen Fotos von den Gewerken zu machen.« Sie fand ihr Smartphone in der Tasche, tippte etwas ein und reichte es Magnus. Er kniff die Augen zusammen und versuchte, etwas auf dem Display zu erkennen.

»Achten Sie auf den unteren Rand. Warten Sie, auf dem nächsten Bild sieht man es besser.« Sie stand auf, griff über ihn hinweg und tippte einen kleinen Pfeil an. Magnus hatte plötzlich den Duft von frischen Äpfeln in der Nase. »Da, rechts unten. Sie müssen es ins Querformat drehen.«

Er erkannte ein Stück grauen Randsteins hinter schwarzem Asphalt, daneben einen Haufen Sand. Weiter nach rechts wurde der Sand dunkler, die Grube vermutlich. Und dann sah er, was sie meinte: den rot-weißen Streifen eines straff gespannten Absperrbandes.

»Das Bild habe ich am Freitag um 17.15 Uhr gemacht. Außer mir war niemand mehr auf der Baustelle. Die Absperrung war intakt.«

»Frau Wolf hat natürlich die Polizei verständigt«, ergänzte Benno.

»Ich hatte den Eindruck, die nehmen mich nicht ernst«, sagte sie. »Aber ich weiß, was ich gesehen habe. Außerdem kann ich mir nicht noch mehr negative Presse leisten.«

»Wie geht es dem Praktikanten?«, fragte Magnus.

»Er liegt in der Uniklinik. Er hat schwere Knochenbrüche und vermutlich innere Verletzungen. Ich war gestern Abend bei ihm und habe mit seinem Bruder gesprochen.« Sie begann zu weinen. Benno und Magnus tauschten einen Blick, dann stand Benno auf und holte Papiertaschentücher aus seiner Schreibtischschublade.

»Danke.« Sie nahm ein Tuch entgegen und putzte sich die Nase. »Glauben Sie, Sie können mir helfen?« Sie wandte sich an Magnus.

»Möglich«, sagte er. »Bitte beantworten Sie mir eine Frage. Wer könnte ein Interesse haben, Ihnen oder Ihrer Abteilung zu schaden?«

Sie zögerte mit der Antwort. »Sicher bin ich mir nicht. Aber einige der Projektleiter waren nicht glücklich, als ich die Abteilungsleitung übernommen habe.«

»Ich könnte mir vorstellen, dass bei der Konkurrenz nicht jedes Ihrer Bauvorhaben auf Gegenliebe stößt«, sagte Magnus.

»Das stimmt.« Sie sah Magnus offen ins Gesicht. »Die Standorte sind zum Teil heiß umkämpft. Es gab viele Neider, als wir die Standortzusage für den Rheinauhafen bekommen haben.«

»Sie haben mir am Telefon gesagt, dass Sie über Ihre Abteilung ein Dossier zusammenstellen werden«, warf Benno ein.

»Daran habe ich gestern den ganzen Tag gearbeitet.« Aus den Tiefen ihrer Handtasche wühlte ihre neue Klientin einen USB-Stick hervor und schob ihn mit angewidertem Gesichtsausdruck in die Mitte des Tisches, als ob er giftig sei. Benno griff danach.

»Wie viele Leute arbeiten bei Ihnen?«, wollte Magnus wissen.

»Um die 20, aber Sie werden nicht alle befragen müssen. Ich wäre Ihnen verbunden, wenn Sie diskret vorgingen, ich meine …«

»Selbstverständlich«, versicherte Magnus ihr. »Wir geben vor, dass wir Ihre Mitarbeiter als Verdächtige ausschließen möchten.«

Carola Wolf nickte erleichtert. Zum ersten Mal in dieser Besprechung lächelte sie ihn an, ein erfreulicher Anblick, fand Magnus.

Benno wedelte mit dem USB-Stick. »Finden wir darauf die Daten aller Ihrer Mitarbeiter?«, fragte er.

»Ich habe mich auf die Projektleiter der betroffenen Bezirke beschränkt und die Sachbearbeiterinnen, die ihnen zuarbeiten.« Sie wandte sich an Magnus. »Sie finden Auszüge aus den Personalakten, Fotos, sogar die Kontaktdaten meines ehemaligen Vorgesetzten. Herr Wolter hat die Bauabteilung 20 Jahre geleitet und ist Ihnen gerne behilflich. Ihr Kollege hat mir versichert, dass Recherche Ihr Spezialgebiet ist.«

Magnus nickte, er hatte keinen Schimmer, was Benno ihr erzählt hatte.

»Sie mag dich«, stellte Benno fest. »Was hältst du von der Geschichte?« Sie arbeiteten sich an seinem Rechner durch das Dossier.

»Von der Sache oder von Schneewittchen? Selbstbewusst, zielstrebig, sexy – sie wirkt nicht wie eine Frau, die man leicht verunsichern kann.« Magnus durchsuchte seine Hosentaschen und stöhnte. »Gib mir mal eine von deinen Kippen, meine liegen im Auto.«

»Das ist genau der richtige Job für dich. Fragen und zuhören.« Benno schob ihm seine Zigarettenschachtel zu. »Außerdem arbeiten ein paar hübsche Frauen in der Abteilung, guck mal hier, die Blonde, die würde mir auch gefallen.«

Magnus warf einen flüchtigen Blick auf das Bild einer attraktiven Mittzwanzigerin mit hellen Augen. »Und wenn schon. Sind nur Baustellen im Kölner Gebiet betroffen?«

»Sieht so aus. Der zuständige Projektleiter ist immer derselbe, soweit ich weiß. Axel Hammer, hier, das ist er. Erinnert mich an einen Schauspieler.«

»Sabotage hatten wir noch nicht. Hoffentlich muss ich niemanden beschatten, ich hasse diesen Scheiß.« Magnus sah zerstreut aus dem Fenster und nahm einen tiefen Zug. Er begann zu husten. »Herrgott, was für ein Kraut ist das?«

»Leichtverdientes Geld, Meister. Denk an die Zeit, als

du noch versucht hast, mit Sozialarbeit und Rock 'n' Roll deine Brötchen zu verdienen.«

»Danke, dass du mich daran erinnerst. Hast du sonst noch einen Tipp für mich?«

»Mach es wie immer. Stell die richtigen Fragen.« Benno grinste und klopfte mit dem USB-Stick rhythmisch auf die Tischplatte.

»Sehr witzig, du Sackgesicht. Warum bearbeitest du den Fall nicht selbst?«

Benno seufzte. »Würde ich gerne, aber ich muss diese Woche nach Hamburg. Premium-Kunde. Your game.« Er warf ihm den USB-Stick quer über die Tischplatte zu. Magnus fing ihn mit links.

MONTAG, 27. APRIL

Um neun Uhr am Montagmorgen meldete sich Magnus frisch geduscht, aber müde am Empfang der Bestkauf GmbH, deren Verwaltungsgebäude in Hürth, kurz hinter der Kölner Stadtgrenze lag. Eine freundlich lächelnde Blondgelockte begrüßte ihn, als ob sie nur auf ihn gewartet hätte, und meldete ihn in der Bauabteilung an.

»Nehmen Sie einen Moment Platz, Sie werden gleich abgeholt.« Sie deutete mit der Hand in Richtung einer bequem aussehenden Sitzgruppe. Magnus ließ sich in einen niedrigen grauen Ledersessel fallen und betrachtete den Liveticker auf einem Wandmonitor. Die Nachrichten liefen ohne Ton. Der griechische Premierminister wurde interviewt, vermutlich versuchte er zu erklären, wie sein Land die Milliardenkredite zurückzahlen wollte. Magnus sah sich um. Neben dem Eingang gab es einen kleinen, verglasten Bereich für die Raucher. Er unterdrückte den Impuls, sich auf die Schnelle noch eine zu drehen. Er erhob sich, schlenderte an den hellgrün und weiß gestrichenen Wänden entlang und betrachtete eine Reihe von gerahmten Zertifikaten, die die Bestkauf GmbH als einen der besten Arbeitgeber Deutschlands auswiesen. Magnus fragte sich, wie man das feststellen konnte. Die beste Bezahlung? Die schönsten Büros?

»Herr Meister? Kommen Sie bitte mit mir?« Eine warme, etwas atemlos klingende Frauenstimme unterbrach seinen Gedankenfluss. Er wandte sich um. Vor ihm stand eine Frau mit kräftigen Schultern und rotgefärbten, kurzen Haaren. Das Gesicht mit der goldgeränderten Brille kannte er aus dem Dossier seiner Klientin. Sie war fast so groß wie er und trug eine auffällige Halskette aus unregelmäßig geformten grünen Steinen.

»Guten Morgen. Frau Kaiser?« Er streckte die Hand aus, doch sie hatte sich schon wieder umgedreht und eilte auf eine Treppe am Ende des Empfangsbereichs zu. Magnus beschleunigte seinen Schritt, um hinterherzukommen.

»Wir haben um halb elf eine Besprechung, die ich noch vorbereiten muss«, sagte sie und warf einen kurzen Blick über die Schulter. »Frau Wolf hat uns gerade erst informiert, dass Sie kommen.« Sie hielt kurz an einem Kopierer an, um ein paar Blätter aus dem Ausgabefach zu nehmen, und hastete weiter durch einen langgezogenen Gang, an dem die Büros der Bauabteilung lagen. Die meisten waren besetzt. Vor einer Glastür stoppte Frau Kaiser so abrupt, dass Magnus fast in sie hineingelaufen wäre. »Entschuldigung«, sagte sie und lächelte ihn von der Seite an. »Hier geht es heute Morgen wegen des Unglücksfalls am Samstag drunter und drüber. Ich muss wegen der Presse zurück an mein Telefon und habe keine Zeit.«

»Ich brauche jemanden, der mir die Arbeitsabläufe der Abteilung erläutert«, sagte Magnus amüsiert. »Bei wem ich anfange, spielt keine Rolle.«

Statt einer Antwort stieß Marita Kaiser ohne anzuklopfen die Tür vor ihr auf. Magnus warf schnell einen Blick auf das Türschild, auf dem Fotos von Stefanie Lindner und Olga Wieczorek abgebildet waren. Die Gesichter und Namen der Sachbearbeiterinnen kannte er aus dem Dossier. Rechts am Fenster saß eine hübsche Brünette mit kurzen Haaren, rosigen Wangen und erschrockenem Gesichtsausdruck.

»Olga, hier ist Herr Meister, du weißt ja Bescheid. Wo ist Steffi?«

»Sie kommt später. Sie besucht Nils im Krankenhaus.«

»Aha. Herr Meister hat Fragen zu unserer Arbeit, bitte unterstützt ihn dabei.« Sie schenkte Magnus ein kurzes Lächeln. »Wir sehen uns später.« Die Tür fiel mit einem Klirren ins Schloss.

»Die Kaiserin verbreitet am frühen Morgen schon wieder Hektik«, sagte Olga, aber sie grinste dabei. »Sind Sie der Detektiv, von dem die Chefin erzählt hat? Ich habe Sie mir ganz anders vorgestellt.«

»Wie denn?«, fragte Magnus belustigt.

»Na – spießiger. Mit Hut, Anzug und Lupe.« Sie lachte. In ihrer Stimme klang ein weicher Akzent durch, polnisch, wie Magnus aus seinen Unterlagen wusste.

»Setz dich doch. Möchtest du einen Kaffee oder Cappuccino? Wir duzen uns hier im Büro, in Ordnung?«

Während Olga draußen an der Kaffeemaschine die Getränke holte, warf er einen Blick auf ihren aufgeräumten Arbeitsplatz. Auf einer Schreibtischunterlage unter ihrer Tastatur fanden sich Telefonnotizen und eine To-do-Liste, auf der einiges abgehakt war. Ein gerahmtes Foto zeigte Olga am Rheinufer mit einem bulligen blonden Typen, der einen winzigen weißen Hund an der Leine hielt. Dem Typ wollte Magnus nicht im Mondschein begegnen. Magnus zog seine Notizen vom gestrigen Abend aus der Tasche. Olga Wieczorek war verlobt und mit 23 Jahren die Jüngste im Team der Sachbearbeiterinnen. Seine Klientin beschrieb sie als zuverlässige Kraft. Als Olga mit seinem Cappuccino zurückkam, wies er auf das Foto. »Ihr habt einen süßen Hund.«

»Wir haben Diego von meiner Oma«, strahlte Olga. »Sie braucht jetzt einen Rollator. Mein Freund hätte lieber einen größeren Hund gehabt.«

Das glaubte Magnus sofort. Einen Pitbull am besten.

»Er ist so schlau, das kannst du dir nicht vorstellen«, plapperte Olga weiter. »Jurek bringt ihm gerade bei, Sachen wiederzufinden, die er versteckt hat. Er schafft es fast immer!«

»Ein Hund hat auch euren Praktikanten gefunden«, sagte Magnus.

»Das ist eine schreckliche Geschichte.« Sie war auf einen Schlag ernst. »Steffi ist völlig fertig deswegen.«

»Kennen sich die beiden gut?«, fragte Magnus.

»Sie sind nicht zusammen oder so.« Olgas gesunde Gesichtsfarbe wurde vor Verlegenheit eine Schattierung dunkler. »Sie sind auf eine Schule gegangen, da wo Steffi herkommt. Sie hat ihm das Praktikum hier vermittelt.«

Magnus erinnerte sich undeutlich, dass Stefanie Lindner aus dem Bergischen Land hierhergezogen war. Er hatte gestern Abend bei der Durchsicht des Dossiers eine Menge Informationen gleichzeitig verdauen müssen.

»Mit welchem der Projektleiter arbeitest du zusammen?«

»Ich schreibe die Aufträge für Herrn Grundmann und Herrn Dienst, der ist aber gerade in Urlaub. Sie sind beide sehr nett.«

»Die anderen Projektleiter nicht so?«

Olga wurde rot. »So war das nicht gemeint.«

Magnus ließ sich von ihr die Arbeitsabläufe erläutern. Wenn ein neuer Supermarkt gebaut wurde, erhielten die Projektleiter die Planzeichnung und prüften nach einer standardisierten Baubeschreibung das notwendige Investitionsvolumen.

»Ein kleiner Markt in der Düsseldorfer Innenstadt wird anders eingerichtet als ein großer Landmarkt mit einem großen Parkplatz.« In Olgas Erläuterungen klang Stolz auf ihren Job mit. »Wenn Herr Grundmann die Prüfung abgeschlossen hat, stellt er einen Investitionsantrag. Die Chefin genehmigt das Budget, und ab dann darf ich unsere Handwerker und Vertragsfirmen beauftragen.«

»Herr Grundmann betreut das Düsseldorfer Gebiet?«

»Düsseldorf, das Ruhrgebiet und die beiden Supermärkte an den Flughäfen Düsseldorf und Köln.«

»Dann hast du die Geschichte mit dem ausgefallenen Kühlalarm am Flughafen mitbekommen«, stellte Magnus fest.

Olga nickte. »So etwas ist noch nie passiert. Die ganzen Lebensmittel waren verdorben. Die Chefin war total sauer auf Herrn Grundmann, aber das war nicht seine Schuld.«

»Warum bist du dir so sicher?«

»Jemand hat absichtlich den Alarm ausgeschaltet. Das würde doch keiner machen, der hier arbeitet. Warum sollte jemand der eigenen Firma schaden wollen?«

Genau das ist die Frage, dachte Magnus.

Er machte sich auf die Suche nach Frau Kaiser, fand aber nur ein leeres Büro vor. Ihr Telefon zeigte eine Rufumleitung an, und ihm fiel ein, dass sie eine Besprechung erwähnt hatte. Es war halb elf. Sein Blick streifte die Postfächer an der linken Wand. Wenn Marita Kaiser die Tür offen ließ und aus dem Raum ging, konnte jeder sich an der Post bedienen. Kein Problem, in einem unbeobachteten Moment Bauaufträge oder andere Planzeichnungen verschwinden zu lassen, dachte Magnus. Er entschied spontan, die Besprechung abzuwarten und zuerst zum Krankenhaus zu fahren. Vielleicht konnte er etwas über den Praktikanten in Erfahrung bringen. Zum Beispiel, was er am Freitagabend auf der Baustelle verloren hatte. Auf dem Weg zum Parkplatz begegnete ihm eine hübsche Blonde mit hochgestecktem Haar und kurzem Rock, vielleicht Mitte oder Ende 20. Sie würde Nick gefallen, schoss es Magnus durch den Kopf, und er grinste vor sich hin. Die Blonde sah ihn kurz an und direkt wieder weg, vermutlich von seinem albernen Grinsen irritiert. Als er ins Auto einstieg, wurde ihm klar, dass er gerade an Stefanie Lindner vorbeigelaufen war. Live und in Farbe sah sie noch besser aus als auf dem Foto aus dem Dossier.

Magnus fuhr zur Uniklinik über den Militärring, der auf dieser Höhe mitten durch den Grüngürtel von Köln verlief. Er kurbelte das schwergängige Seitenfenster hinunter und ließ den frischen Geruch nach Feuchtigkeit und Erde durch das Auto wehen. Die Buchen trugen ein frisches Grün und glitzerten in der Sonne. An der Klinik fand er eine Parklücke, in die der Volvo eben hineinpasste. Magnus kannte die Unfallchirurgie, weil einige seiner Freunde dort schon ihre Knochenbrüche vom Fußball oder Boxen kuriert hatten. Er hastete durch die breiten Gänge und versuchte den Geruch nach Desinfektionsmitteln und Krankheit auszublenden. Seine Notizen, auf denen die Zimmernummer stand, hatte er im Büro bei Olga liegen lassen. Vierhundertirgendwas, egal, er kannte den Namen. Nils Arnold. Auf der Unfallchirurgie gab es keinen Patienten mit diesem Namen. Eine der Stationsschwestern sah ihn verständnislos an, als er sein Anliegen schilderte. »Sie müssen ins Bettenhaus. Da ist die Intensivstation.«

Magnus ohrfeigte sich innerlich. Ein toller Detektiv war er. Unterlagen vergessen und dann noch das Gehirn abgeschaltet. Als er die Intensivstation gefunden hatte, verweigerte ihm ein pickeliger junger Pfleger den Zutritt. »Wenn Sie kein Angehöriger von Herrn Arnold sind, tut es mir sehr leid.«

»Wie geht es ihm denn?«, fragte Magnus.

»Ich darf Ihnen keine Auskunft geben. Aber sein Bruder ist da. Sie können auf ihn warten.«

Magnus gab sich geschlagen und setzte sich in eine Nische neben einen Kaffeeautomaten. Er würde einfach jeden Mann ansprechen, der hier vorbeikam. Er fischte seinen Tabak aus der Hosentasche und drehte sich eine Zigarette auf Vorrat. Er hatte Glück. Nach ein paar Minuten kam ein blasser Mann mit grimmigem Gesichtsausdruck zum Kaffeeautomaten und fischte Kleingeld aus seinem Portemonnaie.

»Sind Sie Herr Arnold?«, fragte Magnus.

Der Mann zog sich einen Kaffee und drehte Magnus den Rücken zu. »Wenn Sie auch von der Presse sind, lassen Sie uns in Ruhe.«

»Die Bestkauf GmbH, bei der Ihr Bruder das Praktikum macht, hat mich beauftragt, den Fall aufzuklären«, erwiderte Magnus, nicht ganz wahrheitsgemäß.

»Ein Privatdetektiv?« Arnold wandte sich um und stellte den dampfenden Pappbecher vor Magnus auf den Tisch. »Weisen Sie sich aus.«

Magnus reichte ihm den Ausweis. »Wie geht es Ihrem Bruder?«

»Sie sind nicht der Erste, der heute danach fragt.« Arnold gab ihm den Ausweis zurück, sah Magnus abschätzend an und wies dann mit dem Zeigefinger auf den Tabak. »Wenn Sie mir eine mitdrehen, ich weiß, wo man hier rauchen kann.«

Sie liefen durch die Gänge, bogen dreimal ab und zwängten sich durch eine Glastür auf eine kleine, schattige Terrasse. Ein mit Kippen überfülltes Marmeladenglas zeigte an, dass das Pflegepersonal den Platz auch kannte.

»Nils wird morgen operiert. Er liegt noch im künstlichen Koma.« Arnold ließ sich von Magnus Feuer geben. »Er hat sich beim Sturz den Beckenknochen, das rechte Bein und diverse Rippen gebrochen.«

»Hat er innere Verletzungen?«

»Ein Milzriss, aber nicht lebensbedrohlich. Ich habe mir diese Woche freigenommen, bis er sich stabilisiert hat. Unsere Eltern sind zum Glück in Urlaub, ich habe am Telefon so getan, als wäre alles ganz harmlos.« Arnold lächelte etwas gequält. »Meine Mutter würde den ganzen Laden hier aufmischen, wenn sie Bescheid wüsste.«

»Sie wissen vermutlich nicht, was er so spät auf der Baustelle wollte?«

»Woher denn? Er kam direkt in die Notaufnahme und von dort auf die Intensivstation. Seitdem liegt er im künstlichen Koma, da er bisher noch nicht operiert werden konnte. Allerdings habe ich eine Vermutung, was er auf der Baustelle wollte«

»Wegen Stefanie Lindner?«, riet Magnus ins Blaue.

Arnold hob erstaunt die Augenbrauen. »Sie kennen sie? Sie war seit dem Unfall jeden Tag hier. Ich habe sie weggeschickt. Sie ist völlig aufgelöst. Das wundert mich, weil sie meinem Bruder früher immer die kalte Schulter gezeigt hat.«

»Sie sind also kein Paar?«

»Sie waren auf einer Schule, aber Steffi ist ein paar Jahre älter als er. Er ist ihr früher nachgelaufen wie ein Schoßhündchen.«

»Vielleicht hat er das auch am Freitag getan?«

Arnold hob die Schultern. »Soweit ich weiß, ist nie was gelaufen zwischen den beiden. Aber eben hat Steffi mich gefragt, ob ihr Handy bei Nils' Sachen war. Sie vermisst es seit dem Wochenende. Dann müssten sie zusammen auf der Baustelle gewesen sein, oder?«

Magnus nickte geistesabwesend. Das würde er die schöne Steffi selbst fragen.

Auf der Rückfahrt zur Bestkauf GmbH vibrierte sein Handy, eine Erinnerungs-SMS von Hotte. »Training.« Magnus bekam umgehend ein schlechtes Gewissen, er war schon seit Wochen nicht mehr beim Boxtraining gewesen. Er parkte den Volvo etwas abseits auf dem Mitarbeiterparkplatz. Die Büros waren wie ausgestorben. Nur Marita Kaiser hielt die Stellung, vor sich eine blaue

Plastikbox mit roten Paprikastreifen, auf denen sie herumkaute. Glücklich sah sie dabei nicht aus.

»Die Kollegen sind noch in der Kantine«, sagte sie. »Sie können nach der Pause Herrn Hammer auf die Baustelle begleiten und ihn unterwegs befragen.«

Ihm begann diese übertüchtige Frau auf die Nerven zu gehen. Er plante seinen Job lieber selbst. »Vielleicht können Sie mir in der Zwischenzeit ein paar Fragen beantworten«, sagte er. Er zog sich unaufgefordert einen Stuhl heran und setzte sich neben sie. Sie rückte unwillkürlich ein Stückchen ab, als ob er eine ansteckende Krankheit hätte.

»Ich bin nur die Assistentin von Frau Wolf«, sagte sie kühl und schob die Plastikbox mit dem Gemüse ein wenig zur Seite. Magnus erfuhr, dass über ihren Schreibtisch die komplette Büroorganisation der Abteilung lief, von der Termin-, Besprechungs- und Personaleinsatzplanung bis hin zu aufwendiger Datenpflege, Rechnungsprüfung und Controlling. Es gab nichts, was Marita Kaiser nicht mitbekam. Magnus platzte fast der Kopf, während sie ihm die Aufgaben der »Nur-Assistentin« widerwillig schilderte. Er dachte nach.

»Sie arbeiten doch schon seit vielen Jahren in dieser Abteilung«, sagte er schließlich. »Helfen Sie mir, die Kollegen menschlich besser kennenzulernen.«

»Seit 15 Jahren«, präzisierte sie. Ihre Schultern entspannten sich etwas. Sie nahm ihre Brille ab, ohne die sie viel hübscher aussah, dachte er.

»Wer arbeitet am längsten hier?«

»Herr Grundmann. Er hatte letztes Jahr 30-jähriges Firmenjubiläum. Ein sehr angenehmer Kollege. Ich selbst habe mit Herrn Hammer zur gleichen Zeit in der Bauabteilung angefangen, im Sommer 2000. Damals wurden gerade erst Diensthandys angeschafft.« Ihre Augen bekamen einen abwesenden Ausdruck.

»Und Herr Brauer?«

»Der kommt aus dem Vertrieb. Ladenlayout. Er ist seit zehn Jahren bei uns beschäftigt.« Ihrem Gesichtsausdruck nach zu urteilen war Brauer direkt aus der Gosse in die Bauabteilung gelangt.

»Trauen Sie jemandem dieser Kollegen zu, die Arbeit der Abteilung zu behindern?«

»Ausgeschlossen«, sagte sie sofort. »Der Fehler fällt auf den Projektleiter selbst zurück. Warum sollte er sich selbst schaden?«

So ähnlich hatte Olga das auch formuliert, dachte Magnus.

»Wie schätzen Sie den Vorfall mit dem ausgefallenen Kühlalarm am Flughafen ein?«

»Ich verstehe es nicht.« Sie schüttelte den Kopf. »Unglaublich, dass Herr Grundmann dafür eine Abmahnung bekommen hat.«

Interessant, dachte Magnus, von der Abmahnung hatte ihm seine Klientin nichts erzählt. Vom Gang her hörte man Stimmen und Gelächter, dann stand ein schlanker dunkelhaariger Mann, den Magnus auf Anfang 40 schätzte, im Türrahmen. Er trug ein teuer aussehendes Jackett und erinnerte ihn an eine glattgebügelte, etwas ältere Version von Al Pacino in »Der Pate«. Magnus erhob sich und stellte sich vor. Seine Nase sog widerwillig den Duft eines schweren Rasierwassers ein. Marita Kaiser begann konzentriert auf ihre Tastatur einzutippen.

»Axel Hammer. Wie ich sehe, wurden Sie schon in die Geheimnisse unserer Abteilung eingeweiht.« Er sprach leise und akzentuiert, sein kräftiger Händedruck bildete dazu einen seltsamen Kontrast. Frau Kaiser hob kurz den Kopf und sah ihn mit ausdruckslosem Gesicht an. Die mögen sich nicht, schoss es Magnus durch den Kopf.

»Du kannst Herrn Meister mit nach Chorweiler nehmen«, sagte sie und wandte sich wieder ihrem PC zu.

»Jawohl, Eure Majestät. Wird erledigt.« Hammer deutete eine Verbeugung an und zwinkerte Magnus zu.

Sie fuhren in Hammers Dienstwagen, einem schwarzen BMW mit getönten Scheiben, Freisprechanlage und Navigationsgerät. Es war warm geworden, und sie legten ihre Jacketts auf den Rücksitz. Magnus ärgerte sich, er hatte seine Notizen mit den vorbereiteten Fragen in Olgas Büro vergessen. Zu allem Überfluss lief im Radio Rihannas aktueller Hit. Am Kreuz Köln-West hielt er es nicht mehr aus.

»Kann ich etwas leiser machen?«, fragte er.

»Fühlen Sie sich wie zu Hause.« Hammer unterdrückte ein Gähnen.

»Sie sind mehr im Auto als im Büro, oder?«, fragte Magnus.

Hammer nickte. »Ich habe Glück. Im Kölner Gebiet sind zumindest die Fahrtstrecken zu den Baustellen kurz.« Er sprach so leise, dass Magnus sich ein Stück herüberbeugen musste, um ihn zu verstehen. »Ich bin zumindest früher zu Hause bei meiner Familie als meine meisten Kollegen. Sind Sie verheiratet?«

Was geht dich das an, dachte Magnus, aber er antwortete wahrheitsgemäß.

»Geschieden, ich habe eine Tochter aus erster Ehe.«

»Hier, das sind meine.« Hammer fischte ein iPhone vom Armaturenbrett und reichte es Magnus. Auf dem Display strahlte eine gebräunte Blondine mit zwei ebenso blonden Mädchen um die Wette. Das Bild erinnerte Magnus an Werbung für Joghurt oder Margarine.

»Hübsche Mädchen«, sagte Magnus.

»Lillian und Elly, zwölf und zehn Jahre alt. Das Bild ist vom letzten Sommer.« Sein Gesicht verdüsterte sich. »Wir wollten übernächste Woche nach Kroatien fliegen. Daraus wird wohl nichts.«

»Wegen des Unglücksfalls am Rheinauhafen?«

Hammer nickte. »Die Boulevardpresse hat sich wie ein Haufen Geier darauf gestürzt. Frau Wolf hat deswegen heute Morgen eine Besprechung einberufen.« Er sah auf seine Uhr. »Ich bin gnadenlos mit meinem Zeitplan hinterher.«

»Die Grube war nicht abgesichert«, sagte Magnus. »Haben Sie eine Erklärung dafür?«

»Lächerlich. Verstehen Sie mich nicht falsch, der Junge tut mir leid, aber eine Baustelle ist eine Baustelle und keine Cocktailbar. Man muss aufpassen, wo man hintritt.« Hammer war zum ersten Mal so laut geworden, das Magnus ihn ohne Mühe verstehen konnte.

»Aber das Absperrband war durchtrennt«, sagte er.

»Ich habe gegen 16 Uhr das Außengelände zum letzten Mal kontrolliert. Das wäre mir aufgefallen.«

Das stimmte mit dem Bericht von Carola Wolf überein, dachte Magnus. »Haben Sie eine Idee, was der Praktikant auf der Baustelle wollte?«

Hammer schüttelte den Kopf. »Ich habe keine

Ahnung.« Er setzte den Blinker und verließ die Autobahn an der Ausfahrt Köln-Chorweiler.

Magnus wechselte das Thema. »Was halten Sie von Frau Wolf als Abteilungsleiterin?«

Hammer warf Magnus einen abschätzenden Seitenblick zu. »Sollen Sie uns dazu ausfragen? Ich habe nichts zu verbergen. Sie ist gewiss fachlich qualifiziert, aber es fehlt ihr an Führungserfahrung.«

»Hat sie Ihrer Meinung nach die Situation nicht im Griff?«

Der Projektleiter verzog den Mund zu einem feinen Lächeln. »Das sieht man ja. Was sollen wir in dieser Situation mit einem Wirtschaftsdetektiv? Nichts gegen Sie persönlich.«

Ein Summen ertönte, der Vibrationsalarm von Hammers Handy. Er angelte mit einer Hand danach und nahm das Gespräch an. »Es ist gerade ungünstig. – Nein! – Bis später.«

Mittlerweile durchquerten sie Köln-Chorweiler. Rechts und links der Straße türmten sich die Bausünden der 70er-Jahre auf: graue, mehrstöckige Häuser aus Fertigbauteilen mit Balkonen aus fahlgelb gestrichenem Waschbeton. Die Bewohner machten sich nicht die Mühe, sie zu bepflanzen. Vor einem Kiosk mit Stehtisch tranken drei ältere Männer Kölsch aus Flaschen, vermutlich nicht das erste des Tages. Magnus hatte in der Zeitung gelesen, dass in diese Gegend vermehrt Bulgaren, Rumänen und Kosovo-Albaner zogen. Hammer stoppte an einer Fußgängerampel. Eine junge Muslimin schob mit der linken Hand ein kleines Mädchen im Kinderwagen über die Straße. Mit der anderen Hand hielt sie ein Handy am Ohr. Das Kind blinzelte verschlafen in die Frühlingssonne. Hammer bog auf einen Parkplatz ein, dessen Markierungen sich strahlendweiß vom dunklen Asphalt abhoben, und hielt vor dem verglasten Eingangsbereich eines nagelneuen Supermarktes.

»2.500 Quadratmeter Verkaufsfläche«, sagte Hammer, während sie um das Gebäude herumgingen. »Hier ist Geld zu verdienen. Weiter westlich wird gerade ein Neubaugebiet erschlossen.«

Sie liefen an einem Hinweisschild auf den Getränkemarkt vorbei auf einen fensterlosen Gebäudeteil mit unverputzten Mauern zu. Der Rohbau schien fast fertig zu sein. Neben der Baustelle stand ein hellgrauer Container. Auf den Stufen davor saß ein älterer Mann in einem blauen Overall mit dem Logo einer Sanitärfirma und rauchte. Er erhob sich ohne Hast und trat die Zigarette mit der Schuhsohle aus.

»Keine Rohre da«, begrüßte er Hammer. »Habe Sie nicht erreicht heute Morjen.«

»Sie sind im Container eingeschlossen«, sagte Hammer.

»Keine Rohre da«, wiederholte der Handwerker, als ob Hammer ein besonders begriffsstutziger Auszubildender wäre. »Da hat jemand lange Finger jemacht.«

Hammer betrat den Container und kam sofort wieder heraus. »Die ganze Trommel mit den Kunststoffrohren ist weg.«

»Sach ich ja«, bestätigte der Handwerker. »Wir haben keine mehr auf Lager, hab schon nachjefragt.«

Magnus trat näher und prüfte das Vorhängeschloss. Man musste kein Polizist sein, um die Kratzspuren zu erkennen. Der Bügel war aufgebogen.

»Wat fott es, es fott«, sagte der Handwerker zu Hammer. »Wir warten auf den neuen Auftrag.« Er stieg in seinen Kastenwagen und fuhr davon.

»Heute sollten die Rohre für Heizungs- und Wasserleitungen verlegt werden«, sagte Hammer und klopfte sich etwas Staub vom Jackett. »Mittlerweile bin ich sieben Wochen hinter Plan. Jede Woche, um die sich die Eröffnung verzögert, kostet uns schätzungsweise 15.000 Euro Umsatz.«

»Sehr überrascht wirken Sie nicht«, sagte Magnus.

»Das ist jetzt das vierte Mal«, antwortete Hammer. »Soll ich weinen?«

»Warum wird die Baustelle nicht bewacht?«

»Fragen Sie Frau Wolf, angeblich ist das zu teuer. Eine ihrer vielen Fehlentscheidungen.«

»Wer könnte Ihrer Meinung nach ein Interesse daran haben, dass der Bau sich verzögert?«, fragte Magnus.

Hammer lachte leise. »Unsere Mitbewerber waren nicht begeistert, dass wir die Zusage von der Stadt bekommen haben«, antwortete er schließlich. »Sobald der Markt läuft, verlieren sie Umsatz.«

Die Rückfahrt zur Firma verlief schweigsam. Magnus zerbrach sich den Kopf über eine Frage, die er Hammer noch stellen wollte, aber sie fiel ihm nicht mehr ein. Er brauchte dringend seine Notizen. Sie stoppten kurz an einer Bäckerei, in der Hammer offenbar Stammkunde war. Die junge Verkäuferin überschlug sich dabei, sein Käsebrötchen zu dekorieren, und wusste genau, dass er seinen Kaffee mit viel Milch trank. Als Hammer sich mit einem charmanten Lächeln bedankte, errötete sie. Magnus dagegen übersah und überhörte sie komplett. Zum Glück gab es noch eine zweite Bedienung.

»Wenn Sie das Thema Konkurrenz interessiert, kann ich Sie übermorgen mit zu einem Standortgespräch nehmen«, sagte Hammer und tupfte sich den Mund mit einer Serviette ab. »Um zehn Uhr haben wir einen Termin mit dem Investor.«

Magnus sagte zu, ein bisschen Allgemeinbildung in Sachen Kölner Lokalpolitik war vielleicht nützlich. Zurück auf dem Firmengelände der Bestkauf GmbH angelangt, spürte Magnus das Handy in der Hosentasche vibrieren. Die SMS kam von Eliza.

»Clara kommt heute Abend um 20 Uhr zum Essen. Kuss!« Magnus würde sich mit dem Boxtraining beeilen müssen.

Schon auf dem Gang hörte Magnus das Gelächter aus dem Büro von Frau Kaiser, die Tür stand offen. Sie saß an ihrem PC, hinter ihr starrten Olga und Stefanie Lindner wie gebannt auf den Monitor.

»Da, das Grüne mit dem tiefen Ausschnitt. Das steht dir bestimmt total gut«, sagte Olga. »Lieferbar in 24 Stunden.«

»Darin sehe ich wie eine Regentonne aus«, sagte die Kaiserin.

»Quatsch. Die Raffungen am Bauch und an der Seite kaschieren ein bisschen Hüftspeck locker«, sagte Steffi. »Du wirst der Braut Konkurrenz machen.« Alle drei lachten.

»Wenn es nur um ein bisschen Speck ginge«, seufzte die Kaiserin.

Magnus klopfte an die offene Tür, um sich bemerkbar zu machen, und wünschte höflich einen Guten Tag. Die drei Frauen fuhren auseinander, als ob er sie bei etwas Verbotenem ertappt hätte. Stefanie Lindner reagierte als Erste. »Ich habe Sie heute Morgen auf dem Gang gesehen. Sie sehen nicht wie ein Detektiv aus.«

»Das höre ich öfter«, sagte Magnus und zwinkerte Olga zu, die errötete. »Ich habe meine Notizen noch in eurem Büro – und mit Ihnen, Frau Lindner, würde ich mich gerne kurz unterhalten.«

»Meinetwegen«, sagte sie.

»Dein Notizbuch liegt auf meinem Schreibtisch, du kannst gerne schon vorgehen«, sagte Olga hilfsbereit.

Magnus nickte und trat mit einem Lächeln den Rückzug an. Sollten die Frauen doch Zalando leerkaufen, wenn es ihnen gefiel. Im Büro von Olga und Steffi notierte er sich das Wenige, was er bisher herausgefunden hatte.

Olga – findet alle nett und traut niemandem etwas Böses zu.

Die Kaiserin – tüchtig, gut organisiert, ihrer Meinung nach schadet keiner der Projektleiter sich selbst.

Der Praktikant – Nils Arnold ist mit Steffi befreundet, möglicherweise weiß er etwas über die Baustelle am Rheinauhafen.

Axel Hammer – sorgt sich mehr um seine Kleidung als um seine Baustelle. Sehr gelassene Reaktion auf eine Verzögerung, die sein Unternehmen teuer zu stehen kommt. Hält nicht viel von Carola Wolf als Führungskraft.

Unzufrieden klappte Magnus seine Unterlagen zu, erhob sich und sah sich im Büro der Sachbearbeiterinnen um. Auf dem Schreibtisch von Stefanie Lindner stapelten sich Baupläne, ausgedruckte Listen, Kopien von Aufträgen. Über ihren Desktop lief alle zehn Sekunden der Schriftzug »Bitte bleiben Sie ruhig«. Er grinste und warf noch einen Blick in seine Notizen. Sie war Single. Unfassbar, so gut wie das Mädel aussah. Magnus fuhr zusammen, als die Glastür gegen die Wand schepperte.

»Wo sind die Weiber? Nie ist eine da, wenn man sie braucht. Was machen Sie hier?« Er fixierte Magnus.

Das musste Dieter Brauer sein. Magnus erkannte ihn an seinem militärisch kurzen Haarschnitt und der knolligen Nase, die sein Gesicht dominierte. Das Porträt aus dem Dossier hatte sogar seinen grimmigen Gesichtsausdruck eingefangen.

»Magnus Meister. Ich mache hier meinen Job. Und Sie?«

Der Projektleiter starrte ihn einen Moment lang an, dann begann er zu lachen. »Der war gut, haha. Sie sind also der Schnüffler. Sie sehen aus wie ein verdammter Rocker, die Haare und so. Brauer.« Er zerquetschte Magnus fast die Hand.

»Haben Sie morgen Zeit, mir ein paar Fragen zu beantworten?«

»Im Gegensatz zu anderen habe ich nichts zu verbergen«, grinste Brauer. »Kommen Sie mit auf die Baustelle nach Aachen, dann können wir uns unterwegs unterhalten.« Eine Melodie aus den 80ern zerschnitt den Raum mit Synthesizer-Tönen, Brauers Handy. Er knurrte etwas Unfreundliches und nahm das Gespräch entgegen. »Was noch? – Quatsch. – Dann sorg dafür, dass der Idiot heute noch kommt! Wir müssen mit den Layouts anfangen.« Er unterbrach die Verbindung. »Ich arbeite auf dieser Baustelle nur mit Deppen zusammen! Wo sind die Weiber?«

»Nebenan, bei Frau Kaiser im Büro.«

»Was wetten wir, die sitzen drüben und spielen ›Schrei vor Glück‹. Das Geld dafür ziehen sie den Kerlen aus der Tasche.« Brauer stapfte entschlossen über den Gang, Magnus folgte ihm mit etwas Abstand. Ihn interessierte, wie diese Dampfwalze mit der resoluten Kaiserin zurechtkam. Die Tür zu ihrem Büro war diesmal angelehnt. Magnus glaubte, Stefanie Lindners helle Stimme zu hören. »Das wird ihn umhauen, ganz sicher.«

Brauer stieß die Tür auf, sie flog krachend gegen die Wand. »Tataaa, die Innenrevision. Arbeitet eigentlich irgendwer in diesem Saftladen?« Er drehte sich zu Magnus um, der sich im Hintergrund hielt. »Was habe ich gesagt? Die lackieren sich den ganzen Tag die Nägel.«

Die Frauen hatten sich auf Stühle hinter den Monitor von Marita Kaiser gequetscht. An Olgas Hals erschienen rote Flecken, und Stefanie Lindner begann, sich die Haare zu zwirbeln. Nur die Kaiserin wirkte völlig gelassen. Sie klickte zweimal auf die Maus, den Blick auf den Monitor gerichtet.

»Wenn Sie den Blumenstrauß für Herrn Grundmanns Geburtstag organisieren wollen, nur zu«, sagte sie.

»Selbstverständlich sitzt ihr hier ganz selbstlos herum und dient dem Volk«, sagte Brauer, aber seine Stimme klang unsicher.

»Die Kollegen haben fünf Euro für das Geschenk gegeben. Wollen Sie sich beteiligen?«, fragte sie.

Brauer zog brummend sein Portemonnaie aus der Hosentasche. Die Kaiserin erhob sich und schob sich an ihm vorbei.

»Brauchen Sie mehr Platz?«, spottete Brauer und ging einen übertrieben großen Schritt zur Seite. Die Kaiserin lief rot an und verließ wortlos den Raum. Olga warf Brauer einen finsteren Blick zu und eilte ihr nach.

»Hey, wollt ihr jetzt doch kein Geld?«, rief Brauer ihnen hinterher.

»Ich muss jetzt zum Arzt«, sagte Stefanie Lindner und stand ebenfalls auf. »Reicht es, wenn wir uns morgen früh unterhalten, Herr Meister?«

Magnus nickte geistesabwesend, in Gedanken noch bei der Szene zwischen Brauer und der Kaiserin. Das Gespräch mit der Lindner konnte er genauso gut morgen führen. Er entschied nach einem Blick auf die Wanduhr, für heute Schluss zu machen und seine Sportsachen für das Boxtraining zu Hause abzuholen. Am Parkplatz stellte er fest, dass ein dunkelgrüner Passat mit rostigen Kotflügeln und Plüschkatzen auf der Heckablage so dicht neben ihm geparkt hatte, dass er über die Beifahrertür einsteigen musste. Zur Entspannung legte er an der ersten roten Ampel einen Sampler von Nick ein, auf dem dieser seine persönlichen Gitarrenhelden verewigt hatte. Aber »November Rain« passte nicht zu dem schönen Aprilabend, und Magnus stoppte Slashs Gitarrensolo in der Mitte. Er hatte das Gefühl, in seiner Ermittlung keinen Schritt weitergekommen zu sein.

»Johnnys Box-Club« in der Südstadt existierte seit den 50er-Jahren. Der Name des Clubs erinnerte an den fünffachen deutschen Meister Johnny Müller, der 1952 einen Ringrichter k. o. geschlagen hatte, weil der ihn als »Zigeuner« titulierte. Magnus trainierte hier gemeinsam mit Hotte, um ein bisschen in Form zu bleiben Während ihrer Schulzeit galten Hotte und er als Talente, aber Magnus hatte sich frühzeitig für die Musik entschieden und mehr Zeit im Proberaum als beim Boxtraining verbracht. Sie starteten immer mit Konditionstraining. Schon beim Seilspringen zum Aufwärmen strich Magnus fast die Segel. Hotte neben ihm absolvierte Sit-ups und Klimmzüge, ohne erkennbar außer Atem zu geraten.

»Trainingsdefizit«, spottete er mit einem Seitenblick auf Magnus' rotes Gesicht. Der verzichtete auf Rechtfertigungen, dafür reichte seine Puste nicht aus. Bei den Kombinationen am Sandsack lief es besser, Magnus arbeitete konzentriert an seiner Führhand. Die Reflexe waren nicht so schnell kaputtzukriegen wie die Kondition. Er nahm sich vor, morgen früher aufzustehen und eine Runde um den Decksteiner Weiher zu laufen. Nach einer halben Stunde wischte Magnus sich den Schweiß mit seinem Handtuch ab und schlenderte zu einer Gruppe Anfänger. Heute war offenes Training, auch Frauen waren dabei. Mehmet leitete die Übungen an.

»Ich sehe keine Beinarbeit, Ladys! Schaltet euren Kopf ein!« Er zwinkerte Magnus zu und winkte ihn zu sich. »Was hältst du von der da? Nicht übel, oder?« Er deutete mit dem Kopf auf eine große schlanke Brünette mit Zopf, die ziemlich versiert Rechts-Links-Kombinationen übte. Magnus schluckte, er hatte sie nicht gleich erkannt, weil sie normalerweise keinen Sandsack vor sich hatte und die Haare offen trug. Aber der konzentrierte Blick und die zusammengepressten Lippen beseitigten seinen letzten Zweifel: Die talentierte Anfängerin war Nadja, die zickige Empfangsfrau aus Bennos Detektei. Zeit zu gehen, bevor sie ihn hier entdeckte. Er winkte Hotte kurz zum Abschied zu und ging duschen.

Wie durch ein Wunder fand er einen Parkplatz vor der Haustür. Innerlich gratulierte er sich jedes Mal, wenn er nach Hause kam, zu dem schönen Mietshaus, das er mit Eliza vor vier Jahren gefunden hatte. In Köln grenzte günstiger Wohnraum mit Gartennutzung an ein Wunder. Sie konnten sogar ein Zimmer für seine Tochter Clara einrichten, die ihn seit der Trennung von Carolin fast jedes Wochenende besuchte. Claras neues Fahrrad stand abgeschlossen an der kleinen Backsteinmauer, die ihren Vorgarten einfasste. Seine Einnahmen von zwei Nächten als DJ waren dafür draufgegangen. Clara riss die Tür auf und gab ihm einen Kuss auf die Wange.

»Bäh, du stinkst nach Rauch. Du wolltest doch aufhören!« Sie ging in die Wohnküche vor und griff nach einer Gebäckstange auf dem Esstisch.

»Höchstens fünf Zigaretten am Tag«, verteidigte sich Magnus, während er sich aus der Jacke schälte. Es duftete nach gebackenem Käse und Majoran. Ihm lief das Wasser im Mund zusammen. Er dankte dem Himmel für Elizas italienische Großmutter, die ihr den Namen und ihre besten Rezepte hinterlassen hatte. Eliza deutete einen Luftkuss an und platzierte vorsichtig die heiße Auflaufform auf ein Holzbrett.

»Fünf Zigaretten sind aber mehr als keine«, sagte Clara. Magnus betrachtete sie einen Moment lang wie ein Wesen von einem anderen Stern. Kaum zu glauben, dass dieses hübsche Mädchen, das ihm Vorhaltungen wegen seiner ungesunden Angewohnheiten machte, seine Tochter sein sollte.

»Gib mir mal deinen Teller, Clara«, sagte Eliza. »Weißt du mittlerweile, wohin eure Abschlussfahrt geht?«

Clara nickte. »Rom. Gut, dass ich den Leistungskurs Geschichte gewählt habe. Das wird bestimmt cool. Lauter Designerläden.«

»Deswegen seid ihr aber nicht in Rom, oder?«, brummte Magnus. Er nahm sich Salat aus der großen Glasschüssel.

»Auf welchem Planeten lebst du eigentlich? Es muss ja nicht jeder mit peinlichen, alten Cordjacken rumlaufen«, sagte Clara.

»Da hat sie recht, Süßer. Ein neuer Anzug und ein paar Hemden wären für den Job nicht schlecht«, sagte Eliza.

»Job? Papa ist doch Künstler.« Die Herablassung in Claras Tonfall war unüberhörbar.

»Der peinliche Künstler zahlt immerhin deinen Lebensunterhalt«, sagte Magnus trocken.

»Stimmt doch gar nicht. Wenn Mama als Lehrerin nicht so gut verdienen würde …«

»Stopp. Ich will in Ruhe essen«, sagte Eliza.

»Was kostet denn der Spaß?«, wollte Magnus wissen.

»800 Euro. Mama hat gesagt, das muss erst nächsten Monat überwiesen werden.«

»800 Euro? Übernachtet ihr im Ritz?«

»Taschengeld wäre auch gut«, murmelte Clara. »Ich kann aber auch Mama oder Oma fragen.«

»Blödsinn! Natürlich bekommst du das Taschengeld von mir«, sagte Magnus. In den nächsten Wochen kommt auf jeden Fall Geld rein.«

»Erzähl mal von deinem Auftrag bei Benno«, sagte Eliza, offensichtlich bemüht, das Thema zu wechseln. Wer zahlt was für Clara – ein ständiger Streitpunkt zwischen Magnus und seiner Exfrau Carolin.

»Ihr dürft das aber nicht weitererzählen …«

»Das ist alles vertraulich«, ergänzten Eliza und Clara im Chor. Sie lachten.

»Neugieriges Volk«, grinste Magnus und dachte kurz nach.

»Es geht um Sabotage in der Bauabteilung eines Unternehmens. Die Chefin meint, es richtet sich gegen ihre Person. Also überprüfe ich gerade die Mitarbeiter, die infrage kommen.«

»Du hast doch bestimmt ein Dossier?«, fragte Eliza. »Lass mal sehen.«

»Hey, das fällt unter meine Schweigepflicht.«

»Ich poste es auf Facebook an alle meine Freunde«, sagte Clara.

Magnus seufzte und erhob sich. »Na gut, ihr Nervensägen.«

Eliza zwinkerte Clara zu. Die verdrehte die Augen.

»Das habe ich gesehen«, sagte Magnus. Er holte sein Laptop, fuhr den Rechner hoch und klickte die Fotos mit den kurzen Begleittexten an. Die Frauen steckten vor dem Bildschirm die Köpfe zusammen.

»Wow, die sieht aber gut aus«, sagte Clara. »Stefanie Lindner, ledig, geboren 3. Juli 1988, wohnhaft in Köln, ist die in echt auch so hübsch?«

Magnus blieb hinter ihnen stehen und betrachtete das Portrait. »Ich glaube schon, wenn man auf Blondinen steht.« Er küsste Eliza auf den Scheitel. Dann begann er, das Geschirr abzuräumen.

»Und die hier? Genau dein Typ, Papa. Ach, das ist die Chefin. Die sieht aber jung aus. Nein doch nicht, die ist schon 35. Uralt.«

Eliza grinste und boxte ihr spielerisch auf die Schulter. »Nicht so frech, Zwerg. Sie ist jünger als dein Vater und ich.«

»Die hier, die ist älter als ihr. Marita Kaiser. 49. Assistentin. Wenn sie nicht die doofe Brille aufhätte, könnte sie besser aussehen. Für ihr Alter meine ich.«

»Die Kaiserin«, sagte Magnus und drückte auf den Startknopf der Spülmaschine. »Der Spitzname passt zu ihr. Sie hat alles im Griff.«

Eliza hatte mittlerweile eine andere Datei aufgemacht und betrachtete aufmerksam ein Gruppenbild. »Warum ist das Foto dabei?«, fragte sie. »Die Aufnahme ist nicht besonders scharf.«

Magnus trat näher und runzelte die Stirn. »Das ist das einzige Bild, auf dem die ganze Abteilung zusammen ist.«

»Das sieht aus wie ein Biergarten, sie sitzen auf Holzbänken«, dachte Eliza laut nach. »Hinten rechts auf dem Stehtisch steht ein Kranz mit Kölschgläsern. Ein Betriebsfest?«

»Keine Ahnung«, sagte Magnus. Es erstaunte ihn immer, welche Details Eliza auffielen.

»Weißt du, wie alt das Foto ist? Hier ist nichts vermerkt.«

»Ich werde morgen nachfragen«, sagte Magnus.

»Arbeiten dort nur hübsche Frauen?« Eliza hatte zu Olgas Portrait weitergeklickt. Auf ihrer Stirn erschienen zwei steile Falten, die Magnus besorgt beobachtete. Elizas Eifersuchtsanfälle waren so unberechenbar wie das Aprilwetter, nur gefährlicher.

Clara klickte weiter. »Guck mal, das ist der Methusalem.« Sie las sich den Text zu Volker Grundmann durch. »Projektleiter, 59 Jahre alt, verheiratet, wohnhaft in Düsseldorf. Der hat übermorgen Geburtstag.«

»Und der hier?«, fragte Eliza und las laut vor. »Axel Hammer, Projektleiter, 42 Jahre, seit sieben Jahren in der Abteilung. Er erinnert mich an einen Schauspieler.«

»Al Pacino«, sagte Magnus, froh, wieder in harmlosem Fahrwasser zu paddeln. »Unsympathisch. Man kriegt ihn nicht zu fassen.«

»Der sieht voll gut aus«, meinte Clara. »Du bist bloß neidisch. Und er ist schlanker als du, Papa.«

Statt einer Antwort hob Magnus sie vom Stuhl und trug sie unter lautem Protest bis vor die Haustür. »Willst du noch bleiben?«, fragte er und grinste.

Nachdem Clara sich von ihnen verabschiedet hatte, ging Eliza nach oben, um für einen Kundenauftrag Abzüge zu machen. Magnus ackerte sich am Esstisch erneut durch seine Unterlagen. Irgendetwas beunruhigte ihn, eine Unstimmigkeit im Dossier, aber er kam nicht auf den Fehler. Als ihm die Buchstaben vor den Augen verschwammen, fuhr er den Rechner herunter und schnappte sich seine Gitarre. Er schrieb ein neues Arrangement für den Shoop Shoop Song. Das war er der Braut am Samstag schuldig.

DIENSTAG, 28. APRIL

Magnus wachte um sechs Uhr vor dem Wecker auf. Von Eliza war nur eine dunkle Haarsträhne auf dem Kissen zu sehen, der schöne Rest lag tief unter der Decke vergraben. Er dachte an seine guten Vorsätze von gestern, schlich die Treppe hinunter und zog seine älteste Trainingshose und die Laufschuhe an und drehte eine Runde im lockeren Trab um den Decksteiner Weiher. Zurück unter der Dusche fiel Magnus ein, was ihm gestern Abend bei der Durchsicht seiner Unterlagen Unbehagen bereitet hatte: Axel Hammer war laut Dossier seit sieben Jahren in der Abteilung beschäftigt. Er war sich sicher, dass die Kaiserin etwas anderes gesagt hatte. Er machte sich mit klarem Kopf auf den Weg in die Firma und pfiff laut den Shoop Shoop Song vor sich hin. Er sollte wirklich öfter Sport machen.

»Mit Frau Lindner können Sie heute nicht sprechen, sie hat sich krankgemeldet, tut mir leid.« Die Kaiserin nippte an einem Tee, dessen zimtiger Geruch Magnus an Weihnachten erinnerte. Sie forderte ihn nicht auf, Platz zu nehmen.

»Mir ist noch etwas durch den Kopf gegangen«, sagte er. »Wann sagten Sie, hätte Herr Hammer in dieser Abteilung angefangen?«

»Im Juli 2000. Das weiß ich genau, weil wir zur selben Zeit hier begonnen haben.«

»In den Unterlagen von Frau Wolf steht, dass er erst seit sieben Jahren hier beschäftigt ist.«

»Dann stimmt das nicht. Herr Hammer hatte zwischenzeitlich das Unternehmen verlassen und 2008 wieder hier angefangen.«

Ihr Telefon brummte leise. Magnus verfolgte mit einem Ohr, dass die Kaiserin einem aufgebrachten Handwerker erläuterte, wie er die Rechnung stellen musste, damit sie nicht von der Buchhaltung zurückgeschickt wurde. Magnus betrachtete einen Wandkalender, auf dem die Geburtstage der Abteilungsmitglieder eingetragen waren. Für morgen, den 29. April, stand »Volker Grundmann« darin mit einer fetten roten 60 und einem Smiley markiert. Auf dem Schreibtisch der Kaiserin stand ein Foto in einem schlichten silbernen Rahmen, das eine attraktive Brünette zeigte, die zwei rotgetigerte Kätzchen in den Armen hielt. Eine Zierschrift lief quer über das Bild, die Magnus mit etwas Mühe entzifferte: »Kasimir und Moritz, Weihnachten 2002. Herzlichen Glückwunsch!« Ob das ihre Tochter war? Quatsch, sie war kinderlos, soweit er sich erinnerte.

»Wie kann ich Ihnen noch behilflich sein?«, fragte die Kaiserin, als sie den Hörer aufgelegt hatte.

»Mich interessiert, warum Herr Hammer damals das Unternehmen verlassen hat.«

Sie lächelte bedauernd. »Darüber wurden wir nicht informiert. Wollten Sie nicht heute mit Herrn Brauer auf die Baustelle nach Aachen?«

Magnus verstand, er war entlassen. Es war erst zehn Uhr, noch zwei Stunden bis zu dem Termin mit Brauer.

Zeit genug, um zu überprüfen, ob die schöne Stefanie Lindner wirklich krank war.

Sie wohnte in der Südstadt, auf der Bonner Straße, höchstens zehn Fußminuten vom Proberaum seiner Band entfernt. Nachdem Magnus sich über die Baustelle am Chlodwigplatz gekämpft hatte, sah er sich der Herausforderung gegenüber, einen Parkplatz zu finden, an dem er nicht sofort abgeschleppt wurde. Durch den U-Bahn-Bau waren immer wieder überraschend Straßen gesperrt oder tauchten scheinbar über Nacht Bauzäune auf. Nach fünf Minuten sinnlosen Herumkurvens gab Magnus auf und stellte sich in die Ladezone vor eine kleine Bäckerei und eine Dönerbude, die noch geschlossen hatte. Hausnummer 45 lag gegenüber und entpuppte sich als gesichtsloser Bau aus den 60ern, dessen hellgrau gekachelte Fassade einem Badezimmer zur Ehre gereicht hätte. Magnus drückte mehrfach auf den Klingelknopf, keine Reaktion. Aus seiner Erfahrung mit Beschattungen für Bennos Detektei wusste Magnus, dass Spontankranke mehr unterwegs waren als eine Clique 17-Jähriger auf Klassenfahrt in Berlin. Er bestellte sich in der kleinen Bäckerei einen Cappuccino und setzte sich ans Fenster, ohne die Haustür aus den Augen zu lassen. Zwei ältere Damen tauschten sich am Nebentisch lautstark über ihre letzten Arztbesuche aus.

»Und do han ich däm Doktor jesaat: Wat sull der Quatsch? In mingem Alter in et Krankehuus? Ohne mich.«

»Jenau, Annemie. Wat säät denn der Hubert dozu?«

Bevor Magnus Huberts Antwort in Erfahrung bringen konnte, ging Stefanie Lindner mit einer Einkaufstüte genau an dem Fenster vorbei, an dem er saß. Krank sah sie nicht aus. Nach Hause schien sie nicht zu wollen, dann hätte sie spätestens jetzt die Straße überqueren müssen. Magnus sprang auf, schnappte sich seinen Pappbecher und ging ihr eilig hinterher. »Hey, Meister, warte! Ich denke, du arbeitest. Störe ich beim Kaffeetrinken?« Magnus drehte sich überrascht um und verschüttete dabei seinen halben Cappuccino auf dem Bürgersteig. Nick grinste ihn von einem Ohr zum anderen an. Er trug einen grünen, fleckigen Overall, die Arbeitskleidung der kleinen Zweiradwerkstatt, die er mit einem Kumpel gemeinsam führte.

»Nick, es ist gerade ungünstig. Wir sehen uns morgen bei der Probe, okay?« Magnus versuchte Stefanie Lindner im Auge zu behalten, die eben links in die Teutoburger Straße abbog.

»Klar, Mister Wichtig. Ich muss dich wegen Samstag was fragen, so viel Zeit hast du wohl noch?«

»Sorry, das geht gerade nicht.« Nick wirkte gekränkt, aber darauf konnte Magnus jetzt keine Rücksicht nehmen. Von rechts näherte sich eine Politesse der Ladezone und verteilte Knöllchen an die dort parkenden Wagen.

»Entschuldigen Sie, ich wollte gerade wegfahren«, beeilte sich Magnus zu versichern. Mit den Kölner Ordnungshüterinnen war nicht zu spaßen. War das hier eine verdammte Verschwörung? Nick drehte sich grußlos um und verschwand.

»Das sagen alle. Ich könnte Sie abschleppen lassen.«

»Aber ich behindere niemanden. Die Ladezone reicht für drei Lieferwagen.« Magnus war sofort klar, dass er einen Fehler gemacht hatte. Niemals mit einer Politesse diskutieren.

»Genau dafür ist die Zone gedacht: Für die Lieferfahrzeuge. Haben Sie ausgeliefert?«

Magnus gab zu, dass der Volvo kein Lieferfahrzeug war.

»Das freut mich, dass wir uns einig sind. Sie geben den Verstoß also zu?«

Magnus gab den Verstoß zu und startete einen letzten Versuch. »Haben Sie nicht einen Ermessensspielraum?«

»In der Tat. Wie wollen Sie bezahlen? Jetzt oder später?«

Magnus gab sich geschlagen, bezahlte zähneknirschend 15 Euro und fuhr den Volvo in die Teutoburger Straße, wo er Stefanie Lindner zuletzt gesehen hatte. Sie war natürlich weg. Er suchte mit dem Auto gezielt die Nebenstraßen ab. In der Alteburger Straße bemerkte er einen dunkelroten Transit, der ihm bekannt vorkam. Auf der Seite prangte ein fetter Werbeaufdruck für Nicks Werkstatt. Aber Magnus' Zielobjekt, ein hübsche Blondine mit Einkaufstüte, war verschwunden. Auf dem Weg zurück zur Bestkauf GmbH wühlte er das »Seargent Pepper«-Album der Beatles aus dem Handschuhfach und grölte mehr laut als schön »Lovely Rita« mit, das einzige ihm bekannte Liebeslied an eine Politesse.

Auf die Fahrt mit Brauer hatte Magnus so wenig Lust wie auf den Schlagersender, der in dessen Autoradio lief. Helene Fischer hechelte sich in Partylaune durch die Nacht. Höchststrafe für Musiker. Brauer fuhr den gleichen Wagen wie Axel Hammer, nur schneller. Das freundliche Frühlingswetter von gestern war einem dichten Nieselregen gewichen. Auf der A4 fuhren sie sofort in einen Stau.

»Scheiße, das fängt ja gut an. Hey, was macht der Trottel da?« Vor ihnen drängte sich ein Lieferfahrzeug ohne zu blinken auf ihre Spur. Brauer musste fast eine Vollbremsung machen, um nicht aufzufahren. »Arschloch! Wo hast du deinen Führerschein gekauft?« Mit einem Seitenblick auf Magnus murmelte er: »Ist doch wahr.« Sein kariertes Hemd zeigte unter den Achseln Schweißflecken. Magnus überlegte, wie er das Gespräch eröffnen sollte, da kam Brauer ihm zuvor.

»Sie finden die Musik beschissen, stimmt's?«

»Schlager sind nicht mein Ding«, gab Magnus zu. »Ich spiele in einer Rockband.«

»Wie kommen Sie denn zu einem Job als Wirtschaftsdetektiv? Sie sehen einfach nicht so aus. Das liegt wahrscheinlich an der Frisur. Du Idiot!« Vor ihnen zog ein LKW auf die linke Spur. Die minutenlange Schimpftirade auf polnische, bulgarische, rumänische und vor allem holländische LKW-Fahrer enthob Magnus einer Antwort. Wenn ihn jemand nach dem Grund für seine Beschäftigung bei Benno fragte, fühlte er sich in der Defensive. Sollte er sagen: »Ich brauche das Geld, weil ich meine Rock 'n' Roll-Karriere in den Sand gesetzt habe?«

»Mich interessiert, was Sie von dem Vorfall am Kölner Flughafen halten. Es besteht der Verdacht, dass jemand die Alarmanlage für die Kühlung manipuliert hat.«

»Verdächtigen Sie mich? Die Knalltüte von der Innenrevision hat mir das Band auch gezeigt. Glauben Sie, ich laufe nachts über die Baustelle und spiele den Einbrecher?«

»Nein«, sagte Magnus wahrheitsgemäß. »Aber irgendjemand macht es.«

Brauer schwieg. Erst als sie an der Ausfahrt Eschweiler vorüberfuhren, sagte er: »Ich würde eher auf die Konkurrenz tippen. Ein Warenverlust von 25.000 Euro schadet dem eigenen Unternehmen – wer will das schon?«

»Das werde ich herausfinden«, sagte Magnus, selbstbewusster, als er sich fühlte.

»Kollege Hammer hat viel Pech in letzter Zeit«, sagte Brauer nachdenklich. »In der Baugrube am Rheinauhafen den Praktikanten versenkt. Warenschaden am Flughafen. Oder die Materialverluste am Getränkemarkt – aber da ist er selber schuld.«

»Warum glauben Sie das?«

»Wenn das meine Baustelle wäre, hätte ich sie überwachen lassen. Und wenn ich mich selbst mit einem Baseballschläger vor den Markt gestellt und denen eins auf den Deckel gegeben hätte. Aber dafür macht sich der Herr nicht die Kleidung schmutzig.«

Magnus konnte sich Brauer ohne Probleme mit Baseballschläger vorstellen und grinste. »Frau Wolf war gegen die Überwachung, oder?«

»Typisch Schneewittchen. Da hätte sie Geld in die Hand nehmen müssen.«

Magnus registrierte amüsiert, dass auch andere Männer bei Carola Wolf an Schneewittchen dachten. »Sie ist noch recht jung für eine solche Position, oder?«

»Allerdings. Da hat uns die Oberste Heeresleitung eine Prinzessin vor die Nase gesetzt.« Brauer schnaubte durch die Nase. »Verdammte Sesselpupser.«

»Es muss doch einen Grund geben, dass Frau Wolf Ihnen allen vorgezogen wurde«, sagte Magnus.

»Vitamin B. Sie war Wolters Liebling, unser vorheriger Chef. Wer weiß, was da sonst noch zwischen denen lief.«

»Aber ihre Qualifikation steht außer Frage.« Magnus riet ins Blaue, er hatte keinen Schimmer, ob seine Klientin für den Job befähigt war.

Zu seiner Überraschung begann Brauer zu lachen. »Qualifikation, haha. Der war gut. Der war richtig gut. Die Frage ist nur, welche Qualifikation, haha. Das glaube ich jetzt nicht.« Er wischte sich eine Lachträne aus dem Augenwinkel. »Sie gefallen mir, Mann. Jetzt mal Klartext: Hammer konnten sie nicht befördern, der hat ein Riesenprojekt versiebt, das hat der Ihnen nicht erzählt, stimmt's?«

»Helfen Sie mir auf die Sprünge.«

»Letztes Jahr hatten wir eine Neueröffnung in Wesseling. Da ist an den falschen Stellen Geld geflossen. Fragen Sie Schneewittchen, was da los war. Ich will mir hier nicht noch mehr den Mund verbrennen.«

Magnus machte sich im Geiste eine Notiz.

»Aber mit mir oder dem Grundmann war zu rechnen«, fuhr Brauer fort.

»Was ist mit dem Kollegen, der jetzt in Urlaub ist?«, fragte Magnus.

»Dienst? Der war nicht scharf auf die Abteilungsleitung und hat auch kein Geheimnis draus gemacht. Sein Spitzname ist Dienst-nach-Vorschrift.«

Brauers Handy summte. »Hajo, was läuft? Wir sind gleich da. – Was? – Sag das noch mal. Scheiße. Gib mir zehn Minuten.«

»Ich könnte kotzen.« Brauer presste die Lippen fest

zusammen. »Das war der Fliesenleger. Wasserschaden.« Den Rest der Fahrt sprach er kein Wort mehr.

Die Baustelle lag in der Aachener Innenstadt, mitten in der Fußgängerzone. Seit einer Woche war der Markt für den Umbau geschlossen. Brauer parkte den Wagen in der Tiefgarage, die extra Parkflächen für die Supermarktkunden auswies. Sie betraten den Markt durch das Parkhaus und blieben stehen.

»Jetzt schauen Sie sich die Sauerei an«, sagte Brauer. Der helle Fliesenboden der Halle war vollständig mit einer dünnen Wasserschicht bedeckt, in der sich das Neonlicht spiegelte.

Die Fläche war riesig, vielleicht etwas kleiner als ein Fußballfeld. Magnus kannte Supermärkte nur in Betrieb: mit Kassiererinnen, vollen Regalen, Einkaufswagen, Tiefkühltruhen und Leergutautomaten. Jetzt standen nur ein paar leere Regalträger an der linken Wand und in der Mitte der Halle mehrere Kartons auf Holzpaletten, eingeschweißt in Folie. Neue Möbel für den Markt, vermutete Magnus. Von der Decke und den Wänden hingen Kabel, es roch nach Putz und Lösungsmitteln. Die Fenster zur Fußgängerzone hin waren mit braunem Papier abgeklebt. Brauer steuerte auf einen Mann im grauen Overall und eine Frau zu, die leise miteinander sprachen. Magnus hätte sie fast übersehen, weil eine Säule ihm die Sicht versperrte. Die Frau trug einen eleganten blauen Regenmantel, eine Kappe und Stiefel mit Blumenmuster. Sie sah aus, als hätte sie sich von einer Shoppingtour auf die Baustelle verirrt. Erst als sie sich zu ihnen umdrehte, erkannte Magnus Carola Wolf.

»Wie konnte das passieren?« Sie richtete die Frage an Brauer.

»Bis jetzt weiß ich nicht, was überhaupt passiert ist, nur dass diese Pfütze da«, er deutete mit dem ausgestreckten Zeigefinger auf den Boden, »nicht hierhin gehört!«

»Jemand hat vergessen, die Wasserleitung in der Metzgerei abzudichten«, sagte der Mann neben Carola Wolf. Sein zerfurchtes Gesicht war von aufgeplatzten Äderchen durchzogen.

»Das hast du schon am Telefon gesagt, Hajo. Das erklärt aber nicht, wie jemand so blöd sein kann, die Leitung nicht zu verschließen«, sagte Brauer.

»Da sind wir ausnahmsweise einer Meinung«, sagte Carola Wolf. »Wir haben in zwei Wochen Neueröffnung. Wie sollen wir den Plan halten?«

Brauer betrachtete die Innenflächen seiner Hände. »Bin ich Jesus? Habe ich Löcher in den Händen? Wir machen die Schweinerei so schnell wie möglich weg.«

»Das Wasser ist schon hinten in die Fugen gelaufen, die Silikonabdichtung wollte ich erst heute aufbringen«, sagte der Fliesenleger.

»Sie wissen, was das heißt«, sagte Carola Wolf zu Brauer.

»Ich mache den Job nicht erst seit gestern«, erwiderte er. Sie machten einen Rundgang über die Baustelle und versuchten den Schaden abzuschätzen. Soweit Magnus den Gesprächen folgen konnte, mussten von einer Spezialfirma Trocknungsgeräte beschafft werden. Das Wasser war im hinteren Teil der Halle durch die offenen Fugen an der Wandkante in die Dämmschicht gelaufen. Sie blieben in einer weiß gekachelten Ecke stehen und untersuchten die Wasseranschlüsse. Es gab noch keine Hähne, die Wasserleitungen waren mit grauen Dichtungsstopfen verschlossen.

»Der hier war es.« Der Fliesenleger wies auf den größten der Anschlüsse. »Er war nur ganz leicht angedreht und lief, als ich eben kam.«

»Wie lange lief das Wasser denn schon?«, fragte Magnus.

»Der Installateur hat gesagt, dass die Stopfen fest eingeschraubt waren, als er vorgestern Abend gegangen ist«, meinte der Fliesenleger.

»Das würde ich an seiner Stelle auch behaupten«, sagte Brauer. »Hajo, wer war gestern hier? Irgendjemand muss das Wasser doch bemerkt haben.«

»Wir nicht. Wir waren auf der Baustelle in Bitburg.«

»So Leute, Zeit für Plan B«, sagte Brauer und klatschte in die Hände. »Alle raus hier, ich hänge mich jetzt ans Telefon und sorge dafür, dass der Laden wieder läuft. Sie auch, Chefin. Sie verderben sich sonst ihre schönen Schuhe.« Magnus glaubte ein gemurmeltes »Weiber« zu hören, bevor Brauer die erste Nummer eintippte.

Die Rückfahrt nach Köln verbrachten sie schweigend. Die Scheibenwischer summten gleichmäßig im Takt. Brauer schien etwas zu beschäftigen, und Magnus ließ ihn in Ruhe. Er überprüfte seine eingegangenen Nachrichten auf dem Handy. Eliza schrieb ihm. »Ich muss dir was zeigen. Wann kommst du zurück?«

Magnus sah aus dem Fenster das Schild, das die Raststätte Frechen in fünf Kilometern ankündigte. »Halbe Stunde«, tippte er mühsam ein.

Brauer parkte auf der Luxemburger Straße vor einer Eckkneipe, nicht weit vom Firmengelände der Bestkauf GmbH entfernt.

»Ich brauche jetzt dringend ein Bier«, sagte er. »Kommen Sie mit?«

»Klar«, sagte Magnus, ohne eine Sekunde zu zögern. Alkohol war eine exzellente Befragungshilfe. Die Kneipe war bis auf zwei unbewegliche Gestalten am Tresen völlig leer. Ein Geruch nach schalem Bier und Putzmitteln hing in der Luft. Ein großer Flachbildschirm in der Ecke neben der Eingangstür zeigte Fußball ohne Ton. Der Wirt nickte Brauer zu, man kannte sich. Er stellte kommentarlos zwei Gläser Kölsch vor ihnen ab.

»Hier findet uns keiner. Das ist meinen Kollegen nicht fein genug«, sagte Brauer und wies unbestimmt in den Raum. Magnus sah sich um. Die Wände hatten einen gelblichen Stich, der vermutlich vom Nikotin vergangener Jahre herrührte. Auf den Fensterbänken krümelte sich Staub in den Ecken zusammen. Auf Wand- oder Tischschmuck legte der Wirt keinen Wert, wie es schien. Das einzige Stück, was man als Dekoration bezeichnen konnte, war ein handsigniertes Trikot von Lukas Podolski.

»Wie hoch schätzen Sie den Schaden?« fragte Magnus.

»Rund 80.000 Euro pro Woche Verzögerung.« Brauer hob sein Glas und trank es mit einem Zug aus. »Es dauert mindestens drei Wochen, bis die Feuchtigkeit unter den Fliesen abgetrocknet ist und wir weitermachen können.«

Der Wirt brachte die zweite Runde und nahm ihre leeren Gläser mit. Magnus sehnte sich nach einer Zigarette.

»Glauben Sie, dass jemand die Stopfen mit Absicht herausgedreht hat?«, fragte er.

Brauer stierte in sein Kölschglas, als ob es ihm die Frage beantworten könnte. »Welcher Installateur vergisst schon, die Wasserzuläufe zu verschließen?«

Magnus erhob sich. »Ich gehe mal eine rauchen.« Draußen nieselte es noch immer, und Magnus quetschte sich an die Hauswand, um nicht nass zu werden. Wer hatte ein Interesse daran, auf den Baustellen Schaden anzurichten? Er konnte sich nicht vorstellen, dass ein Wettkampf unter Kollegen solche Züge annahm. Ein Konkurrent? Vielleicht gab es mehrere Täter? Vorläufig ergab nichts einen Sinn. Er drückte seine Zigarette aus und ging wieder hinein. Brauer fachsimpelte mit dem Wirt über Fußball. Die Herren tranken gerade einen Schnaps auf ex. Zwei leere Schnapsgläschen standen schon auf dem Tisch.

»Bring mir noch einen Korn und ein Kölsch, Andy. Und für den Rocker hier auch ein Rentnergedeck«, sagte Brauer und rülpste. »Der ist in Ordnung. Obwohl, Sie sollten mal zum Frisör gehen.«

»Das sagt meine Frau auch immer«, sagte Magnus grinsend.

»Frau, wieso Frau? Sind Sie verheiratet?«

»Nein, ich sage aber immer ›meine Frau‹ zu ihr. Vielleicht mache ich ihr demnächst einen Antrag, wer weiß.« Nichts lag Magnus ferner, aber er wollte Brauer aus der Reserve locken. Als der Wirt mit den Getränken zurückkam, sagte Brauer: »Andy, der Mann spinnt. Will in seinem Alter noch heiraten. Was für eine Schnapsidee. Bring uns noch eine Runde, darauf müssen wir trinken.«

»Auf Ihre Zukünftige!« Brauer prostete ihm zu. »Dabei könnten Sie als Rocker doch die Groupies nehmen.« Sie tranken.

Magnus spürte, dass Nebel in seinem Kopf aufstieg. Er hatte nichts im Magen, was den Korn ausbremsen konnte. »Es soll Menschen geben, die gerne verheiratet sind«, sagte Magnus, gegen seine eigene Überzeugung. Wen kannte er eigentlich, der schon lange verheiratet und glücklich war?

»Rufen Sie mich nachts an, wenn Ihnen einer einfällt«, sagte Brauer, als ob er Magnus' Gedanken gelesen hätte. »Was wetten wir: Nennen Sie mir drei glückliche Ehepaare, und ich übernehme alle Runden hier am Tisch.« Seine Stimme klang ein wenig verwaschen.

»Wer ist überhaupt verheiratet von Ihren Kollegen?«, fragte Magnus, ihn interessierte Brauers Meinung dazu.

»Grundmann natürlich, die hatten schon Silberhochzeit, der steht völlig unterm Pantoffel. Die Wieczorek ist verlobt. Die Lindner ist wieder auf dem Markt, wäre das nicht Ihr Typ? Der Dienst, der will selbst nicht, und die Kaiserin, die will niemand. Verfallsdatum überschritten.«

»Was ist mit Ihrem Kollegen Hammer?«, fragte Magnus. »Der macht doch einen ganz zufriedenen Eindruck.«

Brauer verschluckte sich am Bier und begann zu husten. Der Husten ging nahtlos in ein bellendes Gelächter über.

»Hat er Ihnen die schönen Fotos aus dem letzten Urlaub gezeigt? Andy, noch zwei Korn und zwei Kölsch!« Es fiel ihm schwer, sich zu beruhigen. Er wischte sich die Lachtränen aus den Augen. Die Kneipe war mittlerweile etwas voller geworden, stellte Magnus fest. Einige Leute sahen zu ihrem Tisch herüber. Er war etwas benebelt, aber Brauer war angetrunken und laut.

»Glückliches Ehepaar, haha, Rocker, du gefällst mir. Der Hammer hat noch nie was anbrennen lassen. Das ist der größte Schauspieler unter Gottes Sonne. Da könnte ich dir Sachen erzählen …«

Ja bitte, erzähle es mir, dachte Magnus.

»Ich kenne den Arsch seit sieben Jahren, alles was nicht bei drei auf den Bäumen ist, wird …«

Eine Erinnerung blitzte in Magnus' Gehirn auf, verschwand jedoch mit der nächsten Runde Schnaps, die der Wirt auf den Tisch stellte. »Andy, hast du die Ergebnisse vom Boxen gehört? K. o. in der dritten Runde!«, sagte er.

»Ich bin nach der Runde auch k. o.«, nuschelte Brauer. »Eins will ich dir noch sagen, Rocker: Trau keinem über den Weg. Vor allem nicht den Weibern.« Er blickte Magnus aus trüben Augen an. »Du bist in Ordnung, Mann.« Dann ließ er den Kopf auf die Tischplatte fallen. Magnus kramte sein Portemonnaie aus der Jackentasche, zahlte seinen Deckel und fand mit etwas Mühe den Ausgang. Beim Hinausgehen meinte er noch ein »Scheißweiber« zu hören. Der Sauerstoff nahm ihm fast den Atem, als er vor die Tür trat. Er hoffte für Brauer, dass der Wirt ihm ein Taxi rufen würde. Er selbst musste zu Fuß nach Hause gehen, der Volvo stand noch auf dem Firmengelände. Zumindest regnete es nicht mehr. Hatte er überhaupt einen Haustürschlüssel dabei? Als er nach Schlüssel und Feuerzeug suchte, fiel ihm sein Handy aus der Jackentasche. Er bückte sich hastig danach, verlor das Gleichgewicht und fiel mit dem Hintern auf den nassen Asphalt. Es war ihm auf angenehme Art egal. Im Sitzen las er die Anzahl seiner eingegangenen Nachrichten.

Drei von Eliza, eine von Sven, wegen der Probe morgen. Eliza. Er hatte vergessen, sie zu benachrichtigen, dass er sich verspäten würde. Als er sich aufrappelte, wurde ihm übel. Er übergab sich in den Rinnstein.

MITTWOCH, 29. APRIL

Das Brötchenstück klebte an seinem Gaumen fest und wurde im Mund größer. Er schaffte es nicht zu schlucken.

»Du hättest zumindest eine SMS schreiben können«, sagte Eliza. »Als du geschrieben hast, es dauert noch eine halbe Stunde, habe ich Spaghetti gekocht. Ich dachte, du seist hungrig.« Eliza schäumte sich Milch auf. Schon von dem Geruch wurde Magnus schlecht.

»Tut mir leid. War ich auch«, brummte er. Von links bohrte sich ein Messer in seinen Schädel und richtete sich gemütlich hinter seiner Stirn ein. Magnus war dankbar, dass er nur einen kleinen Anschiss bekam. Auf der Eliza-Skala von eins bis zwölf lag dieser hier höchstens bei zwei. Er war zwar betrunken, aber wenigstens nicht spät zu Hause gewesen. Er versuchte sich zu erinnern, warum er den Korn mitgetrunken hatte. Es gab keinen vernünftigen Grund, das Zeug überhaupt anzurühren. Er legte die Brötchenhälfte auf den Teller zurück. Zu mehr als Kaffee und Wasser ließ sich sein Magen noch nicht überreden.

»Wann musst du im Büro sein?«, fragte Eliza und schenkte sich einen Kaffee ein. Sie blieb an der Anrichte stehen und musterte ihn. Magnus glaubte nicht, dass ihr gefiel, was sie sah. Er gefiel sich selbst nicht besonders.

»Um zehn. Axel Hammer nimmt mich mit. Der Al-Pacino-Verschnitt. Es geht um einen neuen Standort, das Gespräch findet bei einem der Investoren statt.«

»Dann solltest du die nächsten zwei Stunden in dein Aussehen investieren. Drei Stunden wären besser.« Sie grinste ihn breit an. Sofort fühlte er sich besser.

»Ich habe dem Projektleiter gestern erzählt, dass ich dir demnächst einen Antrag mache«, sagte Magnus. »Er hasst Frauen. ›Scheißweiber‹ ist sein Lieblingswort.«

»Du lügst ohne rot zu werden«, sagte Eliza. »Machst du es denn?«

»Was?«, fragte Magnus.

»Mir einen Antrag.«

»Hm. Keine schlechte Idee. Willst du?«

»Ist das jetzt ein Antrag?«

»Nein, ein Stimmungsbild.«

»Vergiss es.«

»Was denn jetzt?«, fragte Magnus, aber sie war schon auf dem Weg zur Garderobe. »Du wolltest mir gestern etwas zeigen!«, rief er ihr hinterher.

»Liegt auf deinem Tisch. Ein brauner Umschlag. Ciao, mein Kunde wartet.« Die Tür fiel mit einem Knall ins Schloss, und Magnus zuckte zusammen. War sie jetzt sauer? Er hätte die Klappe halten sollen. Frauen waren empfindlich, wenn es um das Thema Heiraten ging. Er goss sich ein Glas Wasser nach und stellte das Radio an. Irgendwelche Kinder beschwerten sich musikalisch, dass die Stadt sie nerven und langweilen würde. Sollten sie doch aufs Land ziehen. Jasper hatte ihm gesagt, wie die Band hieß, aber er hatte es vergessen. Vor ein paar Jahren wusste er noch die Namen der Bands, deren Hits gerade im Radio liefen. Er suchte einen anderen Sender. Der WDR spielte einen Hit aus den 80er-Jahren, der damals schon zu viel gespielt wurde. Seine letzte Rettung war das Internetradio, das Eliza ihm vorletztes Jahr zu Weihnachten geschenkt hatte, weil sie seine Nörgelei über die Musik im Radio nicht mehr ertrug, wie sie sagte. Unter seinen Favoriten war Radio Paradise abgespeichert. Ah, endlich Gitarren, Neil Young nölte in den Äther. Er lächelte zufrieden, stellte die Musik laut und ging sich rasieren. Danach fühlte er sich besser. Er setzte sich an seinen Schreibtisch, fuhr den Rechner hoch und versuchte zu sortieren, was er bisher erfahren hatte, indem er seine Überlegungen in eine Datei eintippte. Viel hatte er nicht herausbekommen bisher. Er listete die möglichen Sabotageversuche auf, wenn es denn welche waren.

Der verhinderte Kühlalarm am Kölner Flughafen – Olga, die Kaiserin und Brauer sind der Meinung, dass niemand der eigenen Firma in diesem Umfang schaden würde.

Die verschwundenen Baupläne – Dazu bisher noch keine Befragung. Diese vermutlich sinnlos, da jeder der Mitarbeiter auf die Postfächer zugreifen kann, wenn die Kaiserin nicht im Büro ist.

Das Absperrband am Rheinauhafen – Jeder Depp hätte das Band durchschneiden können. Der Praktikant könnte etwas gesehen haben. Was hatte der auf der Baustelle zu suchen? Stefanie Lindner könnte etwas dazu wissen, bei Gelegenheit befragen, wenn er sie mal zu fassen bekäme. Von Hammer dazu wenig bis keine Äußerung. Nachfassen? Noch mal ins Krankenhaus fahren?

Diebstahl von Baumaterial und Heizungsrohren am Getränkemarkt in Köln-Chorweiler – völlig unklar. Jeder könnte mit dem richtigen Werkzeug dort einbrechen. Sehr erstaunlich: Hammers gelassene Reaktion.

Neu dabei: Wasserschaden in der Aachener Innenstadt. Ob es sich lohnen würde, den Installateur zu befragen? Brauer war sich sicher, dass kein Installateur die Abdichtung vergessen würde.

Worum ging es überhaupt? Seine Klientin schien zu glauben, dass man an ihrem Stuhl sägen wollte. Genauso gut könnte ein persönlicher Rachefeldzug gegen einen einzelnen dahinterstecken. Gegen Hammer? Bis auf die Baustelle in Aachen waren nur seine Projekte betroffen. Die Frauen in der Abteilung durfte er auch nicht außer Acht lassen. Bei der Vorstellung, dass die Kaiserin oder die niedliche Olga nachts über die Baustelle schlichen und Vorhängeschlösser knackten, musste er zwar grinsen, aber wer wusste schon, was sich in deren Köpfen abspielte? Stefanie Lindner schien es nicht gerade eilig zu haben, mit ihm zu reden. Magnus vertiefte sich wieder in das Dossier, bis sein Blick auf die Zeitanzeige am Rechner fiel. Er raffte hastig seine Unterlagen zusammen und polterte die Treppe hinab. Draußen suchte er sein Auto, bis ihm einfiel, dass der Wagen immer noch auf dem Firmengelände der Bestkauf GmbH stand. Er rannte zur Straßenbahn und quetschte sich in der letzten Minute durch die Tür des Zuges der Linie 18. Unterwegs fiel ihm ein, dass der Umschlag, von dem Eliza gesprochen hatte, immer noch unberührt auf seinem Schreibtisch lag.

Er fuhr mit Axel Hammer über die Rodenkirchener Brücke auf die rechte Rheinseite. Die tiefhängenden Wolken von gestern hatten sich verflüchtigt, und der Himmel strahlte in einem frischen Blau. Hammer trug Nadelstreifen und summte gut gelaunt vor sich hin. Der Duft seines Rasierwassers hing wie dichter Nebel im Wagen, und Magnus' Kopfschmerzen meldeten sich prompt zurück. Er öffnete das Fenster einen Spaltbreit und atmete die frische Aprilluft ein.

»Die Standortgespräche führen üblicherweise die Kollegen von der Expansion«, sagte Hammer. »Aber ich kenne den Investor schon seit Jahren, daher begleite ich die Vorplanungen. Kennen Sie das Bahngelände in Zollstock, hinter der Unterführung?«

Magnus nickte. Er hatte früher einen Proberaum in der Nähe gehabt. »Dort wird jetzt gebaut?«

»Frühestens in drei Jahren.« Hammer setzte den Blinker, um auf die Autobahn in Richtung Köln-Deutz zu wechseln. »Wir haben den Zuschlag noch lange nicht, es gibt noch mindestens drei andere Interessenten.«

»Apropos Konkurrenz«, hakte Magnus ein, »haben Sie zwischendurch bei einem anderen Unternehmen gearbeitet? Frau Kaiser sagte mir, dass Sie im Sommer 2000 in der Bauabteilung der Bestkauf GmbH beschäftigt waren, in meinen Unterlagen ist aber 2008 als Eintrittsdatum vermerkt.«

»Mir kam ein gutes Angebot von Edeka dazwischen. Da habe ich zugegriffen.« Hammer warf ihm einen Seitenblick zu. »Aber was hat das mit Ihrer Ermittlung zu tun?«

Magnus zuckte mit den Achseln. »Es ist mir aufgefallen, also frage ich.«

»Lillian, meine Älteste, ist im April 2003 geboren, und meine Frau hat nicht mehr gearbeitet. Der höhere Verdienst kam uns sehr gelegen.«

»Und warum sind Sie zurück zur Bestkauf GmbH gegangen?«

»Ich denke nicht, dass Sie das etwas angeht.«

»Wie Sie wollen«, sagte Magnus. »Ich kann Sie nicht zwingen zu antworten.«

Hammer schwieg, er schien verärgert. Magnus war froh, endlich einen Riss in der glatten Oberfläche des Projektleiters zu sehen. Er würde den Grund ohnehin herausfinden. Ein Unternehmen war wie eine klatschsüchtige Nachbarschaft: Irgendjemand wusste immer Bescheid.

Das Standortgespräch fand in einem Büropalast aus Glas und Marmor in bester Rheinlage statt. Ein Herr Dr. Pflegmann, der Leiter der Projektentwicklung, führte sie in ein elegantes Büro, dessen bodentiefe Fenster Aussicht auf den Rhein, die Hohenzollernbrücke und die Kölner Altstadt boten. Magnus war widerwillig beeindruckt. Zwei grauhaarige Herren in Anzügen und eine streng wirkende Blonde in einem knappen blauen Kostüm saßen an einem kleineren Besprechungstisch. Hammer schien alle Anwesenden zu kennen. Falls die anderen Beteiligten die Anwesenheit eines Wirtschaftsdetektivs merkwürdig fanden, ließen sie es sich nicht anmerken. In der nächsten Stunde verstand Magnus nur Bahnhof. Das letzte Mal, dass er sich so ahnungslos gefühlt hatte, war bei seiner mündlichen Prüfung in Mathe gewesen. Die zähen Verhandlungen drehten sich um Baugutachten, Vergaberecht und irgendwelche Vorentwürfe. Magnus machte von seiner Fähigkeit Gebrauch, mit offenen Augen zu schlafen. Erst als Hammer neben ihm zusammenzuckte, wachte er auf.

»Uns stimmen die jüngsten Berichte in der Presse nachdenklich«, sagte Dr. Pflegmann. »Auch wir haben einen Ruf zu verlieren.«

»Die Sicherheit beim Bau muss gewährleistet sein«, nickte einer der Anzugträger. »Das fällt auf alle zurück.«

»Der junge Mann ist Praktikant in Ihrer Abteilung, nicht wahr? Ist er noch im Krankenhaus?«, fragte die Blonde.

»Er wird heute operiert, soweit ich weiß. Das war ein schrecklicher Unfall.« Hammer wirkte verlegen.

»Sehr unglücklich, das Ganze«, sagte Dr. Pflegmann. »Haben Sie schon über die Höhe des Baukostenzuschusses nachgedacht?«

»Davon war bisher nicht die Rede«, sagte Hammer überrascht.

»Bei Ihren Mitbewerbern schon.« Er verzog die schmalen Lippen zu einem angedeuteten Lächeln. »Wir bleiben jedenfalls im Gespräch«, ergänzte er und warf einen Blick auf seine Uhr. Das Gespräch war beendet. Den Weg hinaus fanden sie alleine. Hammer lief einen Schritt vor Magnus her, offensichtlich nicht in der Stimmung für Smalltalk.

Als sie ins Auto einsteigen wollten, rief jemand von der anderen Seite des Parkplatzes Hammers Namen. »Axel, ich glaube es nicht. Warte mal!« Ein Mann mit grauem Jackett und zerzausten blonden Haaren eilte auf sie zu. Er trug einen silbernen Aktenkoffer. Eine Windböe zerrte an seiner Krawatte.

»Rainer, lange nicht gesehen.« Hammers Lächeln wirkte gequält, als er ihm die Hand gab. »Was treibst du hier?«

»Dasselbe wie du, vermute ich. Projekte an Land ziehen.« Er stellte seinen Koffer ab. Magnus wehte ein leichter Geruch nach Alkohol und Rauch um die Nase. Aus der Nähe sah das kantige Gesicht des Mannes aufgeschwemmt aus. Er wirkte gut trainiert, trotz eines leichten Bauchansatzes.

»Weswegen bist du hier?«, fragte Hammer und lehnte sich an seinen Wagen. »Oder ist das ein Geheimnis?«

»Quatsch, meinem ehemaligen Kollegen vertraue ich doch.« Der Blonde taxierte Magnus und kam zu keinem Ergebnis.

»Er gehört dazu«, sagte Hammer. »Du kannst offen sprechen.«

»Wie du meinst. Du hast bestimmt mitbekommen, dass die jetzt für das Bahngelände einen Baukostenzuschuss wollen?«

»Ich wette, du hast sie selbst auf die Idee gebracht«, sagte Hammer. »Wem willst du hier etwas vormachen? Ihr habt die Absage wegen des Rheinauhafens nicht verkraftet.«

»Ach, ist das dein Projekt? Besser schlechte Presse als keine Presse, oder?« Der Blonde lächelte und klopfte Hammer auf die Schulter. »Nichts für ungut. Wir sehen uns.« Er drehte sich um, nahm seinen Aktenkoffer und eilte auf den Glaspalast zu. Hammer starrte ihm nach, die rechte Hand auf der linken Schulter, als wollte er noch im Nachhinein die Berührung ungeschehen machen.

»Wer war das?«, fragte Magnus, als sie an der Lanxess Arena vorbei zurück zur Autobahn fuhren. Am liebsten hätte er gefragt: »Was war das?«

Hammer antwortete erst, als sie die Auffahrt erreichten. »Das, Herr Meister, war die Konkurrenz.«

Magnus stand wenig später mit knurrendem Magen am Empfang der Bestkauf GmbH und überlegte, ob er in die Kantine gehen sollte. Andererseits musste er dringend den dritten Projektleiter, Volker Grundmann, befragen.

Hammer murmelte etwas von einem Termin und eilte davon.

»Herr Meister?« Magnus fuhr herum. Vor ihm stand ein sportlich aussehender älterer Mann mit einem grauen Bürstenhaarschnitt und gesunder Gesichtsfarbe.

»Wir hatten noch nicht die Ehre«, sagte er und reichte Magnus die Hand. »Grundmann. Sie dürfen mir zum Geburtstag gratulieren.«

Magnus lachte und schlug ein. »Herzlichen Glückwunsch. Wie haben Sie mich erkannt?«

»Frau Wieczorek hat Sie gerade aus dem Fenster gesehen und mit dem Finger auf Sie gezeigt. Ich würde gerne mit Ihnen sprechen. Gehen Sie mit mir essen?«

Schön, dass jemand freiwillig mit ihm reden wollte. Sie stiegen ein paar Stufen hinab ins Untergeschoss zur Kantine, wo ihnen der Geruch von Käse und gebratenen Zwiebeln entgegenschlug. Es war warm, laut und brechend voll. Magnus entschied sich für Spaghetti Bolognese, eines seiner Lieblingsgerichte. Grundmann nahm den Schweinebraten mit Klößen und Rotkohl. Sie setzten sich an den letzten freien Tisch ans Fenster.

»Und, wen von uns verdächtigen Sie am meisten?«, fragte Grundmann in scherzhaftem Ton. Er legte seine Serviette sorgfältig auf den Schoß.

»Jeden. Am meisten immer den, mit dem ich gerade spreche«, stieg Magnus auf seinen Tonfall ein. »Spätestens seit heute interessiert mich auch Ihre Konkurrenz.«

»Das heißt, Sie waren mit Herrn Hammer beim Standortgespräch«, folgerte Grundmann. »Das ist ein dicker Fisch, den wir an Land ziehen könnten. Wie ist es Ihrer Ansicht nach gelaufen?«

»Das fragen Sie ihn besser selbst«, sagte Magnus vorsichtig und wickelte lustlos die pappigen Nudeln auf die Gabel. »Ich bin kein Experte.«

»Mich interessiert Ihre Meinung«, sagte Grundmann und deutete ein Lächeln an. »Unter Kollegen erzählt man sich höchstens die halbe Wahrheit.«

Magnus hob die Schultern. »Die Investoren waren nicht begeistert von der schlechten Presse wegen des Rheinauhafens. Und die Stadt will einen Baukostenzuschuss. Wobei ich nicht weiß, was das ist.«

Grundmann hob die Augenbrauen. »Das sind schlechte Neuigkeiten. Wenn die Stadt Köln das einfordert, bedeutet das für uns zusätzliche Entwicklungskosten.«

»Einer Ihrer Mitbewerber war vor Ort. Rainer Sowieso. Herr Hammer kannte ihn.« Magnus legte sein Besteck neben den Teller nieder. Die Nudeln schmeckten einfach nicht.

»Rainer Laubert? Groß, blond, kräftig?«

Magnus nickte. »Anscheinend will Ihre Konkurrenz am gleichen Standort bauen.«

»Das ist klar, aber …« Grundmann beendete den Satz nicht. Er schwieg und sah aus dem Fenster.

Magnus sah seine Chance, ein paar Fragen zu stellen. »Herr Grundmann, ist bei Ihren aktuellen Projekten in den letzten Wochen etwas Ungewöhnliches vorgefallen?«

Grundmann schüttelte den Kopf. »Das habe ich mich selbst schon gefragt. Aber vom normalen Ärger mit Subunternehmern oder Handwerkern mal abgesehen – nichts.« Er lächelte. »Macht mich das verdächtig?«

»Und die Sache mit dem Kühlalarm am Flughafen?«

Grundmann schob seinen Teller zur Seite und beugte sich vor. Auf seiner Stirn erschienen senkrechte Falten. »Ich arbeite seit 30 Jahren hier. Dafür habe ich eine Abmahnung bekommen. Unfassbar, was Frau Wolf sich da geleistet hat.«

»Was halten Sie von ihr als Führungskraft?«

»Das fragen Sie mich? Wie soll ich das objektiv beurteilen?« Grundmann starrte Magnus an, als ob er den Verstand verloren hätte.

»Subjektiv reicht mir«, sagte Magnus trocken.

Grundmann dachte nach. »Es ist Ihnen sicher aufgefallen, dass einige gut qualifizierte Männer bei der Besetzung der Stelle als Leiter der Bauabteilung außen vorgeblieben sind.«

»So wie Sie?«

»Richtig.« Er tupfte sich den Mund mit einer Serviette ab. »Davon mal abgesehen, macht sie ihren Job gar nicht so schlecht.«

»Trotz der Abmahnung?«, fragte Magnus.

»Trotz der Abmahnung.«

Sie brachten das Geschirr zurück. Grundmann hatte

seine gute Laune wiedergefunden. »Wenn Sie wollen – ich veranstalte heute Abend um sieben Uhr einen kleinen Geburtstagsumtrunk mit den Kollegen im ›Brauhaus Unkelbach‹. Kommen Sie doch vorbei!«

Magnus bedankte sich höflich für die Einladung und lehnte ab. Die Jungs würden ihn vierteilen, wenn er heute bei der Probe fehlte.

Magnus beschloss, kurz nach Hause zu fahren und einen Blick auf Elizas Entdeckung zu werfen. Momentan vermisste ihn hier niemand. Er startete den Motor und legte Nicks Gitarren-Sampler ein. Jimmy Hendrix' Solo in »Purple Haze« blies ihm alle weiteren Gedanken aus dem Kopf. Als er zu Hause die Haustür aufschloss, fiel die Müdigkeit über ihn her. Das Sofa im Wohnzimmer sah verlockend aus, aber er gab der Versuchung nicht nach und schleppte sich die Treppe zum Arbeitszimmer hoch. Magnus fuhr zusammen, als das Telefon im Erdgeschoss klingelte. Er war heute schreckhaft wie ein Schneehäschen.

»Meister, was machst du zu Hause?« Benno brüllte in den Hörer. Im Hintergrund hörte Magnus ein lautes Motorengeräusch. »Ich bezahle dich nicht fürs Faulenzen!«

»Wo bist du? Ich kann dich kaum verstehen. Geh mal von der Autobahn runter!«

»Was? Geht nicht! Die Autobahn ist ein Schiff. Mein Klient hat mich zu einer Hafenrundfahrt eingeladen.«

»Wer von uns beiden faulenzt?«

»Wenn du wüsstest! Ich würde gerne mit dir tauschen. Kannst du mich jetzt besser hören? Was macht Schneewittchen?«

Magnus berichtete in groben Zügen von seinen bisherigen Ermittlungen.

»Verworrene Kiste, oder? Pack dir diese Lindner, da ist was im Busch. Und überprüf die Alibis. Basisarbeit, Meister, Basisarbeit.«

Magnus murmelte, dass er sich nicht vierteilen könne.

»Diesen Fritzen von der Konkurrenz, hast du den überprüft?«

»Darf ich das denn? Ich muss erst mit der Wolf reden!«

»Ich versteh dich so schlecht«, rief Benno. Im Hintergrund hörte Magnus eine Schiffssirene. »Was ist mit ehemaligen Mitarbeitern? Die sind auch immer gut für Sabotage.«

»Hey, das kann ich alleine nicht alles schaffen.«

»Wenn du Hilfe brauchst oder jemanden beschatten musst, hol dir Nadja dazu. Viel Erfolg!«

»Spinnst du? Nadja?« Bevor er sich mit dieser versnobten Ziege einen Job teilte, würde er eher als Spülhilfe im »Alibi« arbeiten. Doch sein Protest lief ins Leere, Benno hatte schon aufgelegt. Magnus nahm schlecht gelaunt die Treppe zum zweiten Mal in Angriff.

Auf seinem Schreibtisch lag der braune Umschlag, von dem Eliza gesprochen hatte. Er enthielt eine Vergrößerung des Gruppenfotos von der Betriebsfeier. Mittlerweile konnte Magnus mit den Gesichtern mehr anfangen. Links außen am Tisch saß Grundmann, daneben Brauer, der dem Fotografen zuprostete. Auf einer Bierbank quetschten sich einige Leute, die Magnus nicht kannte, vielleicht Mitarbeiter aus dem Technischen Einkauf. Die Kaiserin thronte in der Mitte der Aufnahme und sah mit wachsamen Augen direkt in die Kamera. Rechts neben ihr griff

Olga nach einem Glas mit Strohhalm, sie sah fröhlich aus. Halb abgewandt sah Magnus einen älteren Mann sitzen, der Carola Wolf etwas ins Ohr flüsterte. Seine Klientin lächelte. Der ehemalige Chef vielleicht? Nun, er würde sie fragen. Mit dem Rücken zum Betrachter saß Hammer, den Magnus an den dunklen Haaren erkannte, und ein Mann in einem hellblauen Hemd, der Magnus vage bekannt vorkam. Auf einem Eckplatz zeigte Stefanie Lindner ihr hübsches, lächelndes Profil und viel Bein in einem kurzen, bunten Kleidchen. Unter die Tischplatte hatte Eliza mit Kugelschreiber einen schwarzen Kringel gemalt. Was sollte das? Wahrscheinlich war er schwer von Begriff, aber er wusste nicht, worauf sie hinauswollte. Er steckte die Fotografie in seine Tasche. Das Wichtigste war jetzt, mit Schneewittchen die offenen Fragen zu klären. Er rief auf dem Handy im Büro der Kaiserin an, erfuhr aber nur, dass seine Klientin heute den ganzen Tag in Terminen und erst morgen früh wieder im Haus wäre. Ob sie zu der Geburtstagsfeier von Grundmann ging? Vielleicht könnte er sie auf dem Weg zur Probe abpassen. Magnus gähnte. Als er zum zweiten Mal am Sofa vorbeikam, konnte er nicht widerstehen. Nur eine halbe Stunde, danach wäre er viel ausgeruhter, überzeugte er sich selbst. Er schlief sofort ein.

»Süßer, hallo? Alles klar bei dir?« Eliza rüttelte ihn sanft. Magnus fuhr hoch. »Ich muss zu Schneewittchen …«

»… und den sieben Zwergen. Du redest wirres Zeug. Es ist halb sechs. Hast du das Foto gesehen?«

Halb sechs? Er hatte fast drei Stunden geschlafen. Magnus rieb sich die Augen, setzte sich auf und kramte das Foto aus seiner Tasche.

»Was siehst du da, was ich nicht sehe?«

Eliza tippte auf die rechte Bildhälfte. »Der helle Fleck, wo der Kringel ist. Das sind Hände, mein Schatz.«

»Wer … tatsächlich. Die halten Händchen. Das ist Axel Hammer.«

»Und die hübsche Blonde, rechts, siehst du den Unterarm?«

»Was hat das mit Sabotage zu tun?«, fragte Magnus.

»Du bist der Detektiv. Ich wollte es dir nur nicht vorenthalten.« Eliza war beleidigt. Magnus gähnte und streckte sich. »Danke Schatz, sehr lieb von dir. Ich gehe duschen.« Er riskierte einen Blick in Elizas Gesicht. Deutlich sichtbare Zornfalten auf der Stirn, vorgeschobene Unterlippe. Hübsch, aber brandgefährlich. Er nahm ihre Hand und küsste sie hinters Ohr. »Was hältst du davon, wenn du mitkommst?«

Magnus schaffte es gerade rechtzeitig zur Probe. Er traf Jasper auf dem Parkplatz und stapfte mit ihm zusammen die Treppe im Bürgerzentrum hoch. Durch die geschlossene Stahltür hörten sie schon Hottes treibenden Beat. Nick röhrte laut und schräg den Refrain von Billy Idols »White Wedding« ins Mikrofon. Jasper und Magnus verkabelten sich und stiegen ein.

»Welches Brautpaar wünscht sich ein Eifersuchtsdrama als Einstieg für die Hochzeit?« Sven schüttelte den Kopf.

»Vielleicht kennen sie den Text nicht?«, schlug Magnus vor.

»Was ist mit dem Shoop Shoop Song, Meister?«, fragte Jasper.

»Nenn mich nicht Meister. Ich habe ihn neu arrangiert.«

»Und der Background? Hast du Eliza gefragt?«, wollte Sven wissen.

»Klappt«, sagte Hotte. Die anderen starrten ihn an.

»Klappt?«, fragte Magnus erstaunt.

»Extraprobe am Freitag«, sagte Hotte. »Pause?«

Auf der Feuertreppe erzählte Hotte, dass er wegen des Boxtrainings am Montag bei ihm zu Hause angerufen hatte.

Magnus fühlte sich etwas beschämt, dass er Eliza nicht selbst gefragt hatte. Eine Windböe zerstreute den Tabak, den Magnus sich gerade sorgfältig auf ein Blättchen gelegt hatte. »Verdammt.«

»Stress?«, fragte Hotte.

»Hm. Ich komme nicht weiter mit der Ermittlung.«

»Er hat auch Stress.« Hotte deutete auf Nick, der ein wenig abseits stand und hektisch in sein Smartphone eintippte.

Magnus wandte den Kopf. »Stimmt. Sicher wegen einer Frau.«

»Freunde der Musik, es geht weiter!«, rief Sven. »Meister, jetzt kannst du die Romantik-Gitarre erklingen lassen. Ihre Knie werden weich, ihre Augen feucht, ihre Herzen schmelzen dahin.«

»Schon gut«, grinste Magnus. »Können wir zum Aufwärmen mal einen Klassiker spielen?«

»Die Stones sind nicht hochzeitstauglich. ›Paint It Black‹? ›Under My Thumb‹? ›Angie‹?«

»›Let's Spend The Night Together‹«, schlug Magnus vor.

»Sehr romantisch. Wie hält Eliza das aus?«, spottete Jasper.

Als Magnus um zwölf Uhr müde und zufrieden von der Probe nach Hause kam, öffnete ihm Eliza die Tür.

»Süßer, du sollst Benno dringend zurückrufen. Du hast dein Handy liegen lassen.«

Magnus fluchte und stellte die Gitarre ab. Zwei Rückrufbitten von Carola Wolf und drei von Benno. Bevor Magnus seine Nummer wählen konnte, klingelte das Festnetztelefon.

»Meister? Endlich! Es gibt schlechte Neuigkeiten«, sagte Benno. »Einer deiner Verdächtigen hat sich eben um den Baum gewickelt. Der hat bei einer Geburtstagsfeier zu viel getankt, wie es aussieht.«

»Wer denn?«

»Dieser smarte, dunkle, der wie Al Pacino …«

»Hammer? Axel Hammer?«

»So heißt er, genau.«

»Was willst du mir sagen, Benno?«

»Der Baum war stärker. Er ist tot, Meister.«

Sie hatten sich auf der Couch im Wohnzimmer ausgestreckt, an Schlaf war vorläufig nicht zu denken.

»Als Benno ›Autounfall‹ gesagt hat, habe ich sofort auf Brauer getippt.« Magnus fischte seinen Teebeutel aus der Tasse. Die wenigen Gelegenheiten, bei denen er Pfefferminztee trank, konnte er rot im Kalender ankreuzen.

»Ist Brauer der, mit dem du gestern so versackt bist?« Eliza kuschelte sich an ihn. Sie trug seinen alten, braun und blau gestreiften Bademantel, ein Erbstück seines Vaters. An ihr sah er zauberhaft aus.

»Genau der. Angetrunken von der Straße abkommen hätte ich Axel Hammer nicht zugetraut.« Magnus trank einen Schluck Tee und verbrannte sich prompt die Zunge.

»Woher willst du das wissen? Wer weiß, was die auf der Geburtstagsfeier alles getrunken haben.«

»Keine Ahnung. Bauchgefühl. Hammer war immer so kontrolliert.« Magnus war unsicher. »Was meinst du, soll ich morgen früh mit der Befragung weitermachen oder ist das geschmacklos? Immerhin ist gerade ein Kollege gestorben.«

Eliza zuckte die Achseln. »Nein, finde ich nicht. Er ist kein Angehöriger von irgendwem, oder? Vielleicht hilft dir das sogar bei der Befragung.«

»Makaber. Der Tod als Türöffner.« Magnus gähnte und reckte sich.

»Hast du schon den Magnus-Meister-Sympathiecheck gemacht?«, fragte Eliza.

»Nein. Gute Idee. Also der Reihe nach: Hammer konnte ich nicht leiden. Brauer mag zwar keine Frauen, scheint aber in Ordnung zu sein.«

»Warum nicht?«

»Warum was?«

»Was hat er gegen Frauen, meine ich?«

»Keinen Schimmer. Sollte ich mal nachfragen? Ja, sollte ich. Grundmann weiß vielleicht was, der ist schon ewig in der Abteilung.«

»Magst du ihn?«

»Grundmann? Ja. Souverän, schlau, freundlich. Der hat als Einziger freiwillig mit mir geredet. Er hat mich allerdings ausgehorcht.«

»Was ist mit den Frauen? Magst du die?«

Achtung, Gefahrenzone. Wenn er die Frauen als sympathisch bezeichnete, drohte ein Eifersuchtsanfall. Eliza bemerkte sein Zögern. »Ich bin erwachsen, Süßer.«

»Mit Stefanie Lindner habe ich erst drei Worte gewechselt, dann hat sie sich offiziell krankgemeldet. Sie scheint nett zu sein, will sich aber nicht von mir ausfragen lassen.«

»Und die andere, mit den kurzen dunklen Haaren?« Eliza meinte Olga.

»Hilfsbereit, verlobt, hat einen kleinen Hund, wird schnell rot. Ich mag sie gern.« Das war ein Satz zu viel. Eliza rückte spürbar ein Stück von ihm ab. Von wegen erwachsen. Er unterdrückte ein unpassendes Grinsen.

»Was ist mit der Sekretärin?«

»Die Kaiserin. Unklarer Sympathiewert. Sie geht mir auf den Wecker, weil sie immer alles regeln muss, kann aber auch nett sein. Aber warum sollte sie die Arbeit auf den Baustellen behindern?«

»Das kannst du bei den anderen Frauen auch fragen.«

Magnus schwieg, Eliza hatte natürlich recht. Außer den Projektleitern, die auf den Job seiner Klientin spekulierten, hatte niemand ein Motiv. Oder?

»Dann ist es einfach«, sagte Eliza. Sie streckte sich, gähnte und stand auf. »Kommst du mit ins Bett?«

»Was ist einfach?«, fragte Magnus.

»Dein Sympathiecheck. Hammer war dir als Einziger unsympathisch. Falls er der Saboteur war, ist jetzt Schluss damit.«

Magnus blieb alleine auf dem Sofa sitzen und ließ seinen Tee kalt werden. In seinem Kopf fuhren die Fragen Achterbahn, bis er aufstand, sein Notizbuch aus dem

Arbeitszimmer holte und sich seine Gedanken notierte. Stirnrunzelnd starrte er auf seine Aufzeichnungen. Die Liste mit den offenen Fragen war länger geworden anstatt kürzer.

DONNERSTAG, 30. APRIL

Nach dem Duschen zog Magnus sein letztes sauberes Hemd an und rief seine Klientin zurück. Schneewittchen klang verschnupft. Sie schlug vor, sich um zehn Uhr in einem Eiscafé auf der Sülzburgstraße zu treffen. »Hier wird schon genug getratscht«, sagte sie. Magnus war es recht. Er konnte sich vorstellen, dass die Abteilung nach Hammers Tod einem aufgescheuchten Hühnerstall glich. Er schlüpfte in eine warme Jacke, schnappte sich sein Notizbuch und nahm das Fahrrad für die kurze Entfernung. Die Sülzburgstraße war schon um diese Uhrzeit belebt. Bei McDonalds standen blasse Teenies mit Geschmacksverirrung für einen Burger an. Das Wetter war kühl, aber trocken und Magnus fühlte sich etwas frischer, als er sein Rad vor dem Eiscafé abschloss. Eine junge Mutter mit orange-roten Haaren und angestrengtem Gesichtsausdruck erklärte ihrem Jungen, dass er jetzt kein Eis haben durfte. Erst am wütenden Protestgeheul erkannte Magnus seine Nachbarin mit ihrem Sohn Tim.

»Na, Kumpel, wie war das Training gestern?« Magnus wusste, dass die Ablenkungsstrategie fast immer funktionierte. Tim spielte für einen Vierjährigen verdammt gut Fußball.

Er hörte auf zu weinen, zog die Nase hoch und sah zur Seite, als ob ihm sein Geheul vor Magnus peinlich wäre. »Gewonnen«, murmelte er. »Sieben zu Null.«

Katja lächelte Magnus dankbar an. »Tim war mega-megacool. Er hat vier Tore geschossen. Was machst du hier?«

»Arbeiten«, sagte Magnus und deutete Richtung Eiscafé. »Ich habe hier eine Besprechung.«

»Mama, ich will auch eine Besprechung haben!« Tim fixierte sehnsüchtig die bebilderte Eiskarte im Fenster.

»Wir gehen jetzt zum Arzt, Schatz. Wenn der sagt, dass du gesund bist, darfst du hinterher ein Eis haben.« An Magnus gewandt ergänzte sie: »Er hat seit gestern Abend Ohrenschmerzen. Echt megastressig.«

Magnus sah Carola Wolf von rechts mit eiligen Schritten näherkommen und beeilte sich, das Gespräch zu beenden. »Komm doch nachher mal rüber, wenn du Zeit hast.«

»Mal sehen. Ich bin heute alleine mit den Kindern.«

»Mama, ich will aber jetzt ein Eis!« Tim begann wieder zu weinen. Katja verdrehte die Augen.

»Bis später, ihr zwei!« Magnus flüchtete ins Café, zur Eisdiskussion konnte er nichts Sinnvolles mehr beitragen. Tims sich entfernendes Geheul hörte er noch von drinnen, als er mit seiner Klientin an einem Ecktisch saß und Cappuccino bestellte. Schneewittchen sah trotz ihres eleganten grauen Hosenanzugs und reichlich Make-Up so aus, als ob sie in die falsche Seite des Apfels gebissen hätte. Sie bestellte grünen Tee, schwieg und sah sich im Café um, als ob sie nicht wüsste, warum sie an diesem Ort gelandet sei. Außer ihnen war nur ein älteres Paar anwesend, die den Kölner Express lasen und ansonsten schwiegen.

»Die Unfallmeldung steht auf der letzten Seite«, sagte sie.

Magnus wartete, aber mehr kam nicht. »Wann hat die Polizei Sie informiert?«, fragte er schließlich.

»Um kurz nach zwölf, ich hatte gerade das Licht ausgemacht. Sie haben meine Nummer auf Hammers Handy gefunden. Wir hatten gestern mehrfach wegen des Rheinauhafens telefoniert.« Sie sackte zusammen und vergrub ihr Gesicht in den Händen. »Ich kann immer noch nicht glauben, dass er tot ist.« Sie begann zu weinen. Magnus überspielte seine Verlegenheit, indem er eine Papierserviette vom Tresen holte. Die junge Bedienung sah ihn böse an, als ob er die Tränen verschuldet hätte.

»Danke«, sagte Schneewittchen, als sie das Tuch entgegennahm. »Ich benehme mich albern, aber ich muss momentan 1.000 Sachen regeln und weiß nicht mehr, wo mir der Kopf steht. Ich habe es eben meinen Mitarbeitern gesagt. Die Stimmung in der Abteilung ist fürchterlich.«

»Weiß man schon etwas über die Unfallursache?«

Sie schüttelte den Kopf. »Ich weiß nur das, was in der Zeitung steht. Am Militärring aus ungeklärter Ursache von der Straße abgekommen, vor einen Baum gefahren.«

Das war mehr als Magnus wusste, aber das konnte er schlecht zugeben. Er musste dringend mit der Polizei sprechen. »War er – ich meine – hatte er etwas getrunken?«

»Nicht, solange ich da war, wir saßen nebeneinander. Er hat Fassbrause bestellt. Ich habe die Feier allerdings früh verlassen, da waren alle noch im Brauhaus Unkelbach, auch Herr Hammer.« Sie rührte in ihrem Tee. »Was haben Sie bisher herausgefunden?«

Magnus berichtete kurz von seiner bisherigen Ermittlung. Den Magnus-Meister-Sympathiecheck ließ er weg.

»Sie vermuten, dass Hammer hinter den Sabotageakten steckt? Wenn das stimmt, müsste es ja jetzt aufhören, oder?«

»Ich kann es nicht beweisen«, sagte Magnus. »Im Übrigen lagen Sie mit Ihrer Einschätzung richtig: Ihre Mitarbeiter werden Sie nicht zur Führungskraft des Jahres wählen. Stimmt es, dass Sie Herrn Grundmann eine Abmahnung erteilt haben?«

Schneewittchen errötete. »Das war dumm von mir. Übrigens hat er eine Gegendarstellung verfasst. Sie ist bei den Personalakten.«

Sie bestellten Getränke nach. Magnus überlegte, wie er taktvoll fragen konnte, ob seine Klientin der Liebling des Personalleiters sei. Er erinnerte sich an Brauers zweideutige Bemerkungen über ihre Qualifikation. Als ob sie seine Gedanken gelesen hätte, sagte sie: »Ich war auf einiges gefasst, als mein ehemaliger Chef mich für den Posten vorgeschlagen hat. Ich arbeite seit fünf Jahren hier. Als Frau wird einem gerne unterstellt, dass man sich hochgeschlafen hat.« Sie beugte sich vor und fixierte ihn mit ihrem Blick. »Glauben Sie nichts von dem Tratsch. Die Geschäftsführung wollte mich wegen meiner Qualifikation.«

»Stimmt es, dass Axel Hammer nicht infrage kam, weil er ein Projekt in den Sand gesetzt hatte?«

»Er stand letztes Jahr deswegen kurz vor der Kündigung, das hätte ich Ihnen sagen sollen. Er hatte Aufträge an zwei nicht gelistete Handwerker vergeben, mit denen er freundschaftlich verbunden war. Auf seine Baukosten hat sich das allerdings günstig ausgewirkt.«

»Aber das muss doch aufgefallen sein!«

Carola Wolf nickte. »Ist es auch. Das war einer der Gründe, warum mein ehemaliger Chef vorzeitig in den Ruhestand ging. Er hätte das kontrollieren müssen. Er hat Hammer vertraut. Ein Fehler.«

Die Bedienung stellte die Getränke auf den Tisch und bedachte Magnus mit einem unfreundlichen Blick. Man durfte Frauen nicht zum Weinen bringen.

»Und Brauer? Warum kam er nicht infrage für die Nachfolge?«

Sie ließ sich Zeit mit der Antwort. »Ich habe gehört – Ist Ihnen aufgefallen, dass der Kollege nicht viel von Frauen hält?«

Magnus grinste und löffelte Schaum von seinem Cappuccino. »Von ›Scheißweibern‹ meinen Sie?«

Seine Klientin fand das nicht komisch. »Seit seiner Scheidung ist er unerträglich. Ich denke, die Geschäftsleitung hält ihn für instabil.«

Magnus blätterte in seinem Notizbuch. Zwischen den Seiten steckte das Gruppenfoto, das Eliza vergrößert hatte.

»Wissen Sie, wann und wo das Bild aufgenommen wurde?« Er reichte ihr das Bild. »Im letzten Sommer, Ende August«, sagte sie. »Das genaue Datum müsste ich nachschauen. Wir haben einen Abteilungsausflug in die Kölner Altstadt unternommen.«

»Auf dem Bild sehen Sie den Biergarten vom ›Früh am Dom‹. Schauen Sie bitte genau hin.«

Sie kam seiner Bitte nach und runzelte die Stirn. »Was ist denn da eingekreist? Das ist ja interessant. Sie halten Händchen, oder? Glauben Sie, dass Frau Lindner und

Herr Hammer gemeinsam, ich meine …« Sie sah ihn mit großen Augen an.

Magnus zuckte die Achseln. »Ich habe Stefanie Lindner bisher nicht befragen können. Denkbar wäre es. Aber ich werde das heute nachholen.«

»Das wird nicht gehen.«

Jetzt war es an Magnus, große Augen zu machen. »Warum nicht? Ist sie schon wieder krank?«

»Sie hat Urlaub beantragt für ein verlängertes Wochenende. Schon vor Wochen. Soweit ich weiß, wollte sie wegfliegen.« Sie warf einen Blick auf ihre Armbanduhr. »Herr Brauer und Frau Kaiser haben sich heute krankgemeldet«, sagte sie resigniert. »Ich muss zurück in die Firma. The show must go on.« Sie kramte in ihrer Handtasche.

»Sie sind eingeladen«, sagte Magnus eilig und winkte der Bedienung, um zu zahlen. Sie ignorierte ihn.

»Wir können momentan nicht ausschließen, dass Mitarbeiter der Konkurrenz oder ehemalige Kollegen beteiligt sind. Ich brauche Ihr Einverständnis, um sie zu befragen.«

Carola Wolf erhob sich. »Wenn es sein muss … meinetwegen. Danke für die Einladung.«

Magnus starrte aus dem Fenster, ohne etwas zu sehen. Ein Gedanke nagte an seinem Unterbewusstsein, bevor er auftauchte.

»Herr Hammer verließ die Abteilung 2003 und kam 2008 zurück. Wissen Sie etwas über die Gründe?«, fragte er.

Sie schüttelte den Kopf. »Das war vor meiner Zeit, tut mir leid.«

Magnus stand zu Hause mit dem Telefon am Fenster im Erdgeschoss und wartete auf Olgas Antwort. Er winkte geistesabwesend Herrn Glück zu, der eben mit dem Dackel seine Mittagsrunde ging. Mittag hieß für Herrn Glück halb zwölf. Schweigen in der Leitung. Es dauerte noch an, als Herr Glück um die Ecke auf die Luxemburger Straße abbog.

»Olga? Bist du noch dran?« Bei Olga hatte er sich die besten Chancen ausgerechnet, etwas über Steffis Verbleib zu erfahren. Sie saßen schließlich im selben Büro und sprachen täglich miteinander.

»Steffi hat Urlaub.« Olgas Stimme klang am Telefon belegt. Vermutlich war ihr die Todesnachricht auf den Magen geschlagen, dachte Magnus. Hatte sie Hammer gemocht? Er wusste es nicht.

»Weißt du, wo sie hin will?«

»Warum lässt du sie nicht in Ruhe? Sie kann doch nichts dafür!«

»Wofür kann sie nichts?« Magnus war sich bewusst, dass er dünnes Eis betrat. Er hoffte, es trug ihn noch ein paar Minuten. Olga schwieg.

»Olga, ich will Steffi doch nicht verhaften. Aber sie hat mir noch keine einzige Frage beantwortet. Ich habe den Eindruck, sie flüchtet vor mir. Vielleicht irre ich mich ja.« Er wartete. Aus Elizas Arbeitszimmer im Dachgeschoss klang Musik. Sie sang laut den Shoop Shoop Song mit.

»Sie fliegt mit einer Freundin nach Barcelona«, sagte Olga. »Sie braucht mal Abstand, verstehst du?«

»Nein«, sagte Magnus. »Wovon, Olga?« Sie hatte aufgelegt.

Magnus rannte die Treppe zu seinem Arbeitszimmer hoch und startete den Rechner. Er überprüfte die Verbindungen vom Flughafen Köln/Bonn. Kölner flogen nach Möglichkeit von Köln aus in die Ferien. Heute ging nur eine Maschine um 13.05 Uhr nach Barcelona, Flugnummer 1585. Die Uhr am Rechner zeigte 11.45 Uhr, damit verblieb eine minimale Chance, Steffi und ihre Freundin zu erwischen, bevor sie den Sicherheitscheck passierten. Magnus schnappte sich eine Jacke, sein Handy und die Wagenschlüssel und spurtete zum Volvo, der zum Glück nicht weit weg parkte.

An der ersten roten Ampel auf der Luxemburger Straße überlegte er, wann er zuletzt getankt hatte. Vor drei Wochen? Die Tankanzeige war kaputt, eine Volvo-Krankheit, wie ihm Nick mal bestätigt hatte. Die kürzeste Strecke zum Flughafen verlief über die A4 und die A59. Magnus gab Gas, um die Mittagszeit war die Strecke halbwegs frei. Nicks Sampler lieferte den passenden Sound dazu. Motörhead röhrten ihr »Ace of Spades«. Auf der Flughafenautobahn schaffte der Volvo 170 km/h, und Magnus betete, dass er nicht geblitzt würde. Warum er es so eilig hatte, mit Steffi zu sprechen, konnte er sich selbst nur mit einem unguten Gefühl erklären, aber er hatte gelernt, auf seinen Bauch zu hören. Magnus folgte der Beschilderung zum Abflugterminal und parkte den Volvo verbotswidrig hinter einem Taxistand.

Er wusste, wo der Check-In von German Wings war, rechnete sich aber wenig Chancen aus, Steffi dort zu erwischen. Für ein Wochenende nahm niemand mehr als Handgepäck mit. Vielleicht hatte sie sogar Online eingecheckt. Ein Blick auf die Anzeigetafel verriet ihm, dass der Flug Nummer 1585 nach Barcelona gelandet war. Magnus hastete vorbei an Autoverleihern, Parfümerien, Presseläden, und quetschte sich an der Rolltreppe durch eine Gruppe junger Kerle mit einheitlichen T-Shirts, die »Buenos Dias Mathias« sangen. Junggesellenabschied auf dem Weg zum Ballermann. Am Check-In von German Wings waren zwei Schalter geöffnet, dort standen für Barcelona nur noch eine Großfamilie und ein älteres Paar an. Von Stefanie Lindner keine Spur.

Magnus hastete weiter und kämpfte sich zum Sicherheitscheck durch. Es war brechend voll, anscheinend nutzte halb Köln den freien Tag morgen für einen Wochenendtrip. Hatten die Leute nichts Besseres zu tun? An drei Durchgängen kontrollierten Mitarbeiter des Sicherheitspersonals die Tickets, dahinter begann die Gepäckkontrolle. Magnus reihte sich in die Schlange ein und spähte durch die Verglasung. Ein älteres Paar, eine Gruppe kichernder Teenies, eine vollbepackte junge Familie mit Maxi-Cosi. Eine junge Mittzwanzigerin mit dunklen, kurzen Haaren und stark geschminkten Augen. Eine große Blondine mit hochgesteckten Haaren und kurzer Lederjacke, die soeben einen Trolley auf das Gepäckband hob. Das war sie. Wenn sie die Kontrolle erst passiert hatte, war es zu spät.

»Ihre Bordkarte bitte.« Der Kerl, der sein Ticket haben wollte, war einen halben Kopf größer als Magnus und in einem verdammt guten Trainingszustand.

»Ich fliege nicht, ich müsste nur kurz mit der blonden Dame dort sprechen.« Magnus wies mit dem ausgestreckten Arm in die Richtung, in der er Steffi vermutete. Der Muskelmann drehte sich um, dann wandte er sich Magnus zu und grinste.

»Die, die sich gerade die Stiefel auszieht? Mit der würde ich mich auch gerne mal länger unterhalten. Tut mir leid, Mann. Hier dürfen Sie nur mit Bordkarte rein.«

»Es geht um eine private Ermittlung. Es ist wirklich wichtig.« Magnus kramte in seiner Jacke und holte den Ausweis von Bennos Detektei heraus.

»Das ist keine richtige Lizenz«, stellte der Mann nach einem prüfenden Blick auf die Karte fest.

»Ich unterstütze die Detektei als freier Mitarbeiter. Hören Sie, ich will ihr nur ein paar Fragen stellen. Wir reden hier von fünf Minuten.«

Die Schlange hinter Magnus hatte sich schon zerstreut, so viel Geduld brachten Reisende nicht mit. Der Muskelmann seufzte, sah Magnus tief in die Augen, gab dann einer Kollegin an der Gepäckkontrolle ein Zeichen und ließ ihn passieren.

»Danke!« Magnus spurtete zur Kontrollstelle und erläuterte der Sicherheitsangestellten sein Anliegen. Sie nickte, flüsterte einem Kollegen etwas zu und ging an das andere Ende des Gepäckbandes. Steffi hatte die Sicherheitsprozedur soeben beendet und fischte ihre Lederjacke aus einer der grauen Plastikboxen. Die Dunkelhaarige mit den kurzen Haaren schien auf sie zu warten. Magnus fiel jetzt erst wieder ein, dass Steffi nicht alleine flog. Die Angestellte sprach sie an und wies in die Richtung, in der Magnus stand. Steffis Gesichtsausdruck schlug in Sekundenbruchteilen von Erstaunen in Wut um. Ihre Augen sprühten Funken, als sie auf Magnus zumarschierte. Ein hübscher Anblick, aber ihm wäre lieber gewesen, sie wäre nicht auf ihn wütend.

»Was wollen Sie eigentlich von mir? Ich kann Ihnen nicht weiterhelfen!«

»Woher wollen Sie das wissen? Bisher haben Sie sich nicht gerade aufgedrängt.«

»In einer halben Stunde geht unser Flugzeug. Hätte das nicht bis Montag Zeit gehabt?«

»Wir können gerne noch länger darüber diskutieren, oder Sie beantworten mir ein paar Fragen. Das dauert fünf Minuten.«

Steffi ließ die Schultern sinken, sie sah plötzlich nur noch müde aus. Magnus fielen ihre geschwollenen Augen auf. Wusste sie schon, dass Hammer tot war? Wahrscheinlich. Eine der Kolleginnen hatte mit Sicherheit eine SMS abgesetzt oder sie angerufen. Olga vermutlich.

»Es tut mir leid«, sagte er. »Sie wissen Bescheid?«

Ohne Vorwarnung brach sie in Tränen aus. Magnus fasste sie sanft am Arm und zog sie ein Stück von den gaffenden Passagieren und Sicherheitsbeamten weg.

»Sie hatten eine Affäre mit ihm, ist das richtig?« Er kramte in seiner Jacke nach einem Taschentuch, fand ein zerdrücktes und reichte es ihr.

»Danke.« Sie putzte sich die Nase. »Woher wissen Sie das? Hat Olga gequatscht?«

Magnus schüttelte den Kopf.

»Ist ja auch egal, Sie halten mich bestimmt für eine totale Idiotin, aber er …, er sprach von Scheidung. Er wollte mit ihr reden. Ich bin ja so blöd.«

Magnus war nicht klar, worauf sich ihre angebliche Blödheit bezog. Er entschied sich für die kürzeste Strecke zum Ziel.

»Haben Sie Herrn Hammer geholfen, die Arbeit der Bauabteilung zu sabotieren?«

»Was spielt das jetzt noch für eine Rolle? Er ist tot! Es ist vorbei!« Sie brach wieder in Tränen aus. So viel zur kürzesten Strecke.

»Steffi, wer ist das?« Die Dunkelhaarige mit dem Stoppelschnitt tauchte neben ihnen auf und zupfte Steffi am Ärmel. Sie bedachte Magnus mit einem unfreundlichen Blick. »Wir müssen jetzt echt los, wir haben nur noch eine Viertelstunde Zeit!«

»Schon gut, er macht nur seine Arbeit.« Steffi fasste sich wieder. »Herr Meister ist Detektiv.«

»Frau Lindner, warum waren Sie am Freitagabend auf der Baustelle am Rheinauhafen?«

Steffi starrte ihn an. »Woher wissen Sie – ach egal. Ich hatte noch etwas mit Herrn Hammer zu besprechen. Inhalt privat. Wir haben nicht das Absperrband entfernt, falls Sie das meinen.«

»Ein Parkplatz ist ein merkwürdiger Treffpunkt für ein Gespräch.«

»Eine Befragung am Flughafen auch, oder? Das kann man sich nicht immer aussuchen.« Sie wandte sich abrupt um und ging zurück zu ihrem Gepäck, ihre Freundin im Schlepptau.

»Haben Sie Ihr Handy eigentlich wiedergefunden?«, rief Magnus ihr hinterher.

Sie blieb stehen und wandte sich um, ein schiefes Lächeln im Gesicht. »Das, Herr Detektiv, geht Sie wirklich nichts an.«

Treffer versenkt, dachte Magnus. Leider blieb völlig unklar, wer hier wen versenkt hatte. Sein neuer Freund an der Passkontrolle grinste ihm entgegen, als er zurückkam. »Nicht gelandet bei der Blonden? Dann geben Sie mir ihre Telefonnummer. Vielleicht steht sie nicht auf Schnüffler.«

Auf der Rückfahrt fuhr Magnus langsamer und ließ den CD-Player aus. Er versuchte, Ordnung in seine Gedanken zu bringen. Stefanie Lindner hatte ihre Beteiligung an den Sabotageakten weder zugegeben noch abgestritten. Sie hätte seine Frage danach auch verneinen können. Der einzige mögliche Zeuge für den Freitagabend am Rheinauhafen lag im Krankenhaus und konnte nicht sprechen. Oder doch? Wann sollte Nils Arnold operiert werden? Vorgestern? Vielleicht war er schon wach und ansprechbar. Ein Versuch war es wert, fand Magnus und fuhr von der Autobahn aus Richtung Uniklinik.

Diesmal wusste er zwar Namen und Zimmernummer, aber es half ihm nicht weiter. Nils Arnold war gestern von der Intensivstation auf die Unfallchirurgie verlegt worden, wie ihm eine gestresst wirkende Krankenschwester beschied, ohne ihm mit der neuen Zimmernummer weiterhelfen zu können. Immerhin konnte sie ihm den kürzesten Weg erklären. Magnus hastete an offenen Zimmertüren vorbei und vermied es nach Möglichkeit, auf die Krankenbetten zu schauen. Der Anblick der müden und resignierten Gesichter der Patienten und die mürrischen Mienen des Personals lösten bei ihm einen Fluchtimpuls aus, dem er mühsam widerstand. Er fand die Zimmernummer heraus und hoffte, dass er überhaupt mit dem Praktikanten sprechen konnte.

Nils Arnold lag alleine in einem Zweibettzimmer mit trostlosem Ausblick auf einen anderen Gebäudeteil der Klinik. Er lag auf dem Rücken, das Kopfteil ein wenig hochgestellt und starrte auf einen hochmontierten Flachbildmonitor, der Nachrichten aus Köln zeigte. Als Magnus an die offene Tür klopfte, drehte der Praktikant langsam den Kopf ein paar Zentimeter nach rechts und sah ihn an. Es sah nicht so aus, als ob er in den nächsten Wochen die Bauabteilung unterstützen könnte. Vom Becken bis zu den Füßen war er eingegipst. Ein dünner Schlauch verband seinen linken Arm mit einem Infusionsgerät, Schmerzmittel, vermutete Magnus. Seine rechte Hand war verbunden, und sein Gesicht sah aus, als ob er einen Sandsack geküsst hätte. Von seinem Bruder oder anderen Besuchern weit und breit keine Spur.

»Herr Arnold? Mein Name ist Magnus Meister, und ich bin beauftragt, für die Bestkauf GmbH einen Sabotagefall aufzuklären. Tut mir leid, dass ich hier so reinplatze, aber ich möchte mich gerne mit Ihnen unterhalten, wenn das geht. Falls nicht, auch gut, dann komme ich wieder, wenn es Ihnen besser geht.«

»Schon okay. Ich kann sprechen.« Seine Worte klangen undeutlich, als ob er versuchen würde, mit vollem Mund zu artikulieren. Er schaltete mit der linken Hand den Fernseher aus und verzog das Gesicht. »Aber nicht lange. Mir tut alles weh.«

Magnus nickte. Die Frage nach dem Befinden erübrigte sich, es war offensichtlich, dass es dem Patienten beschissen ging. Er holte sich einen Stuhl vom Fenster und setzte sich an das Krankenbett.

»Ich habe mich am Montag mit Ihrem Bruder unterhalten. Er vermutete, dass Sie am Abend Ihres Unfalls Stefanie Lindner am Rheinauhafen gesehen haben.«

Nils Arnold schloss die Augen und reagierte nicht. Als Magnus schon dachte, er sei vielleicht eingeschlafen, öffnete er sie wieder und fixierte Magnus, als ob er seine Vertrauenswürdigkeit überprüfen müsste.

»Ich bin ihnen nachgefahren«, sagte er. »Sie hat sich auf dem Parkplatz mit ihm gestritten und ist ausgestiegen. Ich bin im Auto geblieben, sie haben mich nicht gesehen.«

»Sie meinen Axel Hammer? Sie war mit Hammer dort?«

Nils Arnold nickte. »Ich weiß, dass ich deswegen blöd dastehe. Weil ich ihnen nachspioniert habe, meine ich. Aber darauf kommt es Ihnen nicht an, oder?«

Magnus schüttelte den Kopf. »Ihr Bruder hat mir erzählt, dass Stefanie Lindner mehrmals hier war, während Sie bewusstlos waren. Er sagte, Sie seien – hm – ein Fan.«

»Sie war hier?« Nils Arnolds Gesichtszüge entspannten sich, fast lächelte er. »›Fan‹ ist nett gesagt. Ich habe mich aufgeführt wie ein Vollpfosten. Das war nicht das einzige Mal, dass ich denen hinterhergefahren bin. Steffi hat echt einen Dachschaden. Macht mit einem verheirateten Mann rum, als ob sie das nötig hätte. Der Typ verarscht sie doch nur.«

Magnus fiel siedend heiß ein, dass Arnold noch nichts von Hammers Tod wusste. Woher auch. Sollte er etwa der Überbringer der Nachricht sein?

»Erzählen Sie mir, was am Rheinauhafen passiert ist. Um wie viel Uhr waren Sie dort?«

»Ich schätze kurz nach acht, im Radio liefen gerade die Nachrichten, als er sie zu Hause abgeholt hat. Ich dachte, sie wollten was trinken gehen oder so. Dann sind sie zur Baustelle gefahren, ich hinterher. Was die da wollten, weiß ich nicht. Sie haben auf dem neuen Parkplatz geparkt, ich stand weiter am Rand. Es war dunkel, sie haben mich nicht gesehen.«

»Sie sagten, die beiden hätten gestritten?«

»Unüberhörbar. Sie haben die Autotüren aufgemacht, und Steffi hat gebrüllt. Ihn habe ich nicht gehört. Der kann gar nicht laut sprechen, glaube ich.«

»Haben Sie verstanden, worum es ging?«

»Nicht wirklich. Als Steffi ausgestiegen ist, hat sie geschrien: ›Wir müssen damit aufhören!‹ Dann hat sie die Autotür zugeschlagen und ist losgelaufen, Richtung Rheinuferstraße. Er ist einfach weggefahren. So ein Arschloch.«

»Was haben Sie gemacht?«

Nils Arnold schloss die Augen. Er wirkte erschöpft. »Das Dämlichste, was ich hätte tun können. Ich habe sie angerufen. Ich wollte ihr anbieten, sie mitzunehmen und ihr noch Mal ins Gewissen reden. Wäre sowieso sinnlos gewesen. Sie ist nicht drangegangen.« Es dauerte eine Weile, bis er weitersprach. »Dann habe ich ihren Klingelton gehört. Kennen Sie ›Happy‹?«

Magnus nickte. »Pharell Williams.«

»Genau. Ihr Handy lag irgendwo auf dem Boden. Ich bin also über den Parkplatz gelaufen, dem Klingelton nach. Und dann bin ich über eine Kante gestolpert und gestürzt. An mehr kann ich mich nicht erinnern.«

»Dort hätte ein Absperrband sein sollen«, sagte Magnus.

»Da war nichts. Okay, ich war abgelenkt, aber trotzdem. Das wäre mir doch aufgefallen.« Nils schloss die Augen. »Ich bin so ein Idiot.«

»Axel Hammer ist tot. Er hatte einen Autounfall«, sagte Magnus.

»Was sagen Sie da?« Nils Arnold richtete sich ein Stück im Bett auf, verzog das Gesicht und ließ sich wieder in die Kissen sinken.

»Es ist gestern Abend passiert, nach der Geburtstagsfeier von Herrn Grundmann.«

Nils Arnold schloss die Augen und schwieg. Als Magnus schon dachte, er sei eingeschlafen, sagte er: »Das sollte mir wohl leidtun. Tut es aber nicht.«

»Sie sagten eben, Sie wären den beiden mehrmals hinterhergefahren. Ist Ihnen noch etwas Ungewöhnliches aufgefallen?«

»Könnten Sie mir bitte ein Glas Wasser eingießen? Ich habe Durst.«

Magnus kam seiner Bitte nach. »Wo ist eigentlich Ihr Bruder?«

»Er holt mir frische Wäsche von zu Hause.« Der Kranke umfasste vorsichtig das Wasserglas mit der verbundenen Hand, setzte an und trank es mit einem Zug leer. »Ich weiß, man soll über Tote nichts Schlechtes sagen, aber der Typ hatte was zu verbergen.«

»Woraus schließen Sie das?«, fragte Magnus.

»Kennen Sie den neuen Getränkemarkt? In Chorweiler? Dorthin bin ich Steffi und Hammer zweimal gefolgt. Steffi hat immer im Auto gewartet, und er hat irgendwas mit zwei Typen besprochen, die garantiert nicht für die Baustelle gearbeitet haben.«

»Woher wissen Sie das?«

»Ich bin ihnen nachgefahren, sie waren mit einem alten roten Pickup auf der Baustelle. Denen gehört ein Schrottplatz im Gewerbegebiet Chorweiler, direkt an der Mercatorstraße, nicht weit von der Autobahn Straße. Bei beiden Treffen war am Tag danach Material von der Baustelle verschwunden.«

»Sie sollten als Detektiv arbeiten«, witzelte Magnus.

Nils Arnold verzog den Mund zu einem angestrengten Lächeln. »Momentan eher nicht. Ich bin müde. Können wir das Gespräch ein anderes Mal fortsetzen?«

Magnus erhob sich. »Entschuldigen Sie. Darf ich Sie wieder aufsuchen?«

Der Kranke versuchte ein Grinsen. »Meinetwegen. Wenn Sie an meiner Mutter vorbeikommen – viel Glück dabei.«

Magnus saß im Volvo und startete den Motor. Was jetzt? Zum Schrottplatz oder in die Bauabteilung? Sein Handy klingelte, Bennos Name erschien auf dem Display.

»Meister, lass mich nicht dumm sterben. Was läuft bei Schneewittchen?«

»Bist du noch in Hamburg?« Magnus machte den Motor wieder aus.

»Morgen mache ich mich auf den Rückweg. Ich hoffe, die ganzen Idioten fahren am Ersten Mai an die Nordsee und nicht Richtung Süden. Schieß los.«

Magnus gab ihm eine Zusammenfassung seiner Gespräche mit Carola Wolf, Stefanie Lindner und Nils Arnold.

»Gute Arbeit. Axel Hammer hattest du sofort im Verdacht. Der scheint Schneewittchen zu hassen, wenn er seine eigene Baustelle bestiehlt, um ihr eins auszuwischen.«

»Scheint so. Aber wir haben immer noch keine Beweise.«

»Bleib dran, denk an die Alibis. Wenn die Lindner zurückkommt, nimmst du sie in die Mangel. Die weiß bestimmt, was ihr Liebster getrieben hat.«

»Alibis? Soll ich Hammers Witwe vernehmen? ›Wissen Sie, ob Ihr Mann die Firma sabotiert hat und eine Geliebte hatte?‹«

»Lass mal, die hat jetzt andere Probleme.« Benno schwieg einen Moment lang. »Ich hab Neuigkeiten für dich, aber nichts Offizielles. Ich bin mir nicht sicher, ob es mit unserem Mandat zu tun hat.«

»Ich bin gespannt«, sagte Magnus. Dass Benno sich einer Sache nicht sicher war, kam selten vor.

»Der Unfall hat mir keine Ruhe gelassen, also habe ich heute Morgen Miriam angerufen und sie gebeten, mit den Kollegen zu sprechen, die den Unfall gestern Nacht aufgenommen haben.« Miriam war Bennos bester Draht zur Polizei, seine Exfreundin und Kriminalhauptkommissarin im Morddezernat.

»Und? Lass es raus.« Magnus trommelte ungeduldig auf das Lenkrad.

»Du solltest dich mit denen dringend unterhalten. Axel Hammer ist unter ungewöhnlichen Umständen vor dem Baum gelandet.«

»Was meinst du damit?«

»Miriam sagt, ihre Kollegen von der Kripo hätten keine Bremsspur an der Unfallstelle am Militärring gefunden.«

»Heißt das, er ist mit Vollspeed davorgeknallt? Schneewittchen hat eben gesagt, er hätte nur Fassbrause getrunken. Wenn er danach nicht noch zehn Schnäpse auf ex getrunken hat, war er noch nicht mal betrunken.«

»Eben. Nur ein Selbstmörder fährt ohne zu bremsen

vor ein Hindernis. Hast du was zu schreiben? Ich gebe dir die Namen der Polizisten durch. Die Polizeiwache an der Rhöndorfer Straße hat den Unfall aufgenommen.«

Magnus notierte sich die Namen und dachte nach. »Mit den Kollegen aus der Abteilung, die auf der Feier waren, muss ich auch sprechen.«

»Dann halt dich ran, Meister, morgen ist Feiertag. Hast du die ehemaligen Mitarbeiter der Bauabteilung überprüft?«

»Wann denn, bitte? Bin ich Jesus?«

»Hör auf deinen alten Freund Benno und ruf endlich Nadja an. Sie brennt darauf, dir zu helfen. Du bist gnadenlos abgesoffen, Meister. Ich wette, du hast noch kein einziges Alibi gecheckt.«

Magnus fiel keine Erwiderung ein, Benno hatte recht. Er ertrank in einer Schwemme von Hinweisen und Spuren und kam nicht zu Ergebnissen. Er bezweifelte, dass Nadja scharf darauf war, mit ihm zusammenzuarbeiten. Seine Abneigung beruhte auf Gegenseitigkeit, da war er sich sicher.

»Meister, bist du noch dran?«

»Schon gut. Ich rufe sie an«, sagte Magnus und beendete das Gespräch. Er startete den Volvo und machte sich durch den dichten Verkehr auf den Weg zur Polizeiwache. Seinen knurrenden Magen ignorierte er.

Den flachen Backsteinbau, in dem die Kripo untergebracht war, kannte er, weil er letztes Jahr Anzeige gegen unbekannt erstattet hatte. Junkies hatten im November seinen Volvo aufgebrochen und das Navigationsgerät gestohlen. Magnus vermutete zumindest, dass es

Junkies waren. Wer zur Hölle stahl ein Navi, das auf dem Schwarzmarkt höchstens zehn Euro einbrachte? Er parkte schräg gegenüber dem REWE-Markt in der Nähe des Bahndamms und warf einen Blick auf seinen Zettel. PK Lange und PK Schmitz waren seine Ansprechpartner.

Die diensthabende Beamtin am Empfang bequemte sich erst, nachdem er Miriams Namen erwähnt hatte, die Kollegen anzurufen. Da könnte ja jeder kommen, sagte ihr Blick. PK Lange war im Dienst und entpuppte sich als sommersprossige Blonde mit Pferdeschwanz und wachen, braunen Augen. Er schätzte sie auf Mitte 20. Auf ihrem Schreibtisch lag kein einziges Blatt Papier, im Gegensatz zu dem Tisch ihr gegenüber, an den sie Magnus gebeten hatte, Platz zu nehmen.

»Das verstehe ich nicht«, sagte sie. »Was hat Ihre Ermittlung für die Bestkauf GmbH mit dem Unfall zu tun?«

»Vielleicht nichts«, sagte Magnus. Er schilderte seine Verdachtsmomente gegen Axel Hammer, erwähnte auch den Schrottplatz in Chorweiler.

»Sie können nichts beweisen. Jeder aus der Abteilung könnte es gewesen sein, oder?« Die Polizistin zwirbelte an ihren Haaren und zog die Nase kraus. »Aber selbst wenn er als Täter infrage kam – es ist tragisch, aber nicht strafbar, gegen einen Baum zu fahren. Was hilft Ihnen das?«

Gute Frage. Er wusste es selbst nicht. Nur, dass Benno und er ein mieses Bauchgefühl hatten, aber das würde sie nicht beeindrucken.

»Ihre Kollegin aus dem Morddezernat ließ durchblicken, dass der Unfall – etwas ungewöhnlich war.«

»Dazu kann ich nichts sagen, das ist viel zu früh.«

»Stimmt es, dass es keine Bremsspur gab?«

»Das ist richtig. Außerdem weisen die Schäden am Auto darauf hin, dass er mit mehr als 50 Stundenkilometern von der Straße abgekommen ist. Der Wagen ist schrottreif. Die Feuerwehr musste das Unfallopfer aus dem Fahrzeug schneiden.«

Ein flaues Gefühl breitete sich in Magnus' Magen aus. »Gab es Zeugen für den Unfall?«, fragte er.

Sie schüttelte den Kopf. »Leider nein. Zum Unfallzeitpunkt war wenig Verkehr auf dem Militärring. Vielleicht meldet sich noch jemand, aber wir haben wenig Hoffnung. Wollen Sie die Unfallskizze sehen?« Sie griff zu der einzigen Akte, die auf ihrem Tisch lag, blätterte darin und schob sie ihm herüber. »Rechts unten.«

Magnus prüfte die nüchterne Skizze. Ein Pfeil wies in Hammers ursprüngliche Fahrtrichtung auf den Bonner Verteiler hin, ein Pfeil rechts markierte seinen Weg ins Gebüsch.

»Das ist noch vor der Brühler Landstraße«, sagte er. »Weit ist er nicht gekommen.«

»Wir sind uns nicht sicher, wo er herkam. Er hat die Feier gegen 22.30 Uhr verlassen, meint sein Kollege. Der Unfall ereignete sich jedoch erst um 23.45 Uhr«, sagte PK Lange. »Aber ich habe eine Frage an Sie. Sagt Ihnen der Name Stefanie Lindner etwas?«

Magnus nickte. »Eine Arbeitskollegin von Hammer.«

»Wir können sie nicht erreichen. Wir würden sie gerne als Zeugin vernehmen, weil sie nach Aussage einer anderen Kollegin kurz nach ihm die Geburtstagsfeier verlassen hat. Vielleicht hat sie gesehen, wie er ins Auto stieg, oder mit ihm gesprochen.«

»Sie ist nach Barcelona geflogen, ich habe sie heute Mittag am Flughafen gesprochen. Nach Aussage eines weiteren Zeugen hat sie ihr Handy auf einer Baustelle verloren«, sagte Magnus.

»Das ist zumindest eine Erklärung«, sagte sie und runzelte die Stirn. »Wir haben das Handy des Unfallopfers untersucht. Die Nachrichten, die sich Frau Lindner und er geschickt haben, deuten auf ein mehr als kollegiales Verhältnis hin.«

»Das kann ich bestätigen. Allerdings habe ich einen Zeugen, der letzten Freitag einen Streit zwischen ihnen beobachtet hat.« Magnus berichtete in groben Zügen von seiner Befragung des verletzten Praktikanten.

»Interessant. Ich dachte mir, dass da etwas faul ist.« Sie errötete ein wenig, als ob sie sich für ihre Intuition schämte. Sie gähnte und hob gleichzeitig erschrocken die Hand vor den Mund. »Entschuldigung. Ich bin seit 24 Stunden auf den Beinen.«

»Wird es eine Autopsie geben?«, fragte Magnus.

»Das ist Vorschrift bei ungeklärter Todesursache. Wir geben den Fall ohnehin an die Mordkommission ab.« Sie gähnte erneut. »Du meine Güte, ich mache gleich Feierabend.«

Magnus warf einen Blick auf die Uhr im Volvo und fluchte. Schon nach fünf. Mal sehen, wer in der Bauabteilung der Bestkauf GmbH lange arbeitete. Auf der Luxemburger Straße kam er im Stop-and-Go des dichten Verkehrs nur langsam voran. Vor einem Feiertag reagierten alle Kölner mit panischem Einkaufsverhalten – sie kauften die Läden leer, als ob eine Hungerkatastrophe drohte. An der Kreuzung zum Militärring musste er rechts abbiegen, aber die Schranke zur Linie 18 war unten. Er seufzte und überschlug grob, wie viel Zeit seines Lebens er schon an dieser Kreuzung verbracht hatte. Widerwillig erinnerte er sich an sein Versprechen an Benno, Nadja anzurufen, und wählte die Nummer der Detektei. Sie war bestimmt schon nach Hause gegangen.

»Wirtschaftsdetektei Grass und Partner, Sie sprechen mit Nadja Zimmer.«

»Magnus Meister, hallo. Benno sagt, du würdest mich bei der Ermittlung in Sachen Bestkauf GmbH unterstützen.«

»Wer spricht da bitte?«

Magnus war sich sicher, dass sie ihn verstanden hatte, und spürte, wie Wut in ihm aufstieg. »Magnus Meister.«

Pause. »Ach ja. Was kann ich für dich tun?«

Magnus kochte inzwischen. »Dein Brötchengeber hat gesagt, du wärest scharf auf den Job hier.«

»Ich verstehe nicht. Auf welchen Job?«

Stellte sie sich nur dumm oder war sie es tatsächlich? Er sprach lauter, als ob er es mit einer Schwerhörigen zu tun hätte. »Die Sabotageermittlung in der Bestkauf GmbH. Es gibt sehr viele Spuren, denen wir nachgehen müssen.«

»Warum schreist du so? Mit meinen Ohren ist alles in Ordnung. Ja, ich habe davon gehört. Du hast dich in eine Sackgasse manövriert, sagt Benno.«

Das war Magnus neu. Ob Benno das wirklich so gesagt hatte? »Hilfst du mir jetzt oder nicht?«

»Klar. Wir sollten mal Struktur in die Sache bringen«, sagte sie. »Wann und wo treffen wir uns?«

Struktur. Aha. Diese arrogante, überhebliche … ihm fiel kein passendes Wort ein. Er versenkte mit großer Willensanstrengung seinen Ärger eine Etage tiefer und nannte ihr das »Filos« als Treffpunkt, in der Nähe von Bennos Büro. Sie würden sich morgen am späten Vormittag treffen. Er hoffte, dass Eliza noch keine Pläne für den Feiertag gemacht hatte. Hinter ihm begann ein Hupkonzert. Die Schranke war offen.

»Tut mir leid. Die Kollegen sind schon im Wochenende. Außer Herrn Grundmann und mir ist keiner mehr hier.« Olga blickte geradeaus auf ihren Monitor und hämmerte auf die Tastatur ein. »Hast du Steffi noch erwischt?«

Darüber wollte Magnus jetzt nicht sprechen. »Es war zeitlich ein bisschen knapp«, sagte er vage. »Wo ist Frau Wolf?«

»Sie wollte nach Aachen fahren. Irgendjemand muss sich schließlich um den Wasserschaden kümmern. Herr Brauer hat sich heute krankgemeldet.« Sie wurde rot, wandte den Blick aber nicht vom Monitor ab. Magnus setzte sich ihr gegenüber auf Steffis Platz. Das Mädel errötet verdammt leicht, dachte er.

»Hör zu, Olga, das mit Herrn Hammer tut mir leid.«

Keine Reaktion. Das Tempo, mit dem sie auf die Tastatur einhackte, schien sich zu erhöhen.

»Du wusstest, dass er und Steffi eine Affäre hatten, oder?«, fragte Magnus.

»Das geht dich nichts an!« Immerhin hörte sie auf zu schreiben. Ihre Augen blitzten ihn an.

»Es kann sein, dass sich deine Kollegin ihm zuliebe in Schwierigkeiten gebracht hat.«

»Ich weiß nicht, wovon du redest.«

»Dann werde ich deutlicher. Steffi ist mit ihm zusammen gesehen worden, zum Beispiel am Rheinauhafen. Und an dem Getränkemarkt in Chorweiler.«

Olga schwieg. Sie rollte ihren Stuhl ein Stück vom Tisch weg und sah ihn an. Plötzlich wirkte sie müde. »Sie hat mir damit fast jeden Tag in den Ohren gelegen, bis ich ihr gesagt habe, ich wollte nichts mehr davon hören. Es ist falsch. Er ist verheiratet. Es führt zu nichts.«

»Mochtest du Axel Hammer?«

Sie schüttelte den Kopf. »Man darf über Tote nicht schlecht reden.«

Das hörte Magnus heute schon zum zweiten Mal. »Also nein?«

»Er hat seine Frau betrogen.«

»Das klingt wie ein Nein. Ist dir sonst noch etwas Ungewöhnliches an seinem Verhalten aufgefallen?«

»Die Projektleiter sind höchstens ein bis zwei Mal in der Woche hier. Wir haben praktisch nichts miteinander zu tun gehabt.«

Magnus gab auf. Entweder stellte er die falschen Fragen, oder sie hatte wirklich nichts mitbekommen. Oder sie wollte ihre Kollegin nicht anschwärzen.

»Mit Ihnen habe ich heute nicht mehr gerechnet. Ich wollte gerade gehen.« Grundmann fuhr seinen Rechner herunter. Ansonsten war das Büro der Außendienstler verwaist.

»Ich brauche noch ein paar Auskünfte von Ihnen«, sagte Magnus.

Grundmann warf einen Blick auf seine Uhr. »Zehn Minuten, höchstens. Ich muss noch zum Rheinauhafen.

Frau Wolf hat mir kommissarisch die Projekte von Axel – Herrn Hammer – übertragen. Irgendjemand muss es ja machen.«

»Das ist eine tragische Geschichte«, sagte Magnus, etwas ratlos, wie er sein Bedauern ausdrücken sollte.

»Geben Sie sich keine Mühe«, sagte Grundmann. »Wir kannten uns schon lange, aber wir waren keine Freunde.«

Magnus setzte sich an einen der leeren Plätze und zog sein Notizbuch heraus. Er überlegte, ob er Grundmann gegenüber mit offenen Karten spielen und von seinem Verdacht gegen Hammer erzählen konnte. Welchen Grund hatte er, ihm zu vertrauen? Bisher nur sein Bauchgefühl. Das war riskant. Er entschied sich für eine andere Taktik.

»Sie waren doch bestimmt gestern bis zum Schluss im ›Brauhaus Unkelbach‹. Können Sie mir den Verlauf des Abends schildern?«

»Hammer hatte nichts getrunken, wenn Sie das meinen.« Grundmann rieb sich die Augen. Er sah plötzlich sehr müde aus.

»Das habe ich vermutet. Mich interessiert vor allem, wer da war und wie lange.«

»Die üblichen Verdächtigen. Hammer, Brauer, die Kaiserin, die Damen Wieczorek und Lindner, ein paar Kollegen aus dem Technischen Einkauf, die Sie nicht kennen.« Grundmann rieb sich das Kinn und fixierte die Wand gegenüber, als ob sie ihm beim Nachdenken helfen könnte. »Ach ja. Wolter, unser ehemaliger Chef, ist kurz vorbeigekommen. Aber er hat nur kurz gratuliert und ist dann wieder gegangen. Und die Chefin höchstpersönlich natürlich. Sie war als eine der Ersten wieder weg, so gegen halb zehn, glaube ich.«

Magnus schrieb mit. »Wer war bis zum Schluss anwesend?«

Grundmann lachte. »Die alten Säcke aus dem Technischen Einkauf. Wenn es etwas umsonst gibt, sind die nicht totzukriegen. Und Brauer natürlich, wobei ich da nicht von ›anwesend‹ sprechen würde. Der ist am Tisch von einer Sekunde auf die andere eingeschlafen. Wir haben ihn schlafen lassen und um halb eins in ein Taxi verfrachtet. Der war völlig hinüber.«

Magnus grinste. Das kam ihm bekannt vor. »Und die anderen? Wann waren die weg?«

Grundmann überlegte. »Da ging ein ganzer Schwung kurz hintereinander. So um elf schätze ich. Ich habe auf mein Handy geschaut, weil meine Frau wissen wollte, wann ich nach Hause komme. Genau, die Kaiserin hat sich bei mir entschuldigt, es ginge ihr nicht so gut, sie müsse mal ausschlafen. Die hat sich heute krankgemeldet, aber das wissen Sie sicher. Kurz danach waren auch Kollege Hammer und die Lindner weg.«

»Sind sie zusammen gegangen?«, hakte Magnus nach.

Grundmann zögerte. »Nein. Wieso?«

»Nur für die Statistik«, beeilte sich Magnus zu versichern. »Ich mache einen Zeitplan.« Er glaubte nicht, dass das Verhältnis der beiden offiziell war und wollte keinesfalls zusätzlich die Gerüchteküche anheizen. »Wann ist Olga Wieczorek gegangen?«

»Ziemlich spät meine ich. Nachdem die Lindner weg war, hat Olga sich mit einem Kollegen aus dem Technischen Einkauf festgequatscht, bis ihr Verlobter sie abgeholt hat. Das muss schon nach zwölf gewesen sein. Hat das etwas mit Ihrer Ermittlung zu tun?«

Wenn er das wissen würde, wäre er einen Schritt weiter. Aber das konnte Magnus ihm schlecht auf die Nase binden. »Ich benötige einen exakten Zeitplan. Meine Ermittlungen sind noch nicht abgeschlossen.« Magnus hoffte, dass das professionell klang.

Grundmann erhob sich und zog eine Windjacke an. »Sie entschuldigen mich? Ich muss los.«

»Wo waren Sie in der Nacht vom 19. auf den 20. April?« Grundmann starrte ihn verblüfft an. »Sie meinen die Nacht, als der Kühlalarm ausfiel? Das war sonntags. Ich war zu Hause, wir hatten Besuch. Sie glauben doch nicht ernsthaft, dass ich auf meiner eigenen Baustelle …«

Magnus klappte seine Notizen zu und stand auf. »Nein, aber ich muss das fragen. Danke. Eine Sache beschäftigt mich noch. Warum hat Hammer die Abteilung 2003 verlassen und ist 2008 wiedergekommen? Ein ungewöhnlicher Schritt, oder?«

Grundmann zuckte die Achseln, er stand schon im Türrahmen. »Soweit ich weiß, hat er damals von Edeka ein gutes Angebot bekommen und zugegriffen. Wir waren ziemlich überrascht, ihn wieder hier zu sehen.«

»Wir?«

»Die alten Hasen, meine ich. Frau Kaiser und ich zum Beispiel. Wenn Sie sich für die alten Geschichten interessieren, fragen Sie unseren ehemaligen Chef, Herrn Wolter.«

Magnus verabschiedete sich noch von Olga und machte sich auf den Heimweg. Er hatte miese Laune und war müde. Sein Magen gab ein Konzert aus Knurrgeräuschen und erinnerte ihn daran, dass er seit dem Frühstück nichts mehr gegessen hatte. Hoffentlich hatte Eliza gekocht. Sein

Handy vibrierte. Clara. Er nahm das Gespräch an, während er gleichzeitig versuchte, den Volvo vom Firmenparkplatz zu manövrieren.

»Papa? Bist du dran?«

»Hallo, mein Schatz. Sekunde, ich parke gerade aus. So, jetzt geht es besser.«

»Du sollst Mama anrufen, wegen Rom. Sie zickt wieder rum. Ich habe ihr gesagt, dass du die Reise bezahlst, aber sie will es von dir selbst hören.«

Magnus fluchte in Gedanken. Mit seiner Ex war nicht zu spaßen, wenn es um Geld ging. Er konnte im Kopf schon ihre Vorhaltungen hören. Ehrlicherweise musste er zugeben, dass er zu dieser Situation beigetragen hatte, als Clara noch klein war und er kaum wusste, wie er seinen eigenen Unterhalt bestreiten sollte.

»Klar, mache ich. Direkt, wenn ich zu Hause bin.«

»Sie ist heute Abend auf einem Konzert, aber morgen den ganzen Tag zu Hause, soll ich dir sagen. Gehst du feiern?«

»Wieso? Hat jemand Geburtstag?«

»Oh Mann, du bist echt verpeilt. Morgen ist der Erste Mai. Alle feiern heute.«

Magnus war mittlerweile an der Kreuzung Militärring und Luxemburger Straße angekommen. Natürlich war die Schranke unten. Er stellte den Motor ab und nahm sich vor, beim nächsten Mal eine andere Strecke zu fahren.

»Schätzchen, ich bin gerade mitten in einer Ermittlung und komme in die spannende Phase. Mir ist momentan nicht nach Party.«

»Die Sache mit Al Pacino, von der du uns am Montag erzählt hast?«

»Al Pacino hatte einen Unfall und ist tot.« Kaum war der Satz draußen, bereute er es. Warum belastete er Clara mit einem Todesfall?

»Boah, das ist ja wie im Krimi. Hat ihn jemand umgebracht?«

»Nein, er ist vor einen Baum gefahren.«

»Schade, er sah echt gut aus.«

Magnus grinste. Die Psyche seiner Tochter war stabil, er sorgte sich umsonst. »Und was ist mit dir? Gehst du heute aus?«

»Klar. Wir wollen in die Essigfabrik. Da legt heute DJ Babu auf. Soll voll fetter Sound sein.«

Magnus kannte den Sound. Elektrobeats. Nicht mal gegen gute Bezahlung würde er freiwillig einen Fuß auf diese Party setzen.

»Soll ich dich abholen?«

»Nö, wir fahren zusammen mit der Bahn zurück. Zur Not darf ich Mama anrufen. So, ich muss los, wir treffen uns gleich alle bei Mareike zum Vorglühen. Ciao.«

»Pass auf dich auf.« Magnus war sich nicht sicher, ob sie seinen Abschiedsgruß gehört hatte. Er legte das Handy auf den Beifahrersitz und versuchte, seine Besorgnis in den Griff zu bekommen. Seine Tochter war 17 Jahre alt, ging auf Partys und trank Alkohol. So wie alle, so wie er früher auch. Er hoffte, dass sie nicht alles ausprobierte, was er probiert hatte. Zumindest hatte sie nette Freunde, war selbstbewusst und vernünftig. Oder?

Mittlerweile fuhr die dritte Linie 18 vorbei, die Schranke war immer noch unten. Magnus hätte es besser gefunden, wenn die Stadt Köln an Stelle einer teuren neuen U-Bahn in der Innenstadt diese Kreuzung hier untertunnelt hätte. Die LKW-Fahrer, die aus Richtung Güterbahnhof Köln-Eifeltor hier entlangfuhren, brauchten Nerven aus Stahl. Die übrigen auch. Was hatte Clara eben über Hammer gesagt? Hat ihn jemand umgebracht? So direkt hatte noch niemand sein mieses Bauchgefühl auf den Punkt gebracht. Die Überlegung war berechtigt. Keine Bremsspur. Kein Alkoholkonsum, zumindest bis er Grundmanns Feier im Brauhaus verlassen hatte. Auf Magnus hatte Axel Hammer auch nicht wie ein Selbstmordkandidat gewirkt, aber wer konnte schon in einen fremden Kopf hineingucken? Irgendwas stank an der Geschichte zum Himmel.

Magnus starrte durch die Windschutzscheibe auf eine Reihe Rücklichter, bis ihm auffiel, dass er keine 500 Meter von der Unfallstelle entfernt stand, die auf der Skizze von Polizeikommissarin Lange eingezeichnet war. Ein kurzer Abstecher konnte nicht schaden. Unter Protest der hinter ihm wartenden Fahrzeuge setzte Magnus zurück und ordnete sich in die rechte Spur ein. Er bedankte sich bei einer höflichen Fahrerin, die ihn hineinließ. Sein Handy klingelte.

»Wann kommst du nach Hause?« Eliza klang ein wenig gereizt. »Katja ist hier. Du hättest gesagt, sie soll heute Abend bei uns vorbeikommen.«

Verdammt, das war ihm durchgegangen. Seine Begegnung von heute Morgen mit der gestressten Nachbarin schien aus einer anderen Zeitrechnung zu kommen.

»Ich bin schon fast da, will mir nur schnell noch etwas ansehen. 20 Minuten, okay?«

»Es gibt Saltimbocca, Katja isst mit uns.« Sie klang schon etwas besänftigt.

»Ich fliege.« Endlich war die Kreuzung frei. Magnus gab Gas. Die Unfallstelle war hinter dem Abzweig zur Autobahnauffahrt Eifeltor, aber vor der Brühler Landstraße. Im Sommer boten die bulgarischen Frauen hier ihre Dienste auf dem Straßenstrich an, sobald die Stadt Köln mit den Kontrollen wieder nachließ. Magnus spähte aufmerksam nach rechts in den Grüngürtel und drosselte die Geschwindigkeit. Sofort überholte ihn der Fahrer hinter ihm und zeigte ihm einen Vogel. Der Porsche Cayenne scherte knapp vor ihm wieder ein und bremste. Magnus musste hart in die Eisen gehen, um nicht aufzufahren. Was für ein Arschloch. Fast übersah er die Schneise im Grünstreifen, die den Blick auf den dahinterliegenden Fahrradweg freigab. Hier musste Hammer von der Straße abgekommen sein. Er blinkte rechts, parkte den Wagen am Straßenrand und stieg aus.

Hier musste es sein. Der Waldboden war weich von den Regenfällen der vergangenen Tage. Magnus war kein ausgebildeter Spurenleser, aber die im Umkreis von mehreren Metern umgenieteten Baumschösslinge und Sträucher wären selbst einem weniger aufmerksamen Beobachter aufgefallen. Hatte die Polizistin nicht gesagt, die Feuerwehr sei hier gewesen? Sie hatten bestimmt auf dem Militärring geparkt. Vor ihm liefen parallel zwei Vertiefungen im Boden, vermutlich Hammers Reifenspuren. Magnus setzte behutsam einen Schritt nach dem anderen und hielt sich in der Mitte der Spuren. Er überquerte den Fuß- und Radweg. Nach zirka 50 Metern endeten sie vor einer Buche. Der Baum hatte einen halben Meter über dem Boden eine quer zum Boden verlaufende Einkerbung. Magnus sah sich aufmerksam um.

Polizei und Feuerwehr hatten hier aufgeräumt. Wenn jemand mit voller Geschwindigkeit vor ein Hindernis fuhr, musste es Spuren geben. Die Augen auf den Boden gerichtet zog er eine Spirale um den Baum. Erst einige Meter von der Buche entfernt fand er Glassplitter und ein undefinierbares schwarzes Stück Plastik. Er hob es auf. Es sah aus wie ein Stück aus der Türzarge. Plötzlich fröstelte er. Was wollte er hier eigentlich finden? Er war weder Polizist noch Unfallsachverständiger oder Mordermittler, und selbst wenn das hier ein Tatort wäre: Die Spuren sprachen nicht zu ihm. Magnus drehte sich abrupt um und stapfte durch den Grünstreifen Richtung Straße zurück.

»Schmeckt es dir nicht? Du bist so still. Noch Nudeln?« Eliza sah ihn aufmerksam an.

»Immer her damit. Ich bin still, weil es mir schmeckt.« Das entsprach nicht ganz der Wahrheit. Das Saltimbocca zerging auf der Zunge, aber er hatte sich innerlich ausgeklinkt und ließ das Gespräch der Frauen als freundliches Hintergrundgeräusch vorbeiziehen. Seine Gedanken kreisten um die Ermittlungen des heutigen Tages. Wie ein Blitzlicht tauchte die Einkerbung der Buche in seinen Gedanken auf. Er sah sich selbst auf der Lichtung stehen, mit einem Stück schwarzem Plastik in der Hand.

»Ich wünschte, ich könnte mich auch mal an den gedeckten Tisch setzen. Christoph kocht nie«, sagte Katja.

Eliza und Magnus tauschten einen kurzen Blick. Ein Satz der mit »Christoph« begann und mit »nie« endete war immer die Eröffnung. Gleich würde die gefürchtete Katja-Jammertirade einsetzen.

Eliza versuchte es mit Ablenkung. »Wer ist denn gerade bei den Kindern?«

»Mia passt auf. Bei uns kann sie in Ruhe mit ihren Freundinnen chatten. Das darf sie zu Hause nicht.« Mia war eine hübsche 13-Jährige, die mit ihrer Familie auf der gegenüberliegenden Straßenseite wohnte. Ihre Eltern hätten einen Oscar für den strengsten Öko-Haushalt gewinnen können.

»Wir gehen gleich auf ein Konzert, willst du mitkommen?«, fragte Eliza. Magnus horchte auf. Davon wusste er noch nichts.

»Voll lieb von euch, danke, aber ich warte auf Christoph. Er ist megagestresst, wenn er nach Hause kommt und mit den Kindern allein sein muss.«

»Auf welches Konzert gehen wir?«, fragte Magnus.

»Die Cowboys spielen im ›Blue Shell‹. Hat Sven dich nicht angerufen?«

Wahrscheinlich, aber Magnus hatte seine Mailbox nicht abgehört. Er war müde und hatte keine Lust auf Gesellschaft, ein Sofa und Eliza würden ihm heute genügen.

»Ihr habt es gut, Christoph würde nie mit mir abends auf ein Konzert gehen. Seit Antons Geburt waren wir vielleicht zweimal aus.« Katja nahm sich den letzten Mandelkeks. »Das ist megaschade.«

»Sagt doch Bescheid, wenn ihr ausgehen wollt, dann passen wir auf die beiden auf.« Magnus versuchte es mit positiven Angeboten.

»Das ist supernett von euch, wirklich, aber Anton ist noch zu klein. Ihr habt keine Ahnung, wie schwierig der sein kann, wenn es nicht nach seinem Willen geht. Christoph wäre nie damit einverstanden, ihn den ganzen Abend alleine zu lassen.«

Magnus hatte eher das Gefühl, dass Katja nicht einverstanden wäre, aber er hütete sich, das zu sagen.

»Du sollst übrigens eine Nadja zurückrufen«, sagte Eliza. »Irgendwas wegen eines Treffens morgen früh.«

Für den ungeübten Zuhörer eine harmlose Bemerkung, aber Magnus erkannte sofort ein leichtes Vibrato in Elizas Stimme. Er hatte vergessen, ihr Bescheid zu sagen.

»Eine Mitarbeiterin von Benno. Sie hilft mir bei den Ermittlungen.«

»Am Feiertag?«

Katja war jetzt auch ein Missklang aufgefallen. Sie sah gespannt von einem zum anderen.

»Es gibt neue Entwicklungen, ich erzähle es dir gleich, okay?« Er erhob sich und begann, die Teller abzuräumen.

»Ist das wegen des Unfalls am Militärring?«, wollte Katja wissen. »Eliza hat mir davon erzählt.«

Jetzt wurde Magnus wütend. Was hatte Eliza ausposaunt? Das ging niemanden etwas an. Er wiegelte ab. »Nein, nein, was anderes. Willst du noch einen Espresso?«

Katjas Augen strahlten. »Das ist meganett von euch. Ich wünschte, Christoph wäre auch mal so nett zu mir, er würde mir nie einen Kaffee machen.«

Dann setzte eine Jammertirade ein, die weder Magnus noch Eliza aufhalten konnten. Zum Glück beendete Katja sie nach dem Espresso von alleine, warf einen erschrockenen Blick auf die Uhr und verabschiedete sich hastig.

»Was hast du ihr von dem Fall erzählt?«, fragte Magnus, kaum dass die Tür ins Schloss gefallen war. »Ich hatte dich gebeten, niemandem etwas zu sagen.«

»Katja weiß nur, dass du den Fahrer gekannt hast. Wer ist Nadja?«

»Eine dämliche Ziege, mit der ich zusammen ermitteln muss. Irgend so eine Studentin, die bei Benno am Empfang sitzt und glaubt, sie sei eine toughe Detektivin.«

»Aha. Und wieso trefft ihr euch morgen?«

»Weil es dringend ist. Ist das hier ein Verhör? Fang doch bei der Polizei an.«

Eliza stand ohne ein weiteres Wort vom Tisch auf, knallte die Tür hinter sich zu und ging nach oben. Magnus fluchte, sah aber nicht ein, ihr hinterherzurennen. Er räumte lustlos die Küche auf und ging danach duschen. Vielleicht war ein Konzert doch keine schlechte Idee, um mal auf andere Gedanken zu kommen. Er beschloss, den Rest des Abends Wasser zu trinken und früh nach Hause zu fahren.

Das »Blue Shell« war knallvoll und roch nach Schweiß und Bier. Vor dem Tresen standen zwei Reihen Leute, die sich vor dem Konzert mit Getränken verpflegen wollten. Magnus sah sich um. Das Publikum der »Cowboys on Dope« war gemischt. Die Band hatte in Köln Kultstatus, eine treue Fangemeinde kam zu jedem Konzert. Ein Freak mit abgeschabter Lederjacke und langen grauen Haaren unterhielt sich mit dem Sänger der Band, der sich aus einer Whiskyflasche bediente, die er sich vermutlich selbst mitgebracht hatte. Ab und zu quetschten sich hübsche Frauen in gepunkteten Kleidern mit gerade abgeschnittenen Ponys an ihm vorbei. Sie sahen aus, als seien sie direkt den 50er-Jahren entsprungen. Im Hintergrund lief ein düsterer Blues, den Magnus aus einem Quentin-Tarantino-Film kannte, aber er kam nicht auf den Titel.

»Bist du sicher, dass das das richtige Getränk ist?« Sven drückte Magnus ein Glas Wasser in die Hand. Sie kämpften sich zurück zu einem Stehtisch vor der Bühne, wo Jasper Eliza in diesem Moment etwas irrsinnig Komisches erzählte. Das schloss Magnus jedenfalls aus Elizas lautem Lachen, das mühelos Gespräche und Musik im »Blue Shell« übertönte. Magnus beobachtete, wie sich die ersten Köpfe in Elizas Richtung wandten. Es würde keine fünf Minuten dauern, bis der Erste einen vergeblichen Versuch starten würde. Die Situation erinnerte ihn an ein Konzert, das er mit den Jungs vor fünf Jahren kurz nach der Trennung von Carolin hier im Blue Shell gespielt hatte. Damals war ihm Elizas Lachen aufgefallen, obwohl er schlecht gelaunt und angetrunken auf der Bühne stand und das Publikum so gut er konnte ausblendete. Sie war mit einer Clique hübscher Frauen unterwegs und schien sich nicht im geringsten für ihn zu interessieren. Er hatte zwei Wochen und viel Glück gebraucht um ihren Namen und ihre Nummer in Erfahrung zu bringen. Und weitere zwei Wochen, bis sie einem Treffen zugestimmt hatte. Obwohl er immer noch wütend auf sie war, musste er bei dem Gedanken daran lächeln.

»Du musst morgen arbeiten«, stellte Sven fest und riss ihn aus seiner Träumerei. »Wie läuft es denn?«

Magnus nippte lustlos an seinem Wasser und dachte nach. »Beschissen. Total festgefahren.« Es tat ihm gut, das unzensiert auszusprechen.

»Du darfst nicht darüber reden, oder?«

»Bei dir weiß ich wenigstens, dass du nichts weiterquatschst. Mein Hauptverdächtiger für einen Sabotageverdacht ist tot, und die Umstände sind unklar.«

Sven hob die Augenbrauen und pfiff durch die Zähne. Er sah nach rechts und links, ob ihnen jemand zuhörte und senkte die Stimme. »Mord? Redest du von Mord?«

Magnus hob die Schultern. »Nicht auszuschließen.«

»Das ist ein Job für die Polizei, Meister. Lass die Finger davon.«

»Benno bezahlt mich für die Aufklärung des Sabotageverdachts. Ich brauche die Kohle.«

Sven sparte sich die Antwort darauf, weil in diesem Moment der Schlagzeuger das erste Stück anzählte. Jemand tippte Magnus von hinten auf die Schulter. Normalerweise wäre Magnus erfreut gewesen, von einer hübschen Frau angesprochen zu werden. Das hier war die Ausnahme.

»Dachte ich mir schon, dass du hier bist. Du lässt ja keine Feier aus.« Carolin, seine Ex, prostete ihm zu. »Warum trinkst du Wasser? Bist du krank?«

Carolin war der letzte Mensch, dem er erklären wollte, dass er morgen arbeiten musste. Sie schaffte es regelmäßig, ihn innerhalb kürzester Zeit auf die Palme zu bringen. So wie gerade.

»Clara hat mir Bescheid gesagt, ich rufe dich morgen an.« Er musste brüllen, um gegen die Band anzukommen. Guter Versuch, aber sie ließ sich nicht abwimmeln.

»Wozu? Wir können das hier besprechen. Wer weiß, ob du dich morgen noch an den Anruf erinnerst.«

»Ich sehe mir jetzt das Konzert an.« Magnus wandte sich nach vorne. Keine Chance.

Seine Ex ätzte lautstark in seinen Rücken. »Klar, das ist sicher wichtiger als deine Tochter. Deine Prioritäten waren immer schon eindeutig.«

Magnus gab auf. Sie würde keine Ruhe geben. Er drehte sich um. »Lass uns draußen reden, dann kann ich verstehen, was du mir sagen willst.«

»Wenn du unbedingt eine Zigarette dafür brauchst – meinetwegen.« Sie wandte sich um und quetschte sich durch die Menge. Magnus tippte Sven an und deutete mit dem Zeigefinger in Richtung Ausgang, dann folgte er Carolins wippenden blonden Haaren nach draußen. Ein paar Unentwegte belagerten den Eingang des »Blue Shell«, um an eine Eintrittskarte zu gelangen, aber das Konzert war ausverkauft.

»Was gibt es da zu besprechen?« Magnus stellte das Glas Wasser in eine Fensternische und wünschte sich, es wäre ein Bier. Er angelte nach seinem Tabak und begann, sich eine Zigarette zu drehen. »Ich werde dir das Geld für Rom überweisen.«

»Das hast du letztes Mal auch gesagt, und dann musste ich für einen Monat in Vorleistung gehen.«

Das war unfair, und das wusste sie. Magnus hatte zum Karneval als DJ gearbeitet und die versprochene Gage für vier harte Tage in einer Ehrenfelder Kneipe erst Wochen später bekommen. Sinnlos, das erneut zu erklären. Außerdem hatte Carolin kein Problem damit, etwas vorzustrecken. Sie arbeitete als Lehrerin an der Gesamtschule, war verbeamtet und konnte – im Gegensatz zu ihm – ausgezeichnet mit Geld umgehen.

»Ich arbeite gerade für Benno. Du bekommst dein Geld nächste Woche. Clara hat mir gesagt, es sei nicht so dringend.«

Carolins Gesicht wurde eine Spur weicher. Für Benno hatte sie eine Schwäche. »Ach so, ein Job für Benno. Na gut. Das Taschengeld kommt auch von dir, habe ich gehört?«

»Klar. Solange ich nicht ihre Designerklamotten bezahlen muss …«

Zum ersten Mal lachte Carolin. »Das kann niemand bezahlen«, sagte sie und strich sich mit der Hand eine Haarsträhne aus dem Gesicht. »Zum Glück bringt sie sich gerade das Nähen bei.«

Sie lächelten sich an, und Magnus erinnerte sich wieder daran, warum er sie einmal gemocht hatte. Jemand schlug ihm von hinten auf die Schulter.

»Meister, was flirtest du hier vor der Tür herum? Lass die Blondinen für mich übrig. Hi, Caro.«

Carolin hatte für den Gitarristen nur ein müdes Lächeln übrig. »Hallo, Nick. Ich gehe wieder rein, wir sehen uns.«

Nick starrte ihr hinterher. »Sie mag mich nicht, oder?«

»Nimm es nicht persönlich. Sie mag sich selbst nicht«, sagte Magnus und drückte seine Zigarette aus. »Hast du schon eine Karte?«

»Wir müssen reden, Meister.«

»Wie bitte? Du klingst schon wie meine Ex. Ich will das Konzert hören, Mann.«

»Es ist dringend. Du wirst dich wundern.«

»Hey, wir können morgen Abend reden, dann ist die letzte Probe vor der Hochzeit. Wir können uns früher treffen, wenn du willst.«

Nick zögerte, dann willigte er ein.

»Komm endlich.« Magnus stieß die Tür auf, ließ einen Schwall dicke Luft und eine Applauswelle nach draußen. »Tanz in den Mai. Die nächste Runde geht auf mich.«

FREITAG, 1. MAI

Magnus saß um elf Uhr ausgeruht und gut gelaunt im Café Filos. Er beglückwünschte sich zu der Entscheidung, am Vorabend beim Wasser geblieben zu sein. Seine Unterlagen und Überlegungen zu den Ermittlungen waren sortiert und die Ergebnisse in seinen Laptop eingetippt. Eliza hatte sich beim Frühstück davon überzeugen lassen, dass das bevorstehende Treffen mit Nadja ein notwendiges Übel und nicht ein von ihm herbeigesehnter Zustand war. Zum Abschied durfte er sie sogar wieder küssen, das war ein gutes Zeichen. Es war noch nicht viel los im »Filos«, außer ihm saßen nur zwei Frauen mit kleinen Kindern an den hinteren Tischen und frühstückten. Die freundliche Bedienung brachte ihm soeben den zweiten Cappuccino, als Nadja mit etwas Verspätung durch die Tür kam. Sie trug Jeans, Sneakers und eine grüne Kapuzenjacke.

»Du hast nicht zurückgerufen gestern. Warum grinst du so?«, begrüßte sie ihn, ohne sein Lächeln zu erwidern. Sie stellte einen Klotz von einer Tasche ab, die aussah, als sei sie aus einer LKW-Plane gemacht.

»Was hast du da drin? Ziehst du aus?«, erkundigte sich Magnus.

Sie zuckte mit den Schultern. »Ich habe gestern mit Benno telefoniert und ein paar Überlegungen zum Dossier eingetippt. Zur Sicherheit habe ich meinen Rechner mitgebracht. Aber wie ich sehe, bist du ja bestens ausgerüstet.«

Magnus ließ sich durch ihr mürrisches Gehabe nicht aus der Ruhe bringen. Er wartete ab, bis sie einen Chai Latte bestellt hatte, und fuhr dann seinen Rechner hoch. Nadja hörte konzentriert der Zusammenfassung seiner bisherigen Ermittlungen zu und schrieb sich ab und an etwas in ein Spiralheft. Als er auf die fehlende Bremsspur zu sprechen kam, riss sie die Augen weit auf. »Glaubst du, das war ein Mord?«

»Keine Ahnung, was ich glauben soll. Zumindest ist das ein merkwürdiger Unfall, und für Selbstmord scheint er mir kein Kandidat zu sein, aber wer weiß das schon?«

»Dann ermittelt die Polizei parallel, oder?«

Magnus nickte. »Ich habe noch keinen Schimmer, ob das was mit unserem Fall zu tun hat.«

»Da sollten wir uns raushalten, denke ich. Wir sind nur mit der Sabotageermittlung beauftragt.«

»Wozu auch? Ich bin kein Kommissar«, sagte Magnus gereizt.

Nadja nippte an ihrem Tee und starrte auf den Bildschirm. »Eines verstehe ich nicht«, sagte sie schließlich. »Wie kommst du darauf, dass nur Axel Hammer infrage kommt? Die anderen haben doch auch Grund, unserer Klientin zu schaden. Oder hast du die Alibis schon überprüft?«

»Gefragt, aber noch nicht überprüft. Sie scheinen aber glaubwürdig zu sein«, erwiderte Magnus. Wie sollte er ihr sein Bauchgefühl erklären?

Nadja sah ihn schräg von der Seite an und hob eine

Augenbraue. »Das ist unprofessionell. Benno hat recht, bei dieser Ermittlung fehlt es an der Basisarbeit.«

»Aber du weißt, was professionell ist, oder wie?«

»Wenigstens bilde ich mir nicht ein zu wissen, ob mir jemand die Wahrheit sagt oder mich belügt.« Sie fischte einen USB-Stick aus ihrer Tasche. »Schau dir das mal an.«

Magnus unterdrückte mühsam seinen Impuls, aufzustehen und zu gehen. Benno hatte einen Dachschaden, ihm diese dämliche Kuh auf den Hals zu hetzen. Er steckte widerwillig den Stick in sein Laptop und öffnete die Excel-Datei, die Nadja mit »Sabotage Bestkauf GmbH« betitelt hatte. Sauber in Spalten und Zeilen geordnet, fügten sich die wenigen Informationen, die Nadja bisher zur Verfügung standen, zu einer übersichtlichen Tabelle – mit vielen Lücken. Neben Angaben zu Zeitpunkten und Orten der möglichen Sabotageversuche hatte sie Fragen notiert, die ihrer Meinung nach zu klären waren. Er war gegen seinen Willen beeindruckt. Sie sah ihn von der Seite an. Erhoffte sie sich ein Lob? Da konnte sie lange warten.

»Was hältst du davon?«, fragte sie. »Wir könnten deine Ermittlungsergebnisse eintragen und uns so gemeinsam einen Überblick verschaffen.«

»Ich habe Überblick, vielen Dank auch«, log er. »Aber wenn es dir hilft, bitte sehr.« Zum ersten Mal an diesem Morgen sah er sie lächeln.

»Ihr seid doch alle gleich.« Wer mit »ihr« gemeint war, sagte sie nicht.

Sie machten sich daran, die mageren Fakten zu sortieren, und Magnus musste innerlich zugeben, dass wichtige Details noch nicht geklärt waren.

»Was ist mit den verschwundenen Bauplänen?«, fragte Nadja. »Diese – äh – Olga oder Marita Kaiser könnten sie doch auch weggenommen haben, oder?«

»Alle Mitarbeiter der Abteilung hatten Gelegenheit, Pläne verschwinden lassen, das ist genau das Problem. Die Postfächer sind im Büro der Kaiserin, jeder hat Zugriff. Das ist eine Sackgasse.«

»Die Diebstähle auf der Baustelle in Chorweiler: Hier spricht einiges dafür, dass Axel Hammer beteiligt war. Der Praktikant hat ihn gesehen, sagst du?«

Magnus nickte. »Du könntest den Schrotthändler mal überprüfen.«

»Gut. Der ausgeschaltete Kühlalarm am Flughafen, eine Baustelle von Herrn Grundmann, oder? Was hast du da herausgefunden?«

Noch nichts, aber das mochte er nicht zugeben. »Unsere Klientin sagt, auf der Aufzeichnung aus der Nacht vom 19. auf den 20. April war nichts zu sehen. Herr Grundmann konnte sich den Vorfall nicht erklären.«

»Hat er ein Alibi?«

»Er sagt, er war zu Hause bei seiner Frau. Ob Axel Hammer eines hatte, konnte ich nicht mehr klären.«

»Okay, das überprüfe ich.«

»Wie denn? Willst du seiner Witwe jetzt auf den Leib rücken?«

»Warum denn nicht?« Nadja sah ihn erstaunt von der Seite an.

»Weil ihr Mann gerade mit einem Zettel am Zeh in der Kühlkammer liegt.« Hatte dieses Weib kein Herz oder tat sie nur so? Magnus war fassungslos.

»Was ist mit diesem Brauer? Könnte er etwas damit zu tun haben?«

»Keine Ahnung.« Magnus wurde ungeduldig. »Das macht alles keinen Sinn.«

»Also noch eine Sackgasse?« Nadja machte sich eine Notiz. »Diese Steffi ist die wichtigste Zeugin, oder? Wenn sie und Hammer wirklich ein Paar waren, könnte sie ihm geholfen haben.«

»Sie kommt am Montag wieder. Darum kümmere ich mich selbst.«

»Du musst sie unter Druck setzen.«

»Wenn du mit mir zusammenarbeiten willst, sag mir nicht, was ich zu tun habe.«

»Wie du meinst. Für mich zählt nur das Ergebnis.« Sie tippte unbeeindruckt etwas in die Datei ein. Magnus' gute Laune hatte sich verflüchtigt. Das hier war eine Zumutung. Er würde mit Benno reden.

»Benno hat gesagt, du hättest die ehemaligen Mitarbeiter noch nicht überprüft«, stellte Nadja fest.

»Heute treffe ich den ehemaligen Chef der Bauabteilung, einen Herrn Wolter. Ich gebe dir Bescheid, was dabei rauskommt.«

»Das hätte längst passieren müssen.«

Magnus speicherte die Datei auf seinen Rechner, klappte den Laptop zu und stand auf. Noch mehr Blödsinn würde er sich nicht anhören.

Nadja sah erstaunt hoch. »Wir sind noch nicht fertig. Ich habe noch eine Frage zu dem Wasserschaden in Aachen. Woher willst du wissen, dass es Sabotage ist? Es könnte doch auch …«

»Weißt du was? Da du sowieso alles besser weißt, findest du das prima alleine heraus. Du kannst mich morgen anrufen, dann hast du den Fall bestimmt schon aufgeklärt. Einen schönen Tag noch.«

Er bezahlte seine Rechnung vorne an der Kasse, ging zur Tür und riskierte einen Blick zurück. Nadja saß bewegungslos am Tisch, die rechte Hand mit dem Bleistift erhoben, als ob sie aufzeigen wollte, und starrte ihm mit offenem Mund hinterher.

Magnus drehte sich am Stehtisch draußen vor der Tür eine Zigarette. Die Maisonne stach ihm in die Augen. Er rief Benno an, aber er erreichte nur die Mailbox. »Scheiße, Mann, schaff mir dieses Weib vom Hals, wenn du mit mir befreundet bleiben willst. Die hat ein Tiefkühlfach, wo andere ein Herz haben. Das ist keine Hilfe, das ist eine Katastrophe.« Er legte auf und drehte sich um. Nadja stand mit ihrer schweren Tasche in der Eingangstür und starrte ihn an. Ihre Augen glänzten verdächtig. Hatte sie ihm etwa zugehört? Magnus sah sich nach einer Lücke im Boden um, in der er verschwinden könnte. Er hatte nicht die geringste Lust, sich zu entschuldigen. Er blendete die Frau aus, zündete sich die Zigarette an und sah den Passanten auf der Merowingerstraße zu. Auf das Café bewegte sich mit schaukelndem Gang ein massiger, kahlköpfiger Typ in zerknittertem Anzug zu, ein Ohr am Handy. Magnus rieb sich die Augen. Benno? War der geflogen?

Nadja schob sich neben Magnus auf einen Barhocker am Stehtisch, ohne einen Ton zu sagen.

»Meister! Für euch lasse ich sogar die Reeperbahn links liegen. Gibt's hier Kaffee?« Benno legte einen Arm um Magnus, einen um Nadja, sah beiden abwechselnd in die

Augen und fuhr fort: »Kann es sein, dass ich gerade rechtzeitig komme?«

»Eher zu spät«, knurrte Magnus.

»Quatsch. Kommt, wir gehen rein, ich verdurste. Lass uns mal Ordnung in diesen Misthaufen der Bestkauf GmbH bringen.« Er riss schwungvoll die Tür zum Café auf. Nadja und Magnus sahen sich kurz an, dann folgten sie ihm schweigend.

Eine Stunde später rauchten ihnen die Köpfe. Benno fasste das Ergebnis zusammen: »Was für ein Schlamassel. Nadja, du kümmerst dich um die Diebstähle auf der Baustelle in Chorweiler und sprichst mit dem Installateur aus Aachen wegen des Wasserschadens. Meister, du machst die Alibis wasserdicht und schnappst dir diesen Wolter. Vielleicht gibt es doch einen ehemaligen Mitarbeiter, der noch eine Rechnung mit der Bestkauf GmbH offen hat. Der weiß bestimmt auch, wen wir bei der Konkurrenz mal fragen können. Und greif dir die Lindner am Montag.«

Magnus nickte. »So war mein Plan.«

»Wenn du recht hast, Meister, und dieser Hammer war es, dann ist der Auftrag ratzfatz erledigt. Bleibt nur noch ein bisschen Feinarbeit, und wir schreiben Schneewittchen am Montag die Rechnung.« Benno griff nach seinem vollen Wasserglas und trank es auf einen Zug leer.

»Oder jemand anders mischt noch mit«, sagte Nadja. »Es gibt einige Hinweise auf die Konkurrenz.«

»Dann sitzen wir in der Klemme«, sagte Benno düster. »Und dazu kommt uns noch die Polizei mit einer Mordermittlung in die Quere.«

Magnus horchte auf. »Ist das jetzt amtlich?«

Benno nickte. »Auf dem Rückweg eben habe ich mit Miriam telefoniert. Die Mordkommission hat ihre Arbeit gestern aufgenommen. Läuft unter ›MK Rotbuche‹, warum auch immer.«

Magnus fiel die Kerbe in der alten Buche ein, und ihn fröstelte plötzlich.

Nadja hing an Bennos Lippen, als ob er Gottes Wort verkünden würde.

»Wer leitet die Ermittlungen?«, wollte Magnus wissen.

»Miriam selbst. Sie werden sich bald bei dir melden, sagt sie. Du hast einiges mitbekommen von der Bestkauf GmbH in den letzten Tagen.«

Magnus schüttelte den Kopf. »Ich glaube kaum, dass ich da helfen kann.«

»Wart's ab. Wo Rauch ist, ist auch Feuer. Schon merkwürdig. Der Typ hat eine Affäre, baut Mist auf der Arbeit, gerät unter Sabotageverdacht und fährt dann ungebremst vor einen Baum. Seine Freundin ergreift die Flucht … Ich fresse einen Besen, wenn da nicht noch mehr Leichen im Keller sind.«

Magnus grinste. »Sagtest du nicht: ›Leicht verdientes Geld‹, als du mir den Auftrag erteilt hast?«

»Seit wann glaubst du mir? Bin ich unfehlbar?« Benno wandte sich zum Tresen um und rief quer durch den Raum: »Bedienung! Bringen Sie uns drei Gläser Sekt! Hier muss ein neues Dream-Team begossen werden.«

Magnus spürte, dass Nadja ihn musterte, und studierte aufmerksam die Leute am Nebentisch. Dream-Team, na ja. Er würde es eher einen notwendigen Waffenstillstand nennen.

»Ich habe schon auf Ihren Anruf gewartet, Frau Wolf hat mich gestern informiert.« Der ehemalige Leiter der Bauabteilung hätte mit seiner sonoren Stimme als Sprecher für Dokumentarfilme arbeiten können.

»Haben Sie heute Zeit für ein persönliches Gespräch?«, fragte Magnus.

»Eher ein zu viel an Zeit als ein zu wenig. Kommen Sie einfach vorbei, wir sind zu Hause.« Wolter gab ihm eine Adresse in Köln-Rodenkirchen, beste Rheinlage, soweit Magnus wusste.

Er nutzte die Fahrt, um sich gedanklich zu sortieren. Der Fall nahm abstruse Züge an. Sein Hauptverdächtiger war tot. Alle schienen Gründe zu haben, die neue Chefin abzulehnen, aber niemand traute den eigenen Leuten zu, im großen Stil Baustellen zu ruinieren. Konnte es sein, dass sich die Sabotageversuche nicht gegen seine Klientin, sondern gegen jemand Dritten richteten? Aber gegen wen? Magnus wurde sofort wieder flau im Magen, wenn er an die Arbeit der Mordkommission dachte. Es war unmöglich, so zu tun, als würde ihn der Todesfall nicht beschäftigen. Gesetzt den Fall, es war kein Selbstmord und kein Unfall: Wer hatte Hammer umbringen wollen? Die verliebte Steffi? Die Ehefrau? Magnus war froh, dass sich damit jemand anders beschäftigen musste. Er drückte der Mordkommission die Daumen.

Unter solchen Überlegungen erreichte er die Franz-Marc-Straße, eine breite, von Bungalows gesäumte Wohnstraße am südlichen Ende von Rodenkirchen. Die Grundstücke hier dürften millionenschwer sein, schätzte Magnus. Hinter der Straße lag die bewaldete Rheinaue, vom Wohngebiet nur noch durch die Hochwasserschutzmauer getrennt. Er hatte kein Problem, einen Parkplatz vor der Haustür zu finden, jedes Grundstück hier war mit einer Doppelgarage geplant. Sein Volvo gab das hässliche Entlein hinter einem nagelneuen Audi und einem Mercedes-Geländewagen. Im Vorgarten der Hausnummer zehn blühte ein Magnolienbaum. Auf sein Klingeln hin öffnete ihm ein Zwerg mit karierter Wollmütze, Seidenschal und hellem Trenchcoat die Tür.

»Herr Meister? Haben Sie etwas dagegen, wenn wir unser Gespräch bei einem Spaziergang führen?« Die tiefe Stimme war unverkennbar diejenige Wolters. »Meine Frau empfängt gleich Besuch, da will ich nicht im Weg sein.«

Sie gingen ein paar Schritte durch die Straße, dann begann der Feldweg auf den Auenwald zu. Der ehemalige Leiter der Bauabteilung reichte Magnus gerade bis zur Schulter. Es war angenehm warm, und die frische Luft vertrieb die letzten Reste von Müdigkeit aus Magnus' Gehirn.

»Frau Wolf hält große Stücke auf Sie«, sagte Wolter. »Eine verteufelte Situation, in der sie da steckt. Was wollen Sie von mir wissen?«

»Ich möchte besser verstehen, wie die Beteiligten in der Abteilung zueinander stehen«, sagte Magnus zu seiner eigenen Überraschung. »Egal, wen ich frage, keiner kann sich vorstellen, dass einer der Kollegen hingeht und Baustellen ruiniert oder Menschen gefährdet.«

»Das ist in der Tat das Problem«, erwiderte Wolter. »Wir denken und handeln der Firma gegenüber loyal. Die Projektleiter verantworten ein Millionenbudget und sind nicht zufällig auf der Position, die sie innehaben.«

»Und trotzdem: Einer ist nicht loyal. Wem trauen Sie charakterlich am ehesten so etwas zu?«

Wolter schwieg. Erst als sie den Waldrand erreichten, sagte er: »Der verstorbene Kollege ist der Einzige, der sich nicht immer korrekt verhalten hat. Ich habe Axel Hammer meinen vorgezogenen Ruhestand zu verdanken, aber das wissen Sie sicher?«

Magnus nickte. »Die Aufträge, die er an befreundete Handwerker vergeben hat?«

»Jemand hat darüber die Fachpresse informiert, sonst hätten wir es mit einer Abmahnung für Hammer bewenden lassen können. Es war kein finanzieller Schaden für die Firma entstanden, im Gegenteil. Aber so musste jemand den Kopf dafür hinhalten – und das war ich.« Wolter kickte einen alten Tannenzapfen an die Seite. »Nun ja, nächstes Jahr wäre ich sowieso in Rente gegangen. Vielleicht sollte ich ihm dankbar sein.«

Dankbarkeit klang anders, dachte Magnus. Ihm war neu, dass die Presse über den Fall berichtet hatte.

»Waren Sie nicht überrascht über Hammers Unfall?«, platzte Magnus heraus. Wolter blieb stehen und sah ihn ausdruckslos an. »Doch, natürlich. So etwas ist tragisch. Mir tun seine Frau und seine Kinder leid.«

Es hatte sich noch nicht herumgesprochen, dass an dem Unfall etwas faul war. »Es gab keine Bremsspur«, sagte Magnus. Durfte er das überhaupt sagen?

»War er betrunken? An dem Abend wurde ordentlich gebechert. Ich war auch bei der Feier, aber nur kurz, um Herrn Grundmann zu gratulieren.«

»Hammer war angeblich stocknüchtern.«

»Es gibt sicher eine logische Erklärung dafür.«

»Ich finde keine«, gab Magnus zu.

»Jeder Mensch hat eine lange Geschichte hinter sich, bevor er stirbt. Sie haben in der kurzen Zeit, die Sie bei uns ermitteln, schon viel herausgefunden. Zum Beispiel die Affäre mit der jungen Lindner. Das war mir neu. Frauen waren immer schon Hammers Achillesferse.«

»Wie stand Hammer zu Frau Wolf als Führungskraft?«

»Meinen Sie die Frage ernst? Er hasste sie. Sie hat damals herausgefunden, dass er mit seinen Freunden Aufträge abgewickelt hat.« Sie hatten mittlerweile den Rad- und Fußweg erreicht, der dicht am Rhein entlangführte. Zwischen den Pappeln und Weidensträuchern schimmerte der Fluss durch. Magnus überlegte, was Carola Wolf ihm noch alles verschwiegen hatte. War die Frau so naiv zu glauben, dass Hammer ihr nichts nachtrug?

»Wissen Sie, warum er 2003 das Unternehmen verlassen hat?«, fragte Magnus. »Angeblich hätte er damals ein gutes Angebot von Edeka bekommen.«

»Das mag sogar stimmen, seine ältere Tochter war gerade geboren, wenn ich mich recht erinnere. Ich gebe zu, ich war damals nicht traurig, als er die Kündigung eingereicht hat. Er hat Unruhe ins Team gebracht.«

»Und trotzdem haben Sie ihn 2008 wieder aufgenommen.«

»Ich war dagegen, ehrlich gesagt. Aber wir hatten dringend eine Position zu besetzen, er wollte zurück und brachte Wissen mit, wie der Mitbewerber denkt. So etwas kann von Vorteil sein. Frau Wolf sagte mir, Sie waren bei einem Standortgespräch dabei?«

Magnus grinste. »Ich habe nur Bahnhof verstanden.«

Wolter lachte schallend. »Das glaube ich gerne. Jedenfalls haben Sie gesehen, wie heiß umkämpft der Markt ist.«

Sie bogen links auf einen schmalen Pfad ab, der in Richtung des Campingplatzes führte. Magnus bekam plötzlich Fernweh. Er war lange nicht mehr mit Eliza weggewesen.

»Trauen Sie einem Konkurrenten der Bestkauf GmbH Sabotage zu?«, fragte er.

»Ausgeschlossen«, sagte Wolter entschieden. »Von solchen Geschäftspraktiken habe ich noch nie etwas gehört. Stellen Sie sich die Schlagzeilen vor, wenn die Presse davon Wind bekäme. Ein Edeka-Mitarbeiter läuft über unsere Baustellen und zerreißt Absperrungen? Das Unternehmen wäre in der Öffentlichkeit tot. Nein, hier ist etwas Persönliches im Spiel, da bin ich sicher.«

Aber was? Sie drehten sich im Kreis. »Frau Wolf meint, es ist gegen ihre Person gerichtet. Gegen ihre fehlende Qualifikation.«

»Sie ist die Beste.« Wolter beschleunigte seinen Schritt etwas. Sie zweigten vor dem Campingplatz links ab und liefen jetzt an einem Feld mit jungem Korn entlang. Spaziergänger mit Hunden kamen ihnen entgegen. »Wen hätte ich sonst benennen sollen? Sie ist umsichtig, denkt strategisch, kann sich durchsetzen und hatte sich schon bewährt.«

»Warum ist Herr Grundmann nicht berücksichtigt worden?«

Wolter nickte. »Guter Einwand, er hätte es auch sein können. Nun – die Geschäftsleitung hat mir nahegelegt, die Führung der Abteilung zu verjüngen. Immerhin ist er ihr Stellvertreter geworden.«

»Und Dieter Brauer?«

»Das ist Ihnen sicher selbst aufgefallen, oder? Er trinkt seit seiner Scheidung zu viel. Außerdem hat er die ganzen Frauen in unserer Abteilung gegen sich aufgebracht. Wenn Axel Hammer zu charmant ist, dann ist es Brauer zu wenig.«

Magnus gab ihm innerlich recht und schwieg. Ihm kam in den Sinn, wie Brauer mit einem letzten »Scheißweiber« auf den Lippen vor ihm am Tisch eingeschlafen war. Sie näherten sich unterdessen wieder der Bungalowsiedlung.

»Gab es in der Vergangenheit Mitarbeiter, die gekündigt wurden?«, fragte Magnus.

»Selbstverständlich, wir sind schließlich kein gemeinnütziger Verein. Probleme gibt es immer mal. Als Frau Wolf mich gestern angerufen hat, habe ich lange darüber nachgedacht. Aber keiner hat einen Grund –«, er unterbrach sich, »ach, wer weiß das schon. Mir sind nur zwei Namen von Mitarbeitern eingefallen, denen wir in den letzten beiden Jahren gekündigt haben, weil wir mit ihrer Leistung nicht zufrieden waren.« Wolter kramte in seiner Manteltasche und reichte Magnus einen sauber zusammengefalteten Zettel.

Magnus blieb stehen und las. Maren Lanzerath. Leo Becker. Beide wohnten in Köln. Keiner der Namen sagte ihm etwas.

»Aus Datenschutzgründen dürfte ich Ihnen die Namen gar nicht nennen. Ich wäre Ihnen verbunden …«

»Wir sind sehr diskret«, beeilte sich Magnus zu versichern.

»Frau Lanzerath war einfach zu langsam für uns. Sie war vor zwei Jahren knapp sechs Monate bei uns, bis kurz vor dem Ende der Probezeit. Frau Wieczorek hat dann ihre Stelle übernommen. Leo Becker ist ein ehemaliger Auszubildender aus dem Technischen Einkauf. Wir hatten ihn zunächst für ein Jahr übernommen, weil seine Leistungen aus der Ausbildung das rechtfertigten.«

»Was ist dann passiert?«

»Im letzten Jahr hat er ein Mädchen kennengelernt und es nicht mehr pünktlich auf die Arbeit geschafft. Das war eines der letzten Personalgespräche, das ich führen musste. Ich habe mich gegen eine unbefristete Übernahme ausgesprochen.«

Magnus verkniff sich mit Mühe ein Grinsen. Schwer vorstellbar, dass ein ehemaliger Azubi nachts über die Baustellen lief und sein Unwesen trieb. Nun, er würde es herausfinden. Sie verabschiedeten sich vor Wolters Bungalow voneinander, eine Einladung zum Kaffee schlug Magnus höflich aus. Er bedankte sich und hatte es plötzlich eilig wegzukommen. Die Uhr tickte. Heute Abend letzte Probe vor der Hochzeit, morgen der Auftritt. Wenn er noch etwas herausfinden wollte, bevor das Wochenende richtig begann, wäre jetzt ein guter Zeitpunkt. Das meiste sollte sich ohne Probleme am Telefon erledigen lassen. Er fuhr bei geöffnetem Fenster nach Hause und ließ sich vom Fahrtwind durchpusten.

Eliza war nicht zu Hause, vermutlich zog sie auf der Suche nach optimalen Orten für die Hochzeitsfotos morgen durch die Gegend. Soweit er wusste, war morgen nach der Trauung von Franziska und Mark dafür eine Stunde Zeit vorgesehen. Er schaltete das Radio ein, bereitete sich einen Cappuccino zu und ließ sich mit dem Telefon und seinen Notizen auf dem Sofa nieder.

Unter der Festnetznummer von Leo Becker erreichte er die erstaunte Mutter des ehemaligen Azubis der Bauabteilung.

»Meinen Sohn können Sie hier nicht erreichen, er ist vor einem halben Jahr nach Hamburg gezogen. Darf ich fragen, worum es geht?«

Magnus' Erklärungen waren höflich genug, um die Handynummer von Leo Becker zu erhalten.

»Wer ist da, bitte?«, meldete sich eine kratzige Stimme am anderen Ende.

Magnus erläuterte erneut sein Anliegen.

»Gibt's doch gar nicht. Sabotage? Das geschieht denen recht. Der kleine Giftzwerg hätte sich mal locker machen sollen, dann könnte ich noch da arbeiten.«

»Sie leben jetzt dauerhaft in Hamburg?«

»Ja, alles prima. Meine Freundin hat Familie hier. Und ich hatte Glück mit dem neuen Job. Will mir dieser vertrocknete Sack echt was anhängen? Der war wahrscheinlich noch nie verknallt.«

Magnus versicherte dem aufgebrachten Jungen, dass es sich um eine reine Routineüberprüfung handelte und niemand ihm Böses wolle.

»Na dann. Bestellen Sie dem ehrenwerten Herrn Wolter einen schönen Gruß, mir geht's gut. Eigentlich sollte ich dem Arsch dankbar sein, aber ich kann es nicht.«

»Eine Frage noch, Herr Becker, wann waren Sie das letzte Mal in Köln?«

»Karneval, Mann. Das ist das Einzige, was den Nordlichtern hier oben fehlt. Sie können gerne meine Mutter fragen, wir haben bei ihr übernachtet.«

Magnus bedankte sich und beendete das Gespräch.

Nachdenklich starrte er aus dem Fenster auf die Terrasse, ohne etwas zu sehen. Diese Spur gab nichts her. Der zweite Name auf dem Zettel war Maren Lanzerath. Vielleicht hatte er hier mehr Glück.

Sie war nicht überrascht, dass am Feiertag ein Wirtschaftsdetektiv mit ihr sprechen wollte. Überhaupt schien sie nur wenig überraschen zu können. Ihre Stimme war klar und freundlich.

»Sabotage, sagen Sie? Warum wundert mich das nicht?«

»Können Sie mir aus Ihrer Sicht schildern, wie das Arbeitsverhältnis zwischen Ihnen und der Bestkauf GmbH geendet hat?«

»Das ist schon eine Weile her«, sagte sie zögernd. »Im Sommer 2013 habe ich dort aufgehört. Die Firma war nichts für mich.«

»Könnten Sie das für mich etwas genauer beschreiben?«

»Schwimmen im Haifischbecken. Es gab keine Spur von Teamgeist unter den Kollegen. Ich habe einen winzigen Fehler gemacht, schon war ich draußen. Keiner meiner vorherigen Arbeitgeber war mit mir so unzufrieden, das müssen Sie mir glauben.«

»Darf ich fragen, welchen Fehler Sie gemacht haben?«

»Ich habe Baupläne falsch abgelegt. Das war alles.«

»Und deswegen sind Sie nach der Probezeit nicht übernommen worden?« Magnus war verblüfft. Er hatte eine lange Geschichte von ungerechter Behandlung und Missverständnissen erwartet.

»Ehrlich gesagt, ich war nicht mal traurig. Ich musste für die beiden größten Idioten der Abteilung arbeiten.

Der eine schrie bei jeder Gelegenheit herum, der andere konnte seine Finger nicht bei sich behalten.«

»Sie meinen Axel Hammer?«

»So heißt er, genau. Und der andere ist ein Choleriker, der zu viel trinkt.«

»Dieter Brauer?«, riet Magnus ins Blaue.

»Sie sind ja bestens im Bilde.« Sie lachte, aber es klang unfroh. »Die einzig Vernünftige in dem Büro war Frau Kaiser. Die hat mich unterstützt, wo sie nur konnte, aber es hatte keinen Zweck mehr. Ich war nicht bereit, mich rund um die Uhr anschnauzen zu lassen.«

Magnus nickte verständnisvoll, auch wenn Frau Lanzerath seine Bestätigung nicht sehen konnte. Er machte eine kleine Pause, bevor er die nächste Frage stellte. »Wo sind Sie momentan beschäftigt, wenn ich fragen darf?«

Sie lachte wieder, diesmal ein helles, überraschendes Lachen. »Meinen Sie, ob ich es nötig habe, als Racheengel durch die Gegend zu ziehen und die Bestkauf GmbH zu schädigen?«

»So ungefähr.« Magnus lächelte. Das Ganze war absurd, er wusste es und sie auch.

»Ich kann Sie beruhigen.« Ihre Stimme klang jetzt regelrecht vergnügt. »Ich habe mich vor einem Jahr mit einem Schreibbüro selbstständig gemacht und habe das noch keinen Tag bereut. Kann ich Ihnen sonst noch weiterhelfen?«

Magnus bedankte sich höflich und nahm ihr das Versprechen ab, sie bei Bedarf noch einmal anrufen zu dürfen. Gedankenverloren nippte er an seinem Cappuccino, der nur noch lauwarm war. Die Geschichte von Maren

Lanzerath wich erheblich von Wolters Darstellung einer Arbeitnehmerin ab, die zu langsam für ihren Job war.

Der Nächste auf seiner Liste war Dieter Brauer. Er musste sein Alibi für die Nacht vom 19. auf den 20. April überprüfen, die Nacht, in der der Kühlalarm am Flughafen-Supermarkt absichtlich abgeschaltet wurde. Er warf einen Blick in seine Notizen. Brauer hatte ihm auf der Fahrt nach Aachen erzählt, zu Hause gewesen zu sein. Magnus hatte vergessen zu fragen, ob das jemand bezeugen konnte. Am letzten Freitag, der Abend, an dem das Absperrband durchtrennt wurde, war Brauer mit einem Kumpel unterwegs gewesen, leicht zu überprüfen. Magnus musste es lange klingeln lassen, bevor Brauer abhob.

»Der Rocker, ich glaube es nicht. Sie entwickeln sich zur Landplage.«

»Habe ich Sie geweckt?«

»So ähnlich. Machen Sie es kurz, ich erhole mich immer noch von vorgestern Abend.«

»Das mit Hammer tut mir leid.«

Brauer knurrte als Antwort etwas Unverständliches in den Hörer, das sich wie »schon gut« anhörte.

»Mir geht es um den Vorfall am Flughafen«, sagte Magnus. »Sie haben gesagt, dass Sie in der Nacht zu Hause waren. Kann das jemand bezeugen?«

»Wer denn, bitte schön? Meine Ex hat seit über einem Jahr keinen Fuß mehr in meine Wohnung gesetzt. Und ich feiere von Sonntag auf Montag keine Orgien. Ich habe alleine geschlafen. Bin ich jetzt verdächtig?«

»Ich muss Sie das einfach fragen, gehört zum Job.«

»Gestern haben mich die Polizisten gelöchert, heute Sie, Rocker. Leider bin ich ein mieser Zeuge. Auf der Feier am

Mittwoch bin ich von einer Sekunde auf die andere am Tisch eingeschlafen, so was habe ich noch nicht erlebt.«

Magnus grinste, er hatte Brauer schon schlafend am Tisch erlebt, obwohl er ihn erst ein paar Tage kannte.

»Ich kann hören, was Sie gerade denken, Rocker, aber so war es nicht. Ich schwöre, ich hatte höchstens fünf Bier getrunken, kein Schnaps dabei, nichts. Ich meine, ich habe noch mit der Wieczorek gequatscht, und dann war ich weg. Kompletter Filmriss. Irgendjemand hat mich später ins Taxi gesetzt, und das Nächste, was ich weiß, ist, dass die Polizei bei mir gestern vor der Tür stand.«

»Was wollten die denn von Ihnen wissen?«

»Hauptsächlich, wann wer gekommen und gegangen ist. Ich hatte natürlich keine Ahnung. An dem Unfall ist was faul, oder? Sonst würden die doch nicht so viele Fragen stellen.«

»Es gibt keine Bremsspur«, sagte Magnus. »Und Ihr Kollege hatte nichts getrunken, so viel weiß ich.«

»Der hat nie getrunken, wenn er noch fahren musste. Da ist was im Busch.« Er schwieg. »Sonst noch was, Herr Detektiv? Ich würde mich gerne wieder hinlegen.«

»Eine Frage noch. Sagt Ihnen der Name Maren Lanzerath etwas? Eine ehemalige Kollegin von Ihnen.«

Am anderen Ende der Leitung war es still.

»Sind Sie noch dran?«, fragte Magnus.

»Herrgott, Rocker, wo haben Sie die denn ausgegraben?«

»Ich überprüfe auch die ehemaligen Mitarbeiter, das gehört zum Auftrag. Sie hatte es scheinbar nicht ganz leicht in der Abteilung.«

»Das stimmt. Hm, die war eigentlich gar nicht so übel.

Aber ich war mies drauf zu der Zeit. Meine Ex hatte gerade die Scheidung eingereicht.«

»Herr Wolter meinte, Frau Lanzerath sei zu langsam gewesen.«

»Quatsch, die war in Ordnung. Woher hat er das? Sie war einfach nur zur falschen Zeit bei uns in der Abteilung. Das tat mir im Nachhinein leid, ich war wahrscheinlich mit schuld daran, dass sie keine Vertragsverlängerung bekommen hat. Sie erinnern mich an meine Sünden, Herr Detektiv. Wie geht es ihr denn jetzt?«

»Sie ist zufrieden, denke ich.« Magnus fand nicht, dass er Brauer ausführlich ins Bild setzen musste.

»Das beruhigt mich.« Brauer klang ehrlich erleichtert. »Darf ich weiterschlafen?«

Magnus brühte sich einen frischen Cappuccino, schlenderte zur Terrassentür und ließ die Mailuft ins Wohnzimmer. Er drehte sich aus den krümeligen Resten in seiner Tabakpackung eine Zigarette und rauchte sie draußen, ohne etwas von dem Garten vor seiner Nase wahrzunehmen. Doch weder der Kaffee noch die Zigarette oder die frische Luft vermochten das hochkriechende Gefühl von Beunruhigung in seinem Bauch einzudämmen. Ein Telefonat noch, dann könnte er zumindest das Thema Alibis vorläufig beenden.

»Danach haben Sie mich schon gefragt. Ich war zu Hause mit meiner Frau.« Volker Grundmann klang genervt, und Magnus konnte es ihm nicht verdenken. »Warum zum Teufel sollte ich auf meiner eigenen Baustelle den Alarm ausschalten? Sie wissen, dass ich dafür eine Abmahnung kassiert habe.«

Magnus bekam langsam ein Gespür dafür, wie Polizisten sich bei Routinebefragungen fühlen mussten. Was für ein ätzender Job, Leuten auf den Wecker zu gehen, die nichts gemacht hatten. Immer in der Hoffnung, den einen entscheidenden Hinweis zu bekommen.

»Kann Ihre Frau das bestätigen?«

»Birgit? Kommst du mal ans Telefon? Ein Detektiv will dich sprechen.«

»Ja? Birgit Grundmann?«

Magnus bat um Entschuldigung für die Störung am Feiertag und erläuterte sein Anliegen.

»Wir hatten Abends Gäste zum Essen«, sagte Frau Grundmann, deutlich freundlicher als ihr Mann. »Meine Schwester und mein Schwager waren vielleicht bis Mitternacht hier, danach sind wir schlafen gegangen. Mehr kann ich nicht sagen.«

»Ich danke Ihnen, das hilft mir schon«, sagte Magnus. »Bitte geben Sie mir noch einmal Ihren Mann.«

»Er ist gerade in den Keller gegangen, einen Moment bitte. Volker? Volker!« Ihre Stimme gellte in Magnus' Ohr, er zuckte zusammen. Er wartete, dann hörte er das Geräusch sich nähernder Schritte.

»Herr Meister? Das grenzt an Belästigung. Was ist denn noch?«

»Ich überprüfe gerade die ehemaligen Mitarbeiter der Abteilung. Herr Wolter nannte mir zwei Namen. Sagt Ihnen Maren Lanzerath etwas?«

»Hat das nicht bis Montag Zeit? Ich habe seit Mittwoch keine Sekunde Ruhe mehr gehabt. Irgendjemand muss schließlich noch arbeiten in der Abteilung, wenn sich die halbe Belegschaft krankmeldet.«

Magnus blieb hartnäckig. »Wir können es gerne kurz machen und uns am Montag weiter unterhalten. Was hatten Sie für einen Eindruck von der Kollegin?«

»Wir haben nicht direkt zusammengearbeitet, aber soweit ich das beurteilen kann, ist sie eine freundliche und fleißige Person. Das kann man nicht von jedem bei uns sagen. Bis Montag dann.«

»Fällt Ihnen noch ...« Magnus lag eine Frage auf der Zunge, aber der Projektleiter hatte schon aufgelegt.

»Du entwickelst dich zum Wadenbeißer.« Eliza zog ihren Mantel aus und gab ihm einen luftigen Kuss auf die Wange.

»Hast du mir zugehört?«, wollte Magnus wissen. Seine Ermittlungen führte er lieber durch, ohne dass ihn jemand belauschte. Selbst wenn es Eliza war.

»Nur in den letzten zwei Minuten. An dir ist ein Polizist verloren gegangen.«

»Ha, ha. Hättest du dich auch in mich verliebt, wenn ich ein Polizist wäre?«

»Das gilt nicht, Fangfrage. Ich hätte mich auch in dich verliebt, wenn du nicht der große Rockstar gewesen wärst.«

»Das sagst du jetzt so«, neckte er sie. »In Wirklichkeit bist du meinem unwiderstehlichen Charisma auf den Leim gegangen.«

»Unbedingt. Darf ich bitte ein Autogramm haben?«

Statt einer Antwort begann er Eliza auszukitzeln. Sie floh lachend und kreischend vor ihm die Treppe hinauf. »Sei nett zu mir! Sonst lasse ich euch beim Background morgen hängen.«

Das Festnetztelefon klingelte. Magnus kehrte auf halber Treppe um und nahm außer Atem das Gespräch entgegen.

»Magnus? Bist du das? Ich versuche dich schon seit zwei Stunden zu erreichen, aber es ist immer besetzt bei euch.«

»Miriam! Hallo. Benno hat mir schon gesagt, dass du wegen der Ermittlung mit mir reden willst.«

»Das kann man wohl sagen. Da bist du in einen schönen Schlamassel reingeraten. Wann können wir uns treffen? Ich kann dich natürlich offiziell als Zeugen aufs Präsidium vorladen.« Sie lachte.

»Reicht es morgen noch? Wir haben gleich die letzte Probe vor dem Auftritt.«

»Dann gleich um neun, morgen früh. Du weißt scheinbar ein paar Dinge, die uns interessieren. Ich komme bei euch vorbei.« Sie legte auf, bevor er sich verabschieden konnte. Bennos Exfreundin war keine Frau der langen Worte. Ausschlafen am Samstag war damit gestrichen.

Magnus aß hastig zwei Scheiben Brot mit Salami, lud die Gitarren und zwei Flaschen Bier in den Volvo und machte sich auf den Weg zum Proberaum. Eliza wollte später mit dem Fahrrad nachkommen. Nick hatte ihm eine SMS geschickt, er wartete schon auf ihn am Bürgerzentrum Stollwerck. Magnus war sehr gespannt, was er Dringendes auf dem Herzen haben könnte. Sven, Jasper und Hotte wollten um sieben kommen, also blieb ihnen noch fast eine Stunde Zeit. Sie verkabelten ihre Gitarren, während Magnus die Setliste für alle verteilte. Dann setzten sie sich mit einem Bier auf die Feuertreppe und ließen sich den warmen Maiwind um die Nase wehen.

»Schieß los, ich bin gespannt.« Magnus drehte sich eine Zigarette.

»Dreh mir auch eine«, sagte Nick.

»Du rauchst seit Ewigkeiten nicht mehr, was ist los?«

»Schöne Scheiße. Ich habe mich verliebt.«

Magnus unterdrückte angestrengt ein aufsteigendes Gelächter. »Das läuft nicht unter Problem, normalerweise.« Er reichte Nick eine Zigarette und drehte die nächste.

»Du – kennst sie.«

»Ja und? Wenn es nicht gerade Eliza ist …«

Nick zündete sich die Zigarette an und begann zu husten, sodass Magnus von seinen nächsten Worten nur »Hinter« verstand.

»Was?« Magnus klopfte Nick auf den Rücken und grinste. »Rauchen schadet deiner Stimme. Mach sie aus.«

»Es ist Stefanie Lindner.«

Magnus fiel die frisch gedrehte Zigarette aus der Hand. »Verarschen kann ich mich selbst.« Er fing sie mit links wieder auf.

»Im Ernst«, sagte Nick. »Ich hatte keine Ahnung, dass sie etwas mit deinem Auftrag für Benno zu tun hat. Sie hat mir vorgestern erzählt, dass ein Detektiv in ihrer Firma ermittelt, da habe ich zwei und zwei zusammengezählt.«

»Aber woher … Verdammt Nick, die Polizei will mit ihr reden, da läuft eine Ermittlung in einem ungeklärten Todesfall!«

»Sie hat damit nichts zu tun.«

»Das können wir doch nicht entscheiden! Sie kennt das Opfer, sie hat ihn an dem Abend gesehen, da war eine Geburtstagsfeier, verdammt, woher kennst du sie überhaupt?«

Die Geschichte, die Nick ihm dann erzählte, hätte eine von 1.000 Liebesgeschichten aus der Großstadt sein können. Nick war am Samstag vor drei Wochen mit einem Kumpel durch ein paar Kneipen im Belgischen Viertel gezogen, als er Steffi alleine am Tresen im »Hallmackenreuther« sitzen sah.

»Sie sah so schön und so traurig aus, Mann. Sie saß da alleine und rührte in einem Tee rum, ich musste sie einfach ansprechen.«

»Sie ist aber nicht alleine. Sie hatte was mit einem Kollegen laufen, und der lebt nicht mehr.«

»Das weiß ich alles schon. Du irrst dich, Meister. Sie wollte sich von ihm trennen, der hat sie doch nur benutzt, um sein Ego aufzupolieren.«

»Angeblich wollte er sich scheiden lassen«, sagte Magnus.

»Sie mag blond sein, aber blöd ist sie nicht. Die Kiste war zu Ende, glaube es mir. Als wir uns kennengelernt haben – das war wie ein Blitzschlag. Sie wollte mit ihm reden, sie hatte schon lange die Nase voll.«

Magnus schwieg und dachte nach. Wer weiß, vielleicht hatte Nick sogar recht. Der Praktikant hatte ihm im Krankenhaus erzählt, dass Stefanie Lindner und Axel Hammer sich auf dem Parkplatz am Rheinauhafen gestritten hatten und Steffi alleine von dort weggegangen war. Ihm fiel noch etwas ein.

»Als ich dich am Dienstag in der Südstadt getroffen habe, warst du bei Steffi? Sie war nicht zu Hause, als ich geklingelt habe.«

Nick wurde rot. »Tut mir leid. Sie wollte nicht mit dir reden, und da habe ich dich abgelenkt, damit sie abhauen konnte. Ein Glück warst du mit der Politesse beschäftigt, sonst hättest du vielleicht etwas bemerkt.«

Magnus schüttelte den Kopf. »Du bist mir ein schöner Freund. Aber dann hat sie etwas zu verbergen. Woher weißt du, dass sie dich nicht belügt?«

»Das ist was Echtes zwischen uns. Mann, du kennst mich. Blondinen gibt es wie Sand am Meer. Diesmal ist es anders.«

»Warum willst du dann so dringend mit mir reden? Du bist mir keine Rechenschaft schuldig.«

Jetzt schwieg Nick. Er nahm einen langen Zug aus seiner Flasche, stand auf, ging zum Geländer und sah sich den Himmel an, der sich in ein zartes Orange verfärbte. »Was für ein Wetter. Endlich Frühling.«

Magnus wartete geduldig ab, bis Nick seine Wetterbetrachtungen beendete.

Dann warf Nick ihm einen Blick über die Schulter zu. »Sie hat den Unfall am Mittwoch gesehen. Sie war mit dem Auto hinter ihm, hat dann die Nerven verloren und ist abgehauen.«

Magnus schnappte nach Luft. »Scheiße, sie ist Unfallzeugin? Mensch, Nick, sie muss sich bei der Polizei melden, die wissen das noch nicht. Sie haben sie noch nicht befragt, weil sie sie in Barcelona nicht erreicht haben. Himmel, rede mit ihr, sie muss sich sofort melden!«

»Das geht nicht. Sie hat Angst. Der Typ ist vor den Baum gebrettert und, verdammt, sie fühlt sich schuldig, verstehst du das nicht?«

»Nein. Wenn sie nichts verbrochen hat, wo ist das Problem? Sie muss nur eine Aussage machen, dann ist sie raus. Weißt du, dass Miriam die Kommission leitet, die den Unfall aufklären soll?«

Nick wurde blass. »Du machst Witze, oder? Miriam? Welche Kommission?«

»Mordkommission, du Riesenschaf. Das ist ein ungeklärter Todesfall. Was dachtest du denn, da wächst ein bisschen Gras drüber, und dann könnt ihr in die Flitterwochen fahren?«

Nick ließ sich auf die Feuertreppe fallen und vergrub sein Gesicht in den Händen. Er murmelte etwas vor sich hin, Magnus konnte nicht verstehen, was.

»Nick, ich treffe mich morgen früh mit Miriam. Ich bin so eine Art Zeuge, weil ich in der letzten Woche die Belegschaft gut kennengelernt habe. Sag deiner neuen Flamme, sie soll sich bei Miriam melden. Ich schick dir die Nummer.«

Der Gitarrist schüttelte langsam den Kopf. »Das mache ich auf keinen Fall. Sie hat im Moment niemanden, der sie unterstützt. Wenn ich jetzt Druck mache …«

»Du hast keine Wahl, kapier das. Wenn sie sich nicht selbst meldet, tue ich es morgen früh.«

»Das machst du nicht.«

»Und ob. Das hier ist kein Ritter-rettet-Burgfräulein-Spiel, sondern eine Mordermittlung.«

»Sie vertraut mir. Bitte sag Miriam nichts.«

»Sorry, aber das geht nicht.«

»Meister, du bist ein Arschloch.« Nick stand auf und ging zurück in den Proberaum. Bis zum Ende der Probe sprach er kein Wort mehr mit Magnus. Die Stimmung war insgesamt so aufgekratzt und konzentriert, dass es niemandem auffiel. Sie tranken einen Absacker im »Alibi« und verabredeten sich für den nächsten Tag mittags zum Aufbau und Soundcheck. Nick würde mit seinem alten, umgebauten Transit kommen, da passten bequem das Schlagzeug und alle Verstärker hinein. Das Brautpaar wollte auf dem Nüssenberger Hof feiern, einem alten Gutshof mit Scheune im Kölner Norden. Keiner von ihnen kannte die Location, sie waren alle gespannt. Gigs auf Hochzeiten hatten immer eine unberechenbare Komponente.

SAMSTAG, 2. MAI

Magnus schaffte es gerade noch zu duschen und Brötchen zu holen, bevor Miriam klingelte.

»Du siehst gut aus, die Polizeiarbeit bekommt dir«, sagte Magnus und beugte sich hinunter, um sie in den Arm zu nehmen. Miriam war unter 1,60 Meter, zierlich und wirkte sehr zerbrechlich. Ein Irrtum, der sich erst aufklärte, wenn man sie besser kannte. Magnus hatte nie wirklich verstanden, warum sich Benno und Miriam nach 15 Jahren getrennt hatten. Während er selbst sich in unsteten Beziehungen verhedderte und sein Leben nicht auf die Reihe bekam, waren ihm die beiden immer wie ein ruhender Pol vorgekommen.

»Dir aber nicht«, frotzelte sie zurück. »Du siehst aus, als ob du die Nacht durchgefeiert hättest. Wo ist Eliza?«

»Sie schläft noch. Wir sind heute auf einer Hochzeit. Sie macht Fotos, wir spielen.«

»Tut mir leid, dass ich dich so früh nerven muss. Ich war ewig nicht mehr bei euch. Schöne Fotos. Sind die von Eliza?« Miriam stellte ihre Tasche ab und sah sich eine Reihe von Schwarz-Weiß-Portraits im Flur an, die Eliza von Kölner Schulkindern gemacht hatte.

»Die sind aus dem letzten Jahr. Die Gesamtschule in Zollstock hatte Projektwoche.«

»Wahnsinn, ihr seid beide so kreativ. Ich wünschte, ich wäre auch so talentiert.«

Magnus lächelte. Typisch Miriam, ihr Licht so unter den Scheffel zu stellen. Von außen betrachtet gelang ihr alles, was sie anpackte, mit Leichtigkeit. Das Tempo, mit dem Miriam Karriere bei der Polizei gemacht hatte, war regelrecht beängstigend. Bei einem kurzen Frühstück tauschten sie Neuigkeiten aus, dann kramte Miriam ihr Aufnahmegerät und einen Schreibblock aus der Tasche. Sie lächelte entschuldigend. »Ich hoffe, das ist für dich okay, dann muss ich nicht alles mitschreiben. Du bist ein guter Informant für uns. Umgekehrt darf ich dir nur sagen, was die Presse auch weiß.«

»Das ist eine ziemlich einseitige Veranstaltung«, meinte Magnus.

Miriam überhörte das. »Welchen Eindruck hattest du von dem Unfallopfer, Axel Hammer, meine ich? Wir tappen ehrlich gesagt im Dunkeln und versuchen uns ein Bild von seiner Persönlichkeit zu machen.«

»Ich mochte ihn nicht«, sagte Magnus wahrheitsgemäß. »Sehr ehrgeizig, aber schwer zu fassen. Ich habe ihn zu den Sabotagevorfällen befragt, und er hat mir keine einzige konkrete Antwort gegeben.« Er schilderte Miriam ihre gemeinsamen Fahrten zur Baustelle nach Chorweiler und zum Standortgespräch bei dem Investor.

Miriam knabberte an ihrem Kugelschreiber und dachte nach. »Wir haben die Kollegen mittlerweile befragt. Keiner schien ihn so richtig zu mögen. Mit einer Ausnahme.«

»Stefanie Lindner«, stellte Magnus fest.

»Die Affäre zwischen den beiden ist mittlerweile aktenkundig«, sagte sie nachdenklich. »Weißt du, ob es im Vorfeld Streit zwischen den beiden gab?«

»Der Praktikant der Abteilung hat am Abend seines Unfalls gehört, dass sich die beiden auf der Baustelle am Rheinauhafen gestritten haben. Worum es ging, weiß ich nicht.«

»Verdammt, den müssen wir auch noch befragen«, stöhnte Miriam. »Danke für den Tipp. Wir haben keinen Zeugen für den Unfall, deswegen klammern wir uns an jeden Strohhalm. Hast du sonst etwas erfahren, was von Bedeutung sein könnte?«

Hatte Nick seinen Rat, sich bei der Polizei zu melden, an Steffi weitergegeben? Scheinbar nicht, sonst würde Miriam ihn nicht danach fragen. Magnus zögerte mit der Antwort, einen Moment zu lange für Miriams geübte Ohren.

»Du weißt etwas«, stellte sie fest. »Lass es raus.«

»Stefanie Lindner war am Unfallort«, sagte er. »Sie ist anscheinend hinter Hammer hergefahren. Nick hat mir das gestern erzählt.«

»Ich wusste es!« Miriam schlug mit der Hand auf die Tischplatte. »Ich wusste, dass da etwas faul ist. Moment mal. Nick? Euer Gitarrist? Was hat Nick damit zu tun?«

»Er hat sich – äh – mit ihr angefreundet.«

Miriam starrte ihn überrascht an. Dann brach sie in ein prustendes Gelächter aus und stoppte die Aufnahme. »Entschuldige«, japste sie. »Nimmt er immer noch jede Blondine mit?«

Magnus zuckte mit den Achseln und grinste. »Augen auf bei der Partnerwahl.«

Miriam wischte sich die Lachtränen aus den Augen. »Ich weiß, das ist eigentlich nicht witzig, aber versteh mich richtig, ich bekomme die Leitung der MK Rotbuche übertragen und finde lauter alte Bekannte in der Ermittlung wieder.« Sie brauchte zwei weitere Minuten, bis sie sich beruhigt hatte und die Befragung fortsetzen konnte. Magnus war nicht ganz so erheitert. Er fühlte sich gegenüber Nick wie ein schäbiger Denunziant.

»Wir sind bisher nicht davon ausgegangen, dass Stefanie Lindner so eine wichtige Zeugin ist«, fuhr Miriam fort. »Das ist wohl ein Irrtum. Ich werde die spanischen Kollegen um Amtshilfe bitten müssen. Wir konnten bisher nicht herausfinden, wo die Damen in Barcelona untergekommen sind, und sie geht nicht an ihr Handy.«

»Sie hat es verloren. Das hat mir der Praktikant erzählt.«

»Du bist wirklich gut informiert.« Miriam sah ihn nachdenklich an. »Ich darf dir das eigentlich nicht sagen«, fuhr sie fort, »aber du weißt ja schon, dass keine Bremsspur da war. Wir ermitteln in alle Richtungen, einschließlich Selbstmord.«

»Hammer schien mir nicht so ein Kandidat zu sein«, sagte Magnus überrascht.

»Seine Frau wollte sich scheiden lassen. Sie hat es ihm am Unfallabend am Telefon gesagt. Bitte behandle diese Information vertraulich.«

»Mich wundert eher, dass seine Frau das so lange mitgemacht hat«, sagte Magnus trocken. »Trotzdem, ich glaube nicht daran, dass der freiwillig vor einen Baum fährt. Der Typ war ein selbstverliebtes Arschloch. Nicht die Spur depressiv.«

»Wie gesagt: Wir ermitteln in alle Richtungen.«

»Steht das nicht immer in der Zeitung, wenn die Polizei nicht weiterweiß?«, witzelte Magnus. Ihm kam ein

Gedanke. »Sag mal, die Leiche wird doch obduziert, oder? Gibt es schon ein Ergebnis?«

Miriam seufzte. »Selbst wenn, ich darf es dir nicht sagen. Du weißt ohnehin schon zu viel.«

»Ich weiß gar nichts. Hat jemand an den Bremsen herumgespielt?«

Sie schüttelte den Kopf und stoppte erneut die Aufnahme. »Du weißt zum Beispiel, dass das Opfer keinen Alkohol getrunken hatte.«

»Das weiß jeder, der an dem Abend auf der Feier war. Kannst du nicht Benno das Obduktionsergebnis sagen, und der sagt es mir?«

»Vergiss es. Das ist zu gefährlich. Geh mal vom schlimmsten Fall aus.« Sie sah ihn eindringlich an. »Jemand wollte, dass Axel Hammer einen Unfall hat. Du weißt nicht wer. Du gibst aus Versehen eine Information weiter, aber dir fehlt der Zusammenhang. Ich darf dich oder unsere Ermittlungen nicht in Gefahr bringen.«

Magnus schwieg unbehaglich. Natürlich hatte Miriam recht. Er hatte schon jetzt ein schlechtes Gewissen. Wem hatte er von der fehlenden Bremsspur erzählt? Brauer? Grundmann? Das war unbedacht gewesen.

»Versprich mir, dass du dich aus der Sache raushältst. Es ist schwierig genug, dass wir parallel ermitteln.«

»Ich dachte, ich könnte euch helfen.«

»Das tust du gerade. Wo steht ihr aktuell mit der Sabotageermittlung? Benno hat mir nur erzählt, dass seine Empfangsdame dich unterstützen soll. Komische Idee.«

Magnus sparte sich einen Kommentar zu Nadja und berichtete von seinem Verdacht gegen Hammer und von der mühsamen Überprüfung der Alibis. Als er zu seinen Recherchen bei den ehemaligen Mitarbeitern kam, horchte Miriam auf. »In die Richtung haben wir noch nicht gedacht. Axel Hammer könnte Feinde haben, die nicht mehr zur Belegschaft gehören.« Sie notierte sich Wolters Namen und Telefonnummer auf ihren Block.

Ihre nächste Frage zielte auf die aktuelle Belegschaft: »Wie ist deine Meinung über die Frauen in der Abteilung? Ein Bauchgefühl reicht mir.«

Magnus war sich seines Bauchgefühls nicht mehr sicher und zögerte daher. »Kennengelernt habe ich nur Stefanie Lindner, Olga Wieczorek und die Kaiserin. Die scheinen mir alle nett und tüchtig zu sein, ich fand sie sympathisch. Und dass die Lindner einen schlechten Männergeschmack hat, kann man ihr ja nicht ernsthaft vorwerfen. Selbst meine Tochter findet, dass Hammer gut aussieht.«

Aber Miriam war gedanklich woanders. »Kaiserin? Du meinst Marita Kaiser? Wir konnten sie noch nicht zu dem Abend befragen, sie hat sich am Donnerstag krankgemeldet und klang am Telefon ziemlich belegt.«

»Sie ist schon lange in der Bauabteilung, wirkt sehr patent und hat die Organisation der Abteilung gut im Griff. Vielleicht ein bisschen übereifrig.«

»Wer ist hier übereifrig?« Eliza steckte verschlafen und mit zerzausten Haaren den Kopf durch die Tür. Sie trug ein altes Sweatshirt und eine Trainingshose, die ihr zwei Nummern zu groß war. »Ihr wisst, dass heute Samstag ist, oder? Hi, Miriam, schön dich zu sehen.« Sie ließ sich auf einen freien Stuhl fallen und gähnte. »Gott bin ich noch müde.«

»Wir sind gerade fertig«, sagte Miriam. »Ich musste Magnus zu seiner Sabotageermittlung befragen. Wir beackern gerade das gleiche Terrain.«

Eliza winkte ab. »Ich will nichts davon hören. Alles streng vertraulich, richtig?« Magnus stellte einen Kaffee vor ihr ab. Sie bedankte sich mit einem erneuten Gähnen.

Miriam sah von einem zum anderen. »Ihr seid so ein tolles Paar. Man könnte glatt neidisch werden. Willst du Eliza nicht mal einen Antrag machen?«

Magnus und Eliza sahen sich verblüfft an und fingen dann an zu lachen.

»Für den Anfang reicht es, wenn wir zusammen auf eine Hochzeit gehen«, sagte Eliza. »Magnus ist sich nicht schlüssig, was er vom Heiraten halten soll.«

»Das ist unfair«, brummte Magnus mit vollem Mund. »Wenn Druck aufgebaut wird, läuft gar nichts mehr. Wann musst du eigentlich los?«, wandte er sich an Eliza.

Sie winkte ab. »Noch nicht. Um eins ist die standesamtliche Trauung im historischen Rathaus. Nach dem Sektempfang auf dem Vorplatz habe ich den Fototermin am Rheinufer geplant, nur das Brautpaar und ich. Ich komme anschließend mit den beiden zusammen zum Nüssenberger Hof, gegen drei, schätze ich. Ihr seid dann schon da?«

Magnus nickte. »Mit dem Soundcheck müssten wir dann fertig sein. Ich weiß noch nicht, ob ich den ganzen Nachmittag bleibe, die Band spielt erst nach dem Abendessen. Franziska und Mark haben mich zwar eingeladen …«

»Bitte bleib da, lass mich nicht alleine mit den ganzen fremden Menschen!«, rief Eliza. »Das wird sonst langweilig zwischendurch. Ich fotografiere auch nicht ununterbrochen.«

»Mal sehen«, brummte Magnus. Lust verspürte er nicht.

»Hoffentlich machen die keine dämlichen Hochzeitsspiele.«

»Das Paar hat echt Glück mit dem Wetter«, sagte Miriam und blinzelte in einen Sonnenstrahl, der ihr Gesicht beleuchtete. »Das wird sicher ein schöner Tag für die beiden.«

Sie verabschiedete sich kurz darauf und versprach Magnus sich zu melden, um ihn zumindest bei den offiziellen Mitteilungen auf dem Laufenden zu halten.

Als Eliza unter der Dusche war, klingelte Magnus' Handy. Überrascht erkannte er Wolters Telefonnummer auf dem Display. Was wollte der ehemalige Chef der Bauabteilung am Samstagmorgen von ihm?

»Entschuldigen Sie die Störung am Wochenende«, sagte Wolter. »Mir ist noch jemand eingefallen, der die Abteilung verlassen hat. Ich weiß nicht, ob es wichtig ist. Weil keine Kündigung ausgesprochen wurde, habe ich nicht sofort daran gedacht. Er war bei uns mit einem befristeten Vertrag beschäftigt, aber die Befristung wurde nicht verlängert.«

»Wann war das?«, wollte Magnus wissen. Er griff nach einem Stift und einem Zettel.

»Im Januar 2014. Ich habe in meinen Unterlagen nachgesehen. Zu der Zeit, als die Befristung auslief, lag ich wegen einer Hüftoperation im Krankenhaus. Rainer Laubert hieß der Mitarbeiter.«

»Ich bin ihm letzte Woche begegnet, als ich mit Herrn Hammer beim Standortgespräch war«, sagte Magnus überrascht. »Er arbeitet für Edeka, so habe ich das zumindest verstanden.«

»Laubert war bei uns ein Jahr lang als Projektleiter beschäftigt. Zu diesem Zeitpunkt brauchten wir Unterstützung für eine neue Konzeptentwicklung.«

»Warum haben Sie die Befristung nicht verlängert?« Magnus schrieb mit.

»Offiziell war nach einem Jahr die Umstellung abgeschlossen. Aber der wirkliche Grund war Lauberts Alkoholproblem. Eine traurige Geschichte. Ich habe ihn davon abgesehen immer für einen kompetenten Mitarbeiter gehalten.«

»Ich hatte den Eindruck, dass er und Hammer sich nicht besonders mögen«, sagte Magnus vorsichtig.

»Das haben Sie freundlich ausgedrückt.« Wolter lachte. »Der reinste Hahnenkampf war das zwischen den beiden. Als Laubert ging, hat sich die Atmosphäre bei uns deutlich entspannt.«

Magnus fiel plötzlich zum Stichwort Atmosphäre etwas ein. »Gestern habe ich auf Ihren Tipp hin Frau Lanzerath angerufen. Sie gab an, sie habe sich in der Abteilung unwohl gefühlt.«

Wolters Erstaunen war echt. »Davon wusste ich nichts.«

»Sagten Sie nicht, sie hätte zu langsam gearbeitet? Das konnte mir bisher keiner der Kollegen bestätigen.«

Am anderen Ende der Leitung war es still.

»Sind Sie noch dran?«, fragte Magnus.

»Ich denke gerade nach, wie ich zu der Einschätzung gekommen bin, aber ich weiß es ehrlich gesagt nicht mehr.« Wolters tiefe Stimme klang vor Verlegenheit noch ein bisschen dunkler. »Wenn es um die Übernahme neuer Mitarbeiter ins Team ging, habe ich mich bei den anderen Kollegen zuvor immer vergewissert, ob der Betreffende ins Team passt.«

»Mit wem hat Frau Lanzerath zusammengearbeitet?«, fragte Magnus, obwohl er es wusste. Sie hatte es ihm gesagt: Brauer. Hammer. Die Kaiserin, die als Einzige nett gewesen sei. Magnus wartete immer noch auf eine Antwort.

»Nach meiner Erinnerung war es Frau Kaiser, die mir gesagt hat, sie sei zu langsam, aber ich bin mir keineswegs sicher.«

»Wenn Ihnen noch etwas dazu einfällt, melden Sie sich einfach. Danke für Ihren Anruf.« Magnus betrachtete seinen Notizblock. An den Rand seiner Mitschrift hatte er lauter Fragezeichen gemalt.

Magnus räumte die Küche auf und stellte fest, dass er bis zum Aufbau und Soundcheck mit der Band nur noch eine Stunde Zeit hatte. Sie wollten sich vorher am Proberaum treffen, gemeinsam einladen und zusammen zu dem Gutshof fahren. Er hörte von oben die Dusche rauschen, Eliza würde in der nächsten halben Stunde nicht aus dem Badezimmer kommen. Er zog sich eine uralte Jeans und ein ausgewaschenes T-Shirt an und lud sein Handy auf. In eine Plastiktüte packte er seine Standardkleidung für Auftritte bei Hochzeiten: schwarze Jeans, ein dunkles Jackett, das an den Ellbogen schon etwas abgeschabt war, und ein rotes Hemd mit Rüschenbesatz, das genug nach Rock 'n' Roll aussah, dass er sich als Entertainer, aber nicht wie ein Affe fühlte. Nach kurzem Überlegen legte er ein zweites Hemd dazu, falls er zwischendurch doch nicht mehr nach Hause käme. Sie würden nach dem Abendessen starten und bestimmt bis drei Uhr morgens spielen. Nach der chaotischen Woche freute er sich darauf, etwas tun zu können, was er besser konnte, als Detektiv zu spielen: Ein Publikum anheizen und für gute Laune sorgen. Im gleichen Moment, als das Festnetztelefon klingelte, fiel ihm ein, dass er seine Mutter anrufen wollte.

»Junge, bist du schon wach?«

»Schon lange, Mama. Ich wollte dich gerade anrufen.«

»Das sagst du immer. Wie geht es euch? Man bekommt dich ja gar nicht mehr zu Gesicht. Eliza hat mir erzählt, dass ihr auf eine Hochzeit eingeladen seid.«

»Es ist eher ein Job. Wir treten mit der Band auf, und Eliza macht Fotos für die Brautleute.«

»Bist du nicht langsam zu alt für diese Art von Arbeit? Dein Vater hätte das nicht gutgeheißen.«

Magnus seufzte. Sie führten dieses oder ein ähnlich lautendes Gespräch mindestens einmal im Monat und er hatte es aufgegeben, sich für seine Musikerexistenz zu rechtfertigen.

»Du findest es nicht gut, Mama. Papa war doch egal, was wir machen.«

»Da tust du deinem Vater Unrecht. Es war ihm immer sehr wichtig, dass ihr Kinder eine solide berufliche Basis habt.«

Magnus widersprach nicht, es war sinnlos, mit ihr darüber zu diskutieren. Weder ihm noch seinem Bruder war es jemals gelungen, die gefühlte Distanz zu ihrem Vater zu überwinden. Er wechselte das Thema. »Wie geht es Karsten?« Er wusste, dass sein Bruder sie an jedem Samstagmorgen um Punkt zehn Uhr anrief. Sein älterer Bruder machte alles richtig: Er meldete sich regelmäßig, verdiente genug Geld in seinem Job als Ingenieur, führte eine stabile Ehe und hatte zwei nette, fast erwachsene Kinder. Der einzige Makel aus Sicht seiner Mutter war sein Wohnort: Sein Bruder war vor 20 Jahren an den Bodensee gezogen, weil die Familie seiner Frau von dort kam.

»Sie kommen nächstes Wochenende mit den Kindern nach Köln. Du kommst doch auch?«

»Wohin denn, Mama?«

»Du solltest wirklich öfter mit Karsten telefonieren. Er hat uns für Freitagabend zum Essen eingeladen.«

»Aha. Einfach so?«

»Schau mal in den Kalender. Ihr habt doch einen Kalender?«

»Mama, bitte.« Magnus warf einen Blick auf den Terminplaner an der Küchentür. Nächsten Freitag war der 9. Mai – und sein großer Bruder wurde 50. Komisch, dass er sich noch nicht gemeldet hatte.

»Warum feiert er in Köln?«

»Vielleicht, weil er seiner alten Mutter keine Reise zumuten will? Frag ihn doch.«

Sie hatte recht. Er würde ihn selbst fragen.

Magnus verabschiedete sich von Eliza, lud die Gitarren, sein Songbook für Hochzeiten und seine Auftrittskleidung ins Auto und fuhr zum Proberaum. Er schaltete das Radio ein und sang lauthals den Refrain des Songs »Ein Kompliment« der Sportfreunde Stiller mit. Ein klassisches Lied für einen Hochzeitsabend. Hübscher Text, tanzbar, und alle konnten mitgrölen. Hatten Franziska und Mark den Song auf der Wunschliste gehabt? Mit

Sicherheit. Er nahm sich vor nachzuschauen. Zur Not könnten sie das ungeprobt aus dem Ärmel schütteln. Hoffentlich war Nick wieder besser drauf. Einen ganzen Abend mit einem mies gelaunten Gitarristen zu spielen, war keine gute Aussicht. Während er mit dem Volvo mühsam die Baustelle am Chlodwigplatz umschiffte, klingelte sein Handy. Mit einer Hand angelte er es vom Beifahrersitz und fluchte leise. Nadja.

»Störe ich gerade?« Oha. Hatte sie ihre gute Kinderstube wiederentdeckt?

»Ich bin gerade mit dem Auto unterwegs, fass dich kurz. Gibt es was Neues?« Sobald er zu Ende gesprochen hatte, merkte er, wie unfreundlich er klang.

»Den Schrottplatz in Chorweiler habe ich mir angeschaut, der ist echt merkwürdig. Firmeninhaber ist eine GmbH mit unaussprechlichem Namen, Rumänen oder so. Gestern war niemand da, aber ich fahre heute noch mal raus.«

»Und was ist daran so merkwürdig?«

»Ich habe mich auf dem Gelände ein bisschen umgesehen. In der allerletzten Ecke steht ein verriegelter Schuppen. Durch das Fenster konnte ich sehen, dass da Baumaterial eingelagert wird.«

»Und was soll das beweisen?«

»Was haben Zementsäcke auf einem Schrottplatz zu suchen? Wenn du den Platz gesehen hättest, wüsstest du, was ich meine. Ein Haufen Autowracks, Ersatzteile und totales Chaos ringsum, und dann dieser sauber verriegelte Schuppen. Ich habe Fotos gemacht.«

»Wie bist du überhaupt auf das Gelände gekommen? Gestern war doch Feiertag«, fiel Magnus ein.

»Über den Zaun geklettert«, sagte Nadja schlicht.

Magnus schwieg. Dass sie sich in Gefahr brachte, war die Ermittlung nicht wert. »Das gefällt mir nicht«, sagte er.

Sie überhörte das. »Ich bin gerade auf dem Weg zum Schrottplatz. Danach fahre ich nach Aachen, der Installateur ist heute auf einer Baustelle. Seine Frau ist sehr nett am Telefon. Offiziell bewerbe ich mich um einen Ausbildungsplatz dort. Und was hast du in der Zwischenzeit gemacht?«

Magnus fasste für sie kurz seine Recherche bei den ehemaligen Mitarbeitern und sein Telefonat mit Wolter zusammen. Über die Arbeit der Mordkommission schwieg er sich aus. Es genügte, wenn ihm selbst das ungebeten im Hinterkopf herumspukte.

»Soll ich versuchen, über diesen Rainer Laubert etwas herauszufinden?«

»Warum nicht. Ich bin heute bei einer Hochzeit und komme nicht weg. Sei vorsichtig.« Die Warnung rutschte Magnus gegen seinen Willen über die Lippen.

Der Nüssenberger Hof lag in einem Grünstreifen neben dem vielbefahrenen Militärring im Kölner Norden, direkt am Rande eines Naturschutzgebietes. Magnus rätselte, in welchem Stadtteil sie sich befanden. Longerich? Esch? Sie parkten mit vier vollgeladenen Autos am Randstreifen vor einem grüngestrichenen Tor und klingelten. Durch die Gegensprechanlage krachte es, dann war Stille. Magnus sah auf seinem Handy, dass es genau 13 Uhr war. Franziska und Mark gaben sich gerade das Ja-Wort im Rathaus. Sie lagen gut in der Zeit.

»Wo ist Nick?«, fragte Jasper. »Der braucht immer am längsten für Soundcheck und kommt als Letzter.«

»Gleich«, sagte Hotte und hielt sein Handy hoch.

Dann hörten sie ein metallisches Kratzen, jemand schob von innen den Riegel des Tors zurück. Der rechte Torflügel öffnete sich einen Spaltbreit, und ein freundliches, sommersprossiges Frauengesicht lugte heraus.

»Die Band nehme ich an? Helfen Sie mir mit dem Tor, es klemmt. Ich bin Frau Ass.«

Wenig später hatten sie die Autos auf dem kiesbestreuten Innenhof vor einer offenen Scheune geparkt und sahen sich um. Der Hof war quadratisch angelegt und von niedrigen Backsteingebäuden umschlossen. Die Scheune und ein Wohnhaus auf der rechten Seite bestanden aus altem Gemäuer, der Rest schien neueren Datums zu sein. Überall auf dem Hof blühten in Kübeln und Töpfen Frühlingsblumen. Am Wohnhaus rankte eine Clematis bis zu den grün gestrichenen Fensterläden hoch. Neben einem grob gezimmerten Holztisch vor der Scheune stand ein altes Butterfass. Eine graugetigerte Katze schlief auf einem Korbstuhl, der vor dem Wohnhaus stand.

»Das ist schön hier«, sagte Sven beeindruckt. »Man fühlt sich mitten in der Stadt wie auf dem Land.«

Frau Ass stellte eine Kanne Kaffee und vier Becher auf dem Tisch ab. Sie lächelte Sven an. »Mein Mann und ich haben den Hof vor 15 Jahren gekauft und Stück für Stück umgebaut.«

»Halten Sie Tiere?«, fragte Jasper.

Sie lachte. »Nur ein paar Gänse, Hühner und zwei Pferde auf den Wiesen hinter dem Haus. Damit haben wir schon alle Hände voll zu tun.«

Magnus wurde ungeduldig. Das war alles interessant, aber er wollte den Soundcheck hinter sich bringen.

»Leute, wir müssen loslegen«, sagte er. »Lasst uns den Kaffee nach dem Soundcheck trinken.«

»Wir haben noch zwei Stunden, Meister. Bleib locker«, murrte Jasper und goss sich einen Kaffee ein.

Magnus öffnete den Kofferraum des Volvo und begann sein Gitarrenequipment auszuladen. »Wo sollen wir aufbauen?«, wandte er sich an Frau Ass.

»Kommen Sie mit, ich zeige es Ihnen.« Sie ließ sich von Magnus' Ungeduld nicht irritieren und ging vor ihm her Richtung Scheunentor. »Wie Sie sehen – links hinten ist jede Menge Platz für die Musiker.«

Magnus blieb mit offenem Mund am Eingang stehen. Das hatte er nicht erwartet. Sie hatten schon auf vielen Hochzeiten gespielt, aber diese Scheune war der Hammer. In den alten Außenmauern war ein riesiges, helles Zeltdach aufgebaut, sonst wäre die Scheune nach oben offen gewesen. Auf zwei Dritteln der Fläche waren Tische für jeweils acht Personen mit weißen Tüchern eingedeckt und mit glänzenden Stoffstreifen, Blumen und Kerzen in Türkis und Pink dekoriert. Ein Tisch war größer und mit zusätzlichen Blumen dekoriert, sicher für das Brautpaar und die Familie, dachte Magnus. Um das Zeltgestänge wanden sich Stoffbahnen und Lichterketten. Soweit Magnus wusste, hatten Franziska und ihre Freundinnen das alles selbst organisiert. Die Bühne bestand aus einem einfachen Holzpodest mit zwei Stufen, auf der bequem eine sechsköpfige Band aufbauen konnte, dahinter befanden sich die Stromanschlüsse. Vor der Bühne war Platz genug zum Tanzen für mindestens 50 Leute, schätzte Magnus.

»Wir werden nach dem Abendessen ein paar der vorderen Tische nach draußen räumen, dann haben die Gäste mehr Platz«, sagte Frau Ass. »Bei dem schönen Wetter werden sich sicher viele draußen aufhalten.«

»Wow, das sieht großartig aus.« Sven kletterte auf das Podest, stellte seine Tasche mit dem Keyboard ab und sah sich um. »Wie viele Leute kommen überhaupt?«

»Wir rechnen mit 80 Gästen plus Brautpaar und Ihre Band. Für uns ist das eine kleine Hochzeit«, sagte Frau Ass und lächelte.

»Meister, dann haben wir kein Soundproblem. Entspann dich.«

Magnus erwiderte nichts darauf. Seine Nervosität würde erst nach dem Soundcheck nachlassen, das war immer so. Die Technik musste funktionieren. Von draußen hörte er Reifen auf dem Kies knirschen und das Brummen eines Dieselmotors. Hotte steckte den Kopf zum Eingang herein. »Nick ist da. Aufbau.«

Sie saßen am Holztisch vor der Scheune auf einer Bierbank, die Gesichter der Sonne zugewandt. An der Scheunenwand rechts von ihnen stapelten zwei Frauen von einer Cateringfirma Teller für das Kuchenbuffet übereinander und polierten das Besteck.

»Eine Stunde und drei Minuten für den Soundcheck, Meister. Du hast umsonst rumgestresst.« Jasper schenkte sich Kaffee nach. »Wann treffen wir uns heute Abend?«

Magnus suchte seinen Tabak. »Halb acht? Ich habe Eliza versprochen, zwischendurch mit ihr hierzubleiben. Sie kommt gleich mit dem Brautpaar.«

»Woher kennst du die beiden eigentlich?«, wollte Sven wissen.

»Franziskas Eltern sind ehemalige Nachbarn von mir«, sagte Magnus. »Ihr kennt doch noch die kleine Wohnung in der Petersbergstraße, in die ich direkt nach der Trennung von Carolin gezogen bin. Sie haben über mir gewohnt.«

»Ich hau ab, Leute, bis später.« Nick stand auf und ging zum Auto. Das war der erste zusammenhängende Satz, den ihr Gitarrist bisher gesprochen hatte.

»Was ist denn mit dem los?« Jasper starrte ihm hinterher. »Das kann ja super werden, heute Abend.«

Magnus konzentrierte sich auf das Drehen seiner Zigarette, als ob es die erste Selbstgedrehte seines Lebens wäre, und vermied es, den Blick zu heben.

»Habt ihr Krach? Ihr habt keinen Ton miteinander geredet.« Sven sah Magnus aufmerksam von der Seite an.

»Kleinkram«, winkte Magnus ab und hoffte, dass die Jungs ihm das abnahmen. Zum Glück erlöste ihn das Klingeln seines Handys aus der peinlichen Situation. Sein Display zeigte Carola Wolf an. Was wollte seine Klientin am Samstagnachmittag von ihm?

»Wir haben ein Problem, Herr Meister. Das sollten Sie sich ansehen.«

Drei Minuten später war Magnus auf dem Weg in die Südstadt.

Auf dem Großmarktgelände war Magnus jahrelang nicht mehr gewesen. Früher hatte er mit einer seiner Bands in den Kellerräumen einer hier ansässigen Spedition geprobt. Es gehörte damals zu einem anständigen Zug durch die

Gemeinde, in der alten Großmarkthalle um fünf Uhr morgens zu frühstücken, wenn alle anderen Kneipen geschlossen waren. Er parkte den Volvo im Niemandsland und orientierte sich. Die Baustelle, die Carola Wolf ihm beschrieben hatte, lag zwischen dem Bahndamm und der Markthalle aus den 50er-Jahren. Von den schäbigen Baracken, in denen die Speditionen und Zwischenhändler noch vor wenigen Jahren ihre Geschäfte abgewickelt hatten, stand auf diesem Teil des Geländes nichts mehr. Brachflächen wechselten sich ab mit halbfertigen Wohn- oder Bürogebäuden. Richtung Südbrücke ragten zwei gelbe Baukräne als Orientierungspunkte heraus. Hier sollte ein Supermarkt gebaut werden? Er lief in Richtung der Brücke und sah zu seiner Erleichterung, dass Schneewittchen ihm entgegenkam. Sie trug Jeans, Gummistiefel und eine hellblaue Windjacke. An einer langen Laufleine führte sie einen jungen schwarzen Labrador, der um sie herumsprang und nach der Leine schnappte.

»Das ist Emmi«, sagte sie, als sie vor ihm stand. »Ich musste sie mitnehmen, mein Mann ist heute nicht zu Hause.«

Magnus ließ sich beschnuppern und kraulte die Labradorhündin hinter den Ohren. Zum Dank leckte sie ihm die Hände. »Eine Hübsche. Was ist denn passiert?«

»Das müssen Sie sehen, unmöglich zu erklären. Die Baustelle war Axel Hammers Projekt, jetzt wird sie durch Herrn Grundmann betreut. Er hat heute Mittag eine Routinekontrolle gemacht und mich sofort angerufen.« Sie beschleunigte ihren Schritt und lief in Richtung der Kräne. Sie umgingen einen Bauzaun und passierten das Tor. Am Rand einer Baugrube von bestimmt

50 Meter Länge stand Grundmann mit den Händen in den Hosentaschen und starrte das Fundament an. Er schien sie gar nicht zu bemerken. Magnus grüßte und folgte seinem Blick, doch er verstand nicht, was die Aufregung verursachte. Das Fundament sah aus wie frisch gegossen. Es war mit einer Verschalung aus großen, roten Kunststoffteilen eingefasst. Soweit er wusste, machte man das, damit der Beton in der richtigen Form aushärten konnte. An einigen Stellen ragten Stahlbewehrungen aus dem Beton.

»Was sagen Sie dazu, Herr Meister?«, wies der Projektleiter mit dem ausgestreckten Zeigefinger auf die Verschalung.

»Das kann ein Laie nicht unbedingt erkennen«, sagte Carola Wolf und schüttelte den Kopf. »Emmi, sitz still.« Die Hündin setzte sich vor ihre Füße und sah von einem zum anderen, als ob sie auf den nächsten Wortbeitrag gespannt wäre. Magnus gab sich Mühe, etwas zu sehen, aber er hatte keinen blassen Dunst, wovon Grundmann sprach. Oder vielleicht doch. Die Längsseite des Fundaments war schnurgerade. Sie standen vor der schmaleren Seite. An einigen Stellen trat Beton aus den Zwischenräumen, an denen die Verschalung auseinanderklaffte.

»Der Beton ist nach dem Gießen noch feucht«, erläuterte Grundmann. »Die Verschalung hält ihn in Form. Löst jemand die Verschalungsanker, kann die Einfassung dem Druck nicht standhalten.«

»Sie glauben, in der Zwischenzeit war jemand hier und hat die Schrauben an den – äh – Ankern gelöst?« Magnus war baff. Das übertraf an Dreistigkeit alles, was er bisher gesehen hatte.

»Eine andere Erklärung habe ich nicht«, sagte Grundmann und rieb sich die Augen, unter denen sich dunkle Schatten zeigten. »Am Donnerstagabend ist das Fundament gegossen worden«, fuhr er fort. »Sie erinnern sich vielleicht, wir haben uns am gleichen Abend im Büro unterhalten. Danach war ich noch hier. Die Verschalungsanker waren korrekt verschraubt, das habe ich überprüft.«

»Da wusste jemand genau, was er tut«, sagte Carola Wolf. »Derjenige hat mit Sicherheit Erfahrung am Bau.«

»Ist es schwierig, diese Schrauben zu lösen?«, fragte Magnus.

»Das kann jeder, der schon einmal eine Zange in der Hand hatte«, sagte Grundmann.

»Wie lange dauert es, bis der Beton hart ist?«, fragte Magnus.

»Begehbar ist er bereits nach drei Tagen. So lange hat unser spezieller Freund nicht gewartet.«

»Und was passiert jetzt?«

Grundmann sah Carola Wolf an. Sie antwortete für ihn. »Das Fundament muss neu gegossen werden. Mit etwas Glück können wir es bei der einen Wand belassen. Das hier«, sie wies auf den unebenen Betonstreifen vor ihnen, »muss weggestemmt werden. Das kostet uns mindestens eine Woche.«

Magnus rechnete nach. Er konnte es drehen und wenden, wie er wollte: Am Donnerstag, als das Fundament gegossen wurde, war Axel Hammer schon tot. Er schied als Täter aus. Er verfluchte sein Bauchgefühl und gestand sich ein, dass Nadja mit ihrer Kritik richtig lag: Er ermittelte einfach unprofessionell.

Grundmann blieb auf der Baustelle und versuchte die Firma aufzutreiben, die bei der Schadensbegrenzung helfen konnte. Magnus begleitete Carola Wolf zu ihrem Jeep, den sie am Rand des Bahndamms geparkt hatte. Die Hündin lief aufgeregt vor und zog an der Leine.

»Sie wirken erstaunlich gelassen«, stellte Magnus mit einem Seitenblick auf seine Klientin fest.

Sie ließ die Hündin auf der Rückbank Platz nehmen und dachte nach. »Bisher dachten die Geschäftsleitung und einige meiner Mitarbeiter, ich sei hysterisch und sähe Gespenster. Das ist jetzt nicht mehr so, da bin ich mir sicher. Jemand versucht bewusst, uns zu schaden. Da kann ich meinen Job so gut machen, wie ich will – jetzt bin ich auf Unterstützung angewiesen.«

»Dieser Jemand kann nicht Hammer sein«, sagte Magnus. »Ich habe mich geirrt.«

»Sie werden es herausfinden«, sagte sie. »Übrigens macht Ihre Kollegin einen tüchtigen Eindruck auf mich. Ciao, wir sehen uns am Montag.«

Bevor Magnus fragen konnte, wann sie mit Nadja gesprochen hatte, war sie losgefahren.

Magnus beschloss nach einem Blick auf seine lehmbespritzten Schuhe, nach Hause zu fahren und sich umzuziehen, bevor er auf den Nüssenberger Hof zurückkehrte. Die Hochzeitsgesellschaft saß ohnehin schon bei Kaffee und Kuchen. Er schickte Eliza eine Nachricht, dass er sich verspäten würde. Als er den Motor starten wollte, klingelte sein Handy.

»Interessante Neuigkeiten vom Schrottplatz«, sagte Nadja. Sie klang regelrecht fröhlich. »Du hattest die richtige Nase. Mit diesem Axel Hammer war etwas oberfaul.«

»Erzähl.« Er fädelte sich vorsichtig in den Verkehr auf der Bonner Straße ein.

»Ich habe so getan, als ob ich eine neue Lichtmaschine für meinen 3er-BMW brauche. Wenn die Typen ein Geschäft wittern, sind sie zugänglicher, dachte ich mir.«

»Du fährst BMW?«

»Was dagegen? Es gibt Menschen, die beim Autofahren Spaß haben wollen. Er ist übrigens schon 230.000 Kilometer gelaufen.«

»Kannst du die selber einbauen? Die Lichtmaschine meine ich.«

»Willst du nun die Geschichte hören oder über meine Qualitäten als Schrauberin sprechen? Jedenfalls kam ich mit einem von den Brüdern ins Gespräch, und er hatte sogar eine vorrätig, leider das falsche Modell, habe ich jedenfalls behauptet.«

»Und wie seid ihr auf Axel Hammer zu sprechen gekommen?«

»Gar nicht. Ich habe so getan, als ob ich mich noch ein bisschen auf dem Gelände umsehen will, und bin dann zum Schuppen geschlendert. Der Typ war innerhalb von einer Minute bei mir und wollte wissen, was ich suche. Ich habe ihm erzählt, dass wir gerade eine neue Heizung einbauen und noch Rohre brauchen. Ob die zu verkaufen wären. Die konnte man durchs Fenster sehen, weißt du.«

»Was hat er geantwortet?«

»Er hat mir tief in die Augen gesehen und dann den Schuppen aufgeschlossen. Ich habe einen Posten Heizungsrohre erstanden. Das kann ich Benno auf die Spesenrechnung setzen, oder?«

Magnus begann so heftig zu lachen, dass er zur Sicherheit auf den Parkstreifen fuhr und den Motor abstellte. »Du spinnst total. Was willst du damit erreichen?«

»Ich habe die Polizei informiert. Die wollen sich den Schuppen mal ansehen.«

»Auf einen bloßen Verdacht hin? Das ist nicht zulässig.«

Jetzt klang Nadja beleidigt. »Du hältst mich für minderbemittelt, oder? Ich habe mir gestern schon von Frau Wolf per Mail eine Aufstellung geben lassen, was auf der Baustelle in Chorweiler alles gestohlen wurde. Die Polizei fand bemerkenswert, dass sich das Material eins zu eins im Schuppen wiederfand. Ich habe heimlich Fotos gemacht, als der Typ mir die Rohre zusammengepackt hat. Anscheinend war die Zeit zu kurz, um die Ware weiterzuverkaufen.«

Magnus schwieg beeindruckt. Er hätte selber daran denken können, sich eine Liste des gestohlenen Materials zu beschaffen.

»Bist du noch da?«, fragte Nadja. »Die Polizei wird den Brüdern heute einen Besuch abstatten. Die sind nicht zum ersten Mal negativ aufgefallen. Die Wolf hat auf meinen Tipp hin Anzeige erstattet.«

Jetzt verstand Magnus, was Schneewittchen mit ihrer Bemerkung von der tüchtigen Kollegin gemeint hatte.

»Gute Arbeit«, sagte er und meinte es ehrlich. »Leider haben wir schon das nächste Problem.« Er berichtete Nadja von der Manipulation am Fundament.

»Es gibt also noch jemanden, der die Bestkauf GmbH

nicht mag«, stellte sie fest. »Ich fahre jetzt nach Aachen. Vielleicht finde ich da eine Spur.«

Für Small Talk auf einer Hochzeit, wo er niemanden kannte, war Magnus nicht mehr in Stimmung. Aber Eliza würde sauer sein, wenn er kniff, also wechselte er zu Hause seine staubige Jeans und seine Schuhe. Auf der Suche nach einem sauberen Hemd durchkämmte er jeden Winkel im Haus, bis er aufgab und ein T-Shirt vom Stones-Konzert im Hyde Park 2014 fand. Als Musiker konnte er sich das leisten, beim Dresscode aus dem Rahmen zu fallen. Ein Blick auf die Küchenuhr, es war Viertel nach vier. Das Brautpaar hatte sicher schon die Hochzeitstorte angeschnitten. Er würde in dem Niemandsland zwischen Kaffeezeit und Abendessen eintreffen, kein Grund zur Eile. Er bereitete sich einen Cappuccino zu, überprüfte seine Tabakvorräte und ging mit seinen gesammelten Notizen auf die Terrasse zum Rauchen.

Mittlerweile war so viel passiert, dass er die Übersicht verloren hatte. Er breitete seine Notizen auf dem Holztisch aus und drehte sich einen Stuhl so, dass ihm die Sonne den Rücken wärmte. Er gestand sich ein, dass es helfen würde, die Lage mit Nadja zu besprechen. Man konnte von ihr denken, was man wollte, aber sie war nicht dumm.

Er schrieb seine Tatverdächtigen für die einzelnen Sabotageakte untereinander, kam aber zu keinem anderen Ergebnis als schon vor einer Stunde: Es musste zwei Täter geben. Es sprach einiges dafür, dass Axel Hammer derjenige war, der das Baumaterial verschwinden ließ, warum auch immer. Der Praktikant konnte ein Gespräch zwischen Hammer und den Schrotthändlern bezeugen, und wenn Nadja recht hatte, war das Diebesgut bald sichergestellt. Vielleicht waren die rumänischen Brüder gesprächig und gestanden den Diebstahl. Hammer kam auch als Täter für das durchtrennte Absperrband am Rheinauhafen infrage. Er war an dem Freitagabend dort gewesen. Das Band zu zerreißen war eine Sache von Sekunden. Beweisen ließ sich das kaum noch, Hammer lag in der Gerichtsmedizin. Zeugen gab es bisher keine. Trotz der warmen Maisonne fröstelte Magnus bei dem Gedanken an den Toten.

Er dachte an das Gespräch mit Miriam. Wenn Hammer sich nicht selbst umgebracht hatte, lief ein Mörder frei herum. Magnus wollte nicht an Selbstmord glauben. Selbst wenn dessen Frau mit Scheidung gedroht hatte: Hammer hätte höchstens einen Monat gebraucht, um eine neue Frau zu finden, die sein Ego päppeln würde. Magnus war klar, dass er ungerecht war, aber es war ihm egal. Was war eigentlich mit der Ehefrau los? Die hübsche Blonde, die Hammer ihm stolz auf dem Display gezeigt hatte, was war mit ihrem Alibi? Bei 90 Prozent aller Morde kam der Täter aus dem nächsten Umkreis des Opfers. Es war anzunehmen, dass die Mordkommission das zuerst überprüft hatte. Miriam hatte nichts dazu gesagt.

Magnus zwang seine Gedanken zur Sabotage zurück, aber es fiel ihm schwer, den Faden wieder aufzunehmen. Bei der Sache mit dem Kühlalarm am Flughafen tappte er völlig im Nebel. Axel Hammers Alibi hatte er nicht überprüft, ein Fehler. »Unprofessionell«, würde Nadja sagen. Magnus grinste vor sich hin. Grundmanns Alibi schien stichhaltig zu sein. Magnus konnte sich nicht vorstellen, dass er nachts um zwei aufstand, das Ehebett verließ, zum Flughafen fuhr, den Alarm manipulierte und sich dann wieder schlafen legte. Und Brauer? Nur weil er alleine zu Hause geschlafen hatte, war er noch lange nicht der Täter. Magnus ertappte sich bei dem Wunsch, Brauer von dem Verdacht der Sabotage auszuschließen. Er benahm sich zwar wie ein Elefant im Porzellanladen und hatte ein Problem mit Frauen, aber hintenherum zu intrigieren passte nicht zu ihm. Glaubte Magnus. Verdammt, das war wieder nur Bauchgefühl. Und das verformte Fundament? Er würde erneut die Alibis überprüfen müssen, vor allem für die Nacht von Donnerstag auf Freitag, es sei denn, ihm kam vorher eine Erleuchtung. Er gähnte und reckte sich, runzelte die Stirn und sah auf seine Unterlagen. Irgendwo gab es eine Lücke in seiner Logik. Ein Gedankenfetzen wehte durch seinen Kopf, schaffte es aber nicht, Gestalt anzunehmen. Genug für heute.

Er raffte die Unterlagen zusammen, schnappte sich Handy, Schlüssel und seine alte Lederjacke und verließ das Haus. Er war noch nicht am Nüssenberger Hof angelangt, als das Pling seines Handys eine SMS ankündigte. Benno schrieb ihm: »E-Mail für dich. Bitte alleine öffnen. Kauf dir endlich ein Smartphone.« Die E-Mail musste bis morgen warten. Der Rest des Samstags gehörte ihm und der Musik.

Magnus saß mit Eliza etwas abseits der Hochzeitsgesellschaft auf einer blauen Holzbank mit dicken karierten Kissen und ließ sich von der Sonne bescheinen. Er schob sich ein Stück der mit Marzipan überzogenen Hochzeitstorte in den Mund. Sie war köstlich.

»Ich habe das letzte Stück für dich beiseite gestellt.« Eliza stellte ihre Kamera vorsichtig auf einen runden Mosaiktisch neben sich. »Die Leute sind wie ausgehungert über das Kuchenbuffet hergefallen. So etwas habe ich noch nie gesehen. Innerhalb von einer halben Stunde war alles kahlgefressen.«

»Du bist ein Schatz«, sagte Magnus. »Übrigens, du siehst toll aus. Ist das neu?« Sie trug ein knielanges schwarzes Kleid mit kleinen weißen Tupfen und hatte die Haare hochgesteckt.

Eliza verdrehte die Augen und grinste. »Typisch. Nein, das ist das älteste Stück, das ich im Kleiderschrank gefunden habe. Es ist schön bequem.«

Auf dem Innenhof standen mittlerweile zwei Pavillons mit Stehtischen, um die sich kleinere Gruppen der Gäste scharten. Einige bunt dekorierte Tische aus der Scheune hatte jemand in der Zwischenzeit nach draußen geräumt, sicher Frau Ass mit ihrem Team. Die Stimmung war gut, Magnus hörte von mehreren Tischen lautes Gelächter. Am lautesten wurde an dem Holztisch vor der Scheune gelacht, an dem sie beim Soundcheck Kaffee getrunken hatten. Im Hintergrund spielte ein Pianist unaufdringliche Jazzstandards. In der Nähe des Wohnhauses hörte Magnus das Klacken und Knallen eines Kickers, um den sich ein Ring von pubertierenden Jungs und Mädchen scharte. Es sah aus, als ob sie ein Turnier spielten. Er war schon auf langweiligeren Hochzeiten zu Gast gewesen.

»Ich dachte schon, du kommst nicht mehr«, sagte Eliza. »Was war denn so dringend?«

Magnus erzählte es ihr in Kurzform. Eliza war entsetzt. »Das nimmt kein Ende, oder? Hat deine Klientin eine Strafanzeige erstattet? Das ist ja hochkriminell!«

»Ursprünglich wollte sie keine Polizei dabeihaben. Aber das wird jetzt nicht mehr gehen, schätze ich. Können wir bitte über was anderes reden? Ich brauche Pause von dem ganzem Mist.« Er stellte seinen Teller mit einem lauten Klirren auf dem Tischchen ab.

»Wie du willst«, sagte sie besänftigend und stand auf. »Komm, wir gehen zu Franziska und Mark, du hast noch nicht gratuliert. Du hast da einen Krümel an der Nase.«

Sie schlängelten sich an mehreren gut gelaunten Grüppchen vorbei in die Scheune. Die Hochzeitstafel drinnen war höchstens zur Hälfte besetzt, die Gäste zogen den Sonnenschein draußen vor. An der rechten Seite türmte sich ein farbenfroher Aufbau aus Geschenken, Karten und Blumen. In der Mitte des Tisches stand ein rosa Sparschwein aus Pappmaché, mit dessen Inhalt das Brautpaar die Hochzeitsreise finanzieren wollte, wie ihm Eliza erzählte. Sie nahm ihn bei der Hand und zog ihn zu dem größten Tisch, an dem die Braut mit der Familie saß. Marks Platz war frei. Magnus verschlug es die Sprache, als er Franziska sah. Sie trug ein eher schlichtes weißes Kleid, hatte die hellbraunen Locken hochgesteckt und strahlte über das ganze Gesicht. Mit dem muffigen Teenager, den er von früher kannte, brachte er diese schöne Frau nicht mehr zusammen. Magnus überschlug kurz im Kopf, Franziska müsste Mitte 20 sein. Sie hatten sich vor der Hochzeit zwar einmal getroffen, um über ihre Musikwünsche zu sprechen, aber da hatte das Paar auf ihn ziemlich gestresst gewirkt. Die Braut stand auf, kam um den Tisch herum und strahlte ihn an, als ob sie ihm das Ja-Wort geben wollte.

»Das ist so toll, dass ihr hier seid! Ich freue mich schon total auf heute Abend. Ich habe vor, die Nacht durchzutanzen. Gib alles.«

Magnus lachte, gratulierte ihr zur Hochzeit und versprach es. »Wo ist dein Mann? Schon auf der Flucht?«

Franziska schüttelte den Kopf. »Seine Freunde haben ihn kurz entführt. Sie haben mir versprochen, es dauert nur eine Viertelstunde. Soll ich euch meiner Familie vorstellen? Mama und Papa kennst du ja.«

Magnus winkte ab, er hatte wenig Lust, am Familientisch zu sitzen. »Lass mal, wir gehen gleich wieder raus.«

Eliza flüsterte der Braut etwas ins Ohr und deutete unauffällig auf eine dunkelhaarige, etwas rundliche Frau in einem grünen Kleid, die mit dem Rücken zu ihnen saß.

»Das ist meine Patentante«, sagte Franziska überrascht. »Woher kennt ihr euch denn?«

»Nein, nein, ich kenne sie nicht, ihr Gesicht kam mir nur vertraut vor«, sagte Eliza schnell. »So, ich mache draußen noch ein paar Bilder. Bis später dann. Kommst du, Süßer?«

Während Magnus überlegte, woher Eliza die grüngewandete Frau kennen mochte, drehte sie den Kopf zur Seite und sagte etwas zu ihrem Sitznachbarn, sodass er ihr Halbprofil sah. Es dauerte einen Moment, bis er begriff, dass es sich bei der attraktiven Brünetten um Marita Kaiser handelte. Sie sah anders aus als auf der Arbeit. Er wandte ihr schnell den Rücken zu. Small Talk mit der Kaiserin war das Letzte, wonach ihm momentan der Sinn stand.

Eliza steuerte zielstrebig auf einen der Pavillons zu, an denen das Catering-Team Getränke ausschenkte. Eine Schlange stand davor, wie überall, wo es Alkohol umsonst gab.

»Hey, warte mal!« Magnus lief ihr hinterher und rempelte dabei eine Frau an, deren Mineralwasser überschwappte und die Vorderseite ihres geblümten Kleides durchnässte. Er entschuldigte sich wortreich.

»Zum Glück trinke ich um diese Uhrzeit noch keinen Rotwein«, winkte sie ab und lachte. »Ich werde Ihnen später am Abend aus dem Weg gehen.«

Eliza hatte sich in der Zwischenzeit bis zum Tresen vorgearbeitet. »Warum hast du mich nicht vorgewarnt, dass die Kaiserin hier ist?«, fragte Magnus, als er endlich neben ihr stand. Er merkte im selben Moment, wie ungerecht er war.

»Hier, nimm das mal.« Eliza reichte ihm ein Kölsch. »Ich habe sie nicht direkt erkannt.«

»Sorry, langsam werde ich paranoid bei dem Job«, schimpfte Magnus. »Ich brauche mal einen Abend ohne Leute, die mir auf den Wecker gehen.«

Ein Mann in Magnus' Alter mit grauem Anzug und aufgeschwemmtem Gesicht bezog die Bemerkung auf sich. Seiner Fahne nach zu urteilen, war er Dauergast am Getränkepavillon.

»Wenn dir alle auf den Wecker gehen, dann hau doch ab«, lallte er. »Wir wollen hier keinen, der uns die Stimmung versaut.« Er sah sich nach Unterstützern um, aber die anderen Gäste in der Schlange sahen zu Boden oder betrachteten aufmerksam die Luftballons, mit denen der Pavillon geschmückt war.

»Sie waren nicht gemeint«, fauchte Magnus. Das fehlte ihm noch, dass die Hochzeitsgäste ihn anpöbelten. Eliza zog ihn ein Stück zur Seite. »Nichts wie weg hier. Der Typ ist total dicht.«

Magnus warf einen Blick zurück. Der Betrunkene drohte ihm halbherzig mit der Faust und wandte sich dann ab.

»Komm wieder runter«, sagte Eliza zu Magnus und steuerte einen freien Stehtisch an. »Lass uns auf das Brautpaar anstoßen. Prost.«

Magnus stieß mit ihr an, aber seine Gedanken waren woanders. »Die Kaiserin sieht verändert aus heute. Außerdem dachte ich, sie sei krank.«

»Ich kenne nur das Foto aus dem Dossier«, sagte Eliza nachdenklich. »Sie hat sich auf jeden Fall die Haare gefärbt und trägt ein professionelles Make-up. Nichts Ungewöhnliches, wenn man auf eine Hochzeit eingeladen ist. Wieso krank?«

»Ach vergiss es, ich habe heute Abend ermittlungsfrei.«

»Du solltest sie zumindest begrüßen, alles andere wäre extrem unhöflich.«

»Später«, knurrte Magnus und trank sein Bier auf einen Zug aus. »Ich will noch eins.«

»Du trinkst doch sonst nichts vor Auftritten.«

»Heute ist die Ausnahme. Nur noch das eine. Komm, wir gehen mal zum Kicker, die Kinder aufmischen.«

»Geh alleine. Das Licht ist gerade perfekt, ich versuche mich mal an einer Portraitserie. Wir sind nicht zum Vergnügen hier.« Sie küsste ihn auf den Mund und verschwand in der Menschentraube vor dem Scheuneneingang. Magnus sah ihr sehnsüchtig hinterher. Er nahm sich vor, morgen den ganzen Tag lang nicht von ihrer Seite zu weichen. Unzufrieden schlenderte er zu den jüngeren Gästen am Kicker hinüber und sah zwei 15-Jährigen beim Austragen eines Finalspiels zu. Es dauerte nicht lange, bis sie den Fehler machten, ihn zum Mitspielen aufzufordern.

Zwei Stunden später war die Hochzeitsgesellschaft vom Hungertod bedroht. Anders konnte Magnus sich das Gedränge am Buffet nicht erklären. Das Catering-Team musste in kürzester Zeit die Platten mit italienischen Vorspeisen, Salaten und Bergen von Pasta mit verschiedenen Soßen nachfüllen. Der größte Auflauf entstand vor dem offenen Grill, wo zwei Freunde des Bräutigams für die Gäste auf Wunsch Spießchen, Steaks oder Scampi auf den Rost legten. Magnus lief bei dem Geruch des gebratenen Fleisches das Wasser im Mund zusammen. Er beobachtete, wie sich die Kaiserin Grillfleisch auf den Teller lud und einen Platz am Holztisch vor der Scheune besetzte, der ausnahmsweise frei war. Er schnappte sich schnell einen Teller mit eingelegtem Gemüse, ging zu ihrem Tisch und tippte ihr von hinten auf die Schulter.

»Hallo, Frau Kaiser. Darf ich mich dazusetzen?« Magnus wartete ihre Antwort nicht ab und setzte sich ihr gegenüber auf die Holzbank. Die Kaiserin verschluckte sich und begann zu husten.

»Entschuldigung, das wollte ich nicht«, sagte Magnus höflich und wartete, bis sie wieder Luft bekam.

»Haben Sie mich erschreckt«, keuchte sie, rot im Gesicht. »Was tun Sie hier, ich meine, äh – kennen Sie Franziska und Mark?«

»Wir waren Nachbarn. Ich bin kein Hochzeitsgast, sondern spiele gleich mit meiner Band hier. Sie dürfen sich gerne etwas wünschen.«

Die Kaiserin hatte sich wieder gefangen und lächelte. »Sie sind ein vielseitiger Mann, Herr Meister.«

»Man tut, was man kann. Ich wollte Sie begrüßen, damit Sie sich nicht wundern, wenn ich gleich auf der Bühne vor Ihnen stehe.«

»Ich hatte gehofft, dass mich heute Abend nichts an die Arbeit erinnert.« Sie seufzte und begann konzentriert, einen Hähnchenspieß zu zerlegen.

Magnus grinste. »Das ging mir genauso. Aber man kann seinem Schicksal nicht entkommen. Frau Wolf sagte mir, Sie seien krank gewesen?«

»Sagen wir eher: geschockt.« Sie sah ihm direkt in die Augen. »Herr Hammer und ich waren keine Freunde, aber wir haben immerhin lange zusammen gearbeitet. Dass der einfach so vor einen Baum fährt, hat mich umgehauen.«

»Die Polizei wollte mit Ihnen sprechen, aber Sie waren nicht erreichbar. Sie waren Gast auf Grundmanns Geburtstagsfeier.«

»Woher wissen Sie das? Von Frau Wolf? Das war dumm von mir, ich weiß. Ich habe mir zwei Tage lang die Decke über den Kopf gezogen. Sie können Ihrer Klientin sagen, ich melde mich am Montag auf dem Präsidium.«

Magnus dachte nach. Woher wusste die Kaiserin, dass Hammer vor einen Baum gefahren war, wenn sie zwei Tage nicht auf der Arbeit war? Als ob sie seine Gedanken gelesen hätte, sagte sie: »Olga hat mich am Donnerstagmorgen angerufen und mir alles erzählt.« Sie schob sich ein Stück Hähnchen in den Mund. »Außerdem habe ich gehört, dass ich nicht die Einzige war, die nicht zur Arbeit erschienen ist. Herr Brauer war auch außer Gefecht. Er ist schon in der Kneipe eingeschlafen. Typisch.«

Magnus nickte geistesabwesend. Irgendetwas stimmte hier nicht, aber was? »Wann hat Olga Sie angerufen?«, fragte er.

»Ich habe nicht auf die Uhr gesehen«, sagte sie ungehalten. »Ich war gerade fertig angezogen und wollte frühstücken. Wird das ein Verhör? Dann esse ich meinen Nachtisch lieber woanders.«

»So war das nicht gemeint, bitte bleiben Sie sitzen«, sagte er schnell. »Ich habe in den letzten Tagen so viele Fragen gestellt, dass ich nicht mehr abschalten kann.«

Die Kaiserin wirkte etwas besänftigt. »Wie kommen Sie denn voran? Bin ich auch verdächtig?«

Magnus verneinte entschieden. Eine Frage schoss ihm durch den Kopf. »Ich habe die ehemaligen Mitarbeiter Ihrer Abteilung überprüft. Sagt Ihnen der Name Maren Lanzerath etwas?«

Statt einer Antwort erhob sich die Kaiserin. »Zuerst hole ich mir eine Portion Panna Cotta. Dann reden wir weiter.«

Magnus nickte und wartete. Er nutzte die Zeit, um sich eine Zigarette zu drehen. Am Tisch neben ihm nahmen die Jugendlichen Platz, die er eben am Kicker besiegt hatte, alle jüngere Cousins und Cousinen des Bräutigams. Sie grüßten Magnus respektvoll und forderten eine Revanche nach dem Abendessen. Er lehnte lachend ab und sah sich nach der Kaiserin um, doch sie war im Gewühl verschwunden.

Draußen war es kühler geworden, die Gesellschaft verlagerte sich nach und nach in die Scheune. Magnus konnte die Kaiserin nicht finden, scheinbar ging sie ihm aus dem Weg. Er warf einen Blick auf sein Handy, fast acht Uhr, und fragte sich, wo die Jungs blieben. Jemand tippte ihm von hinten auf die Schulter.

»Meister, wir haben dich gesucht.« Sven grinste ihn an und deutete auf Magnus' T-Shirt. »Zieh dein rotes Hemd an. Die anderen sind schon drinnen.«

Magnus sprintete in die Scheune hinter eine Abtrennung, wo er zwischen zusammengeklappten Stühlen und Bierbänken seine Plastiktüte mit der Auftrittskleidung deponiert hatte, und zog sich hastig um.

In diesem Moment füllten die fröhlichen Streicher des Kaiserwalzers den Raum in der Scheune. Der Brauttanz begann. Jasper und Nick stimmten im Hintergrund ihre Instrumente, Sven verteilte die Setlist auf dem Boden, und Hotte sah von der Bühne aus dem Brautpaar zu, das lächelnd und ein wenig angespannt Kreise auf der Tanzfläche zog. Franziska und Mark forderten nach und nach die Umstehenden zum Tanz auf, bis das Parkett vor der Bühne voll war. Der Bräutigam gab Magnus ein Zeichen, der Walzer verklang, kurzer Blickkontakt zu Hotte, der »White Wedding« einzählte. Jetzt kam für die Band der entscheidende Moment: Entweder blieb die Tanzfläche voll, oder die Gäste ließen sich vollgefressen zurück auf die Sitze fallen. Geschah Letzteres, konnte es eine Stunde dauern, bis die Leute wieder tanzten.

Schwere Base Drum, mittleres Tempo, dann kam Nicks Gitarrenintro. Magnus ließ sich in die Musik fallen und sang die düstere Geschichte vom Mann, der nach Jahren seine Frau zurückhaben will. Der Song funktionierte. Die Tanzfläche blieb voll. Die Paare, eben noch in den Walzertakt gezwungen, lösten sich in eine auseinanderfasernde Masse auf, vermischten sich, kreisten umeinander. Direkt vor der Bühne tanzten Eliza und die Frau, deren geblümtes Kleid er eben mit Wasser getauft hatte. Aus den Augenwinkeln sah Magnus, wie von den Seitenrändern noch mehr Leute auf die Tanzfläche drängten. Er wandte sich kurz zu Sven am Keyboard um. Der reckte den Daumen hoch und grinste. Ein Rockpublikum, genau das, was ihnen lag. Guter Einstieg.

Ohne dem Publikum eine Sekunde Luft zu gönnen, nahm Jasper mit seinem wummernden Bass den Beat von »Billie Jean« auf. Michael Jackson ging immer, und speziell diesen Übergang hatten sie geprobt. Im ersten Set mussten unbedingt Klassiker gespielt werden, damit die gute Stimmung anhielt. Zwischendurch zwei oder drei ruhigere Songs, damit das Publikum verschnaufen und sich ein Getränk holen konnte. Als Magnus am Ende des ersten Sets »Ein Kompliment« von den Sportfreunden Stiller anstimmte, grölte die ganze Scheune den Refrain mit.

Die Band machte eine halbe Stunde Pause und saß bei frischgezapftem Bier und gegrillten Würstchen draußen am Holztisch. Nick stand abseits und tippte hektisch auf sein Smartphone ein. Er hatte außerhalb der Bühne noch kein Wort mit Magnus gesprochen. Mittlerweile war es dunkel geworden. Bunte Lampions und Windlichter warfen Lichtflecken auf vereinzelte Gruppen von Gästen, die draußen standen und rauchten.

»Ihr seid großartig!« Franziska flog auf Magnus zu und umarmte ihn, ihre Schuhe hatte sie irgendwo verloren. Der Bräutigam stellte für die Musiker einen neuen Kranz Kölsch auf den Tisch.

»Klasse Musik, Mann. Mehr davon«, sagte Mark und ging direkt weiter zum nächsten Tisch. Magnus lachte und bedankte sich. Auch wenn Hochzeiten nicht die Erfüllung seiner Musikerträume waren – Komplimente vom Brautpaar nahm er immer gerne entgegen.

Franziska ließ sich neben ihn auf die Bank fallen. »Hilfe, mir tun die Füße weh.« Sie war zerzaust vom Tanzen und sah wunderhübsch aus. Sie zog ein Bein auf den Schoß und begann sich die Fußsohle zu massieren. Magnus' Blick fiel auf ihr altmodisches Armband mit silbern eingefassten blauen Steinen. Jetzt erst bemerkte er, dass ihre Halskette aus den gleichen Steinen gefertigt war.

»Wo hast du den Schmuck her?«, wollte er wissen. »Sind das alte Familienerbstücke?«

Sie lachte. »So ähnlich. Man soll bei einer Hochzeit immer etwas Altes, etwas Neues, etwas Geliehenes und etwas Blaues tragen. Den Schmuck hat mir Tante Marita geliehen. Sie hat ihn schon von ihrer Großmutter geerbt. Er ist aus den 30er-Jahren.«

Magnus brauchte einen Moment, bis er begriff, dass mit Tante Marita die Kaiserin gemeint war.

»Deine Patentante? Ich kenne sie übrigens«, sagte er. »Sie arbeitet bei der Firma, für die ich gerade – äh – einen Auftrag bearbeite.«

Zum Glück hakte Franziska nicht nach, um welche Art von Auftrag es ging. »Echt? Wie witzig. Sie ist total lieb«, sagte Franziska. »Sie hatte es auch nicht immer leicht, keine eigenen Kinder und so. Aber im Moment geht es ihr gut, denke ich. Wo ist sie überhaupt? Ich habe sie schon eine Weile nicht mehr gesehen.« Sie versuchte aufzustehen. »Autsch, sind die Steine spitz. Bist du mir böse, wenn ich meine Schuhe suchen gehe?«

Magnus lachte und verneinte. Er bedauerte innerlich allerdings, dass das interessante Gespräch schon beendet war. »Total lieb« war nicht das Erste, was ihm zu Marita Kaiser in den Sinn kam.

Magnus sagte am Mikrofon den Beginn des zweiten Sets an und holte Eliza unter Applaus auf die Bühne. Sie starteten mit dem Shoop Shoop Song, dem Wunschstück der Braut. Eliza sang die erste Stimme, Magnus, Nick und Sven den Background. Die Performance gelang auf den Punkt, und Magnus verliebte sich erneut in Elizas warme Altstimme. Sie sollte wirklich öfter singen. Franziska und Mark umarmten sich vor der Bühne, die Augen der Braut glänzten verdächtig. Der zweite Durchgang war insgesamt noch schweißtreibender für Publikum und Band, mehr Soul und Funk, Jasper am Bass und Hotte am Schlagzeug übertrafen sich selbst. Magnus spielte auf Wunsch des Bräutigams als Überraschung für die Braut auf seiner neuen akustischen Gitarre »Ain't no sunshine«, nur mit Bass begleitet. Diesmal liefen bei der Braut die Tränen. Das Publikum johlte. Um halb eins sagte Magnus unter Protest der Gäste eine zweite Pause für die Musiker an. Sie klatschten sich auf dem Weg nach draußen gegenseitig ab, sie hatten die Party gerockt. Magnus hielt gerade Ausschau nach der Kaiserin, als Nick ihn am Arm festhielt.

»Das hast du super hinbekommen, Meister.«

Magnus dachte in seiner Bühneneuphorie zuerst, Nick wollte ihn für seinen Gesang loben, bis er Nicks wütendes Gesicht sah.

»Was zur Hölle …«

»Steffi wird morgen von der Polizei am Flughafen abgeholt. Du mieser Arsch hast ausgeplaudert, dass sie am Unfallort war.«

»Nick, verdammt, sie ist eine wichtige Zeugin. Ich habe dir gesagt, dass Miriam in der Sache ermittelt. Ich musste ihr …«

»Du musstest gar nichts. Mir tut es leid, dass ich dir vertraut habe. Eins kann ich dir sagen: Dieser Gig ist der letzte, den wir gemeinsam spielen. Du kannst mich mal.« Er marschierte in Richtung des Getränkepavillons davon. Magnus starrte ihm fassungslos nach.

»Stress?« Hotte stand plötzlich neben ihm und reichte ihm ein Kölsch.

Magnus nickte langsam. »Das kann man wohl sagen. Und ich darf dir noch nicht mal sagen, warum.«

»Schon okay. Komm mit zu den anderen.«

»Nein, ich muss noch etwas regeln. Aber danke für das Bier.« Er ließ Hotte stehen und ging zurück in die Scheune. Die Patentante konnte sich doch nicht in Luft aufgelöst haben. In der Scheune war sie nicht. Auch auf der Tanzfläche hatte er sie den ganzen Abend nicht gesehen, das grüne Kleid wäre ihm ins Auge gesprungen. War sie schon gegangen? Das konnte er nicht glauben. Während seiner Suche klopften ihm ab und zu Gäste auf die Schulter und lobten die tolle Musik. Er ging wieder nach draußen, in die Ecke am Wohnhaus, in der der Kicker stand. Marks junge Verwandtschaft trug ein neues Turnier aus, sie hatten sich den Fußballtisch unter eine Laterne gerückt. Ein süßlicher Duft nach Gras hing schwer in der Luft. Magnus grinste über die verkehrte Welt. Die Kinder kifften, und die Musiker blieben – fast – nüchtern. Hinter dem Kicker fand er endlich die Kaiserin. Sie trug eine schwarze Strickjacke über ihrem Kleid und saß auf einer kleinen Holzbank, die ihm vorhin beim Spielen nicht aufgefallen war. Auf ihrem Schoß döste die graugetigerte Katze.

»Das sieht gemütlich aus«, sagte Magnus. »Soll ich Ihnen etwas zu trinken holen – oder laufen Sie dann wieder davon?«

»Ein Kaffee wäre schön«, sagte die Kaiserin. »Das eben lag nicht an Ihnen. Eine alte Freundin hat mich am Buffet angesprochen, und später waren Sie schon auf der Bühne.« Sie kraulte die Katze am Nacken. »Sie haben eine tolle Band. Leider tanze ich nicht.«

Magnus konnte ihr Gesicht bei der schwachen Beleuchtung nicht sehen, deswegen fiel es ihm schwer zu entscheiden, ob sie ihn anlog. Er holte ihr einen Kaffee und setzte sich neben sie. Plötzlich fühlte er sich müde. Er hätte auch einen Muntermacher gebrauchen können.

»Sie wollten wissen, ob ich mich an Maren Lanzerath erinnere«, nahm sie den Faden auf, als ob nicht mehrere Stunden zwischen seiner Frage und ihrer Antwort vergangen wären. »Sie war eine sehr nette Kollegin, mit der ich gerne zusammengearbeitet habe. Aber was hat das mit Ihrer Ermittlung zu tun?«

»Jemand hat verbreitet, sie würde zu langsam arbeiten. Deshalb hat man ihr nach der Probezeit gekündigt. Aber keiner der Kollegen konnte die Einschätzung bestätigen. Deswegen frage ich Sie.«

»Das stimmt nicht«, sagte sie schnell. Die Katze hob den Kopf und sah Magnus aus klaren grünen Augen an. Er war der Störenfried hier auf der Bank. »Wer hat Ihnen das gesagt?«

»Ihr ehemaliger Chef ist der Meinung, er hätte die Info von Ihnen.«

»Haben Sie mit Maren selbst gesprochen?«

Magnus bejahte. Die Kaiserin schwieg lange. Die Katze auf ihrem Schoß schloss die Augen und rollte sich ein Stück weiter ein.

»Sie haben recht«, sagte sie nach einer gefühlten Ewigkeit. »Daran lag es nicht. Ich habe Herrn Wolter belogen, was Marens Leistung anging. Er hat immer auf mein Urteil Wert gelegt und niemanden sonst gefragt.«

»Aber warum? Frau Lanzerath sagte, Sie seien als Einzige immer freundlich zu ihr gewesen.«

»Sie kam im Team nicht zurecht.« Ihre Stimme klang plötzlich hart.

»Sie meinen, weil sie mit Herrn Brauer Streit hatte?« Magnus war verblüfft. Das hätte die Lanzerath doch selbst entscheiden können, ob sie freiwillig in einem Team aus Chaoten arbeiten wollte. Litt die Kaiserin unter Allmachts-Fantasien?

»Nein, das meine ich nicht. Zwischen ihr und Axel Hammer gab es Probleme.« Sie sah ihm direkt in die Augen. »Glauben Sie mir, es war nur zu ihrem Besten.« Die Katze sprang von ihrem Schoß, streckte sich und stolzierte in die Nacht davon.

»Meister, bist du hier?« Sven suchte ihn. »Wir warten auf dich! Letztes Set!«

»Ich komme!«, rief Magnus in die Richtung, aus der er

Sven gehört hatte. War es schon so spät? Er schaute auf sein Handy. Fünf nach eins und drei neue Nachrichten. Er bedankte sich höflich bei der Kaiserin für das Gespräch. Er würde sie am Montag ohnehin wiedersehen. Täuschte er sich oder wirkte sie erleichtert, als er ging? Unterwegs sah er nach, wer ihn heute unbedingt erreichen wollte. Eine Nachricht von Nadja. »Lust, Rainer Laubert zu beschatten?« Magnus grinste. Jetzt drehte sie völlig durch. Er tippte im Gehen: »Heute nicht mehr«, er würde morgen früh zurückrufen. Miriam schrieb ihm »Danke für den Tipp mit Barcelona. Lass uns morgen telefonieren«. Magnus' Stimmung verdüsterte sich. Was brachte ihm ein guter Draht zur Polizei, wenn er bald keine Freunde mehr hatte? Oder keine vollständige Band?

In den letzten zwei Stunden ihres Auftritts war Magnus nicht mehr hundertprozentig bei der Sache. Nicks grimmige Miene zu seiner Rechten machte ihn latent nervös. Den Gästen war es egal, sie waren überwiegend angeheitert, immun für die Stimmung in der Band und tanzten auf alles. Sogar die Kids, die Magnus am Kicker besiegt hatte, ließen sich zum Tanzen herab. Die Band nahm Wünsche aus dem Publikum entgegen und wich öfter von ihrem Programm ab, aber das war in Ordnung um diese Uhrzeit. Magnus fügte sich in sein Schicksal, als sich jemand »Happy« von Pharrell Williams wünschte. Zur Not konnte er auch ins Mikro quäken. Nur »Stayin' alive« von den Bee Gees lehnte er ab, auch für ihn gab es Grenzen. Um zwei Uhr riefen die Tanzenden lautstark nach dem Shoop Shoop Song. Magnus tat ihnen den Gefallen und ließ Eliza erneut auf die Bühne holen, was das Publikum mit lautem Pfeifen und Bravo-Rufen quittierte. Eliza verdrehte die Augen, sang aber wie ein Profi den Song zum zweiten Mal. Als sie um Viertel nach drei Uhr von der Bühne kamen, waren alle fix und fertig und gleichzeitig überdreht. Zum Glück mussten sie sich nicht sofort an den Abbau des Equipments machen,denn erst morgen im Laufe des Tages sollte alles aufgeräumt sein.

Die Scheune leerte sich rasch, zurück blieben ein schmusendes junges Paar am Brauttisch und der Mann im grauen Anzug, der Magnus zu Beginn angepöbelt hatte. Er schlief mit dem Kopf auf der Tischplatte und gab hin und wieder einen pfeifenden Schnarchton von sich. Er erinnerte Magnus an Brauer. Das Brautpaar war in die Hochzeitsnacht verschwunden. Der Getränkepavillon draußen war geschlossen, aber einer von Marks Freunden organisierte noch ein Fass Kölsch aus dem Kühlhaus. Viele Gäste waren schon auf dem Heimweg oder hatten sich in die Apartments, die zum Gutshof gehörten, zurückgezogen. Magnus, Eliza und die Band setzten sich an den Holztisch und verpflegten sich mit Kölsch aus dem Fass. Magnus spürte plötzlich, dass er hungrig war. Eliza schickte ihn quer über den Hof zu einer kleinen Gästeküche am Wohnhaus, in der angeblich Brezeln lagen. Magnus vergaß, sich ein Licht mitzunehmen und stolperte im Dunkeln über den Korbstuhl, auf dem sich die Katze eingerollt hatte. Er landete unsanft auf dem Gesäß und zog sich eine Schürfwunde an der rechten Hand zu. Die Graugetigerte entfernte sich unter Protest.

»Verdammt, ich bin nicht mal betrunken«, murmelte er und rappelte sich wieder auf. »Ein Paradies für eine Taschenlampe.«

»Hey, du Superdetektiv.«

Magnus zuckte zusammen. Die Stimme kam aus der Dunkelheit.

»Nick? Bist du das?« Magnus konnte jetzt zumindest die Umrisse des Gitarristen erahnen.

»Du mischst dich in Sachen ein, von denen du absolut keine Ahnung hast.«

»Lass mich in Ruhe, Nick. Steffi hätte sich bei der Polizei melden sollen und fertig, was soll der Scheiß?« Er klopfte sich imaginären Dreck vom Jackett.

»Das Beste weißt du noch nicht. Sie ist schwanger, verstehst du?« Nick trat zwei Schritte näher. Magnus sah das Weiße in seinen Augen. »Aber wie solltest du das verstehen, du hast dich ja noch nie für jemanden verantwortlich gefühlt.«

»Das sagt genau der Richtige. Quatsch keinen Blödsinn«, sagte Magnus leise. Aber der Vorwurf traf ihn trotzdem. »Schwanger? Von dir?«

»Du checkst nichts, sag ich ja. Von diesem Arsch natürlich.«

»Von Hammer? Woher willst du das wissen? Wer weiß, mit wem ...«

Bevor Magnus den Satz zu Ende sprechen konnte, erwischte Nicks Faust ihn an der rechten Wange. Überrascht taumelte er zurück, wollte im Reflex zurückschlagen, gewann aber sofort die Kontrolle zurück. Nick war außer Fassung, aber ein Freund und kein Gegner. Er würde alt aussehen, wenn Magnus' Schlaghand ihn traf.

»Du dämlicher Idiot«, zischte er.

Nick drehte sich um und ging mit entschlossenen Schritten zurück in Richtung Scheune. Magnus ließ sich auf den Korbstuhl fallen, den die Katze freigegeben hatte, und betastete seine rechte Wange. Sie schmerzte und war ein wenig geschwollen, er würde einen blauen Fleck bekommen. Aber das war momentan seine geringste Sorge.

SONNTAG, 3. MAI

Als Magnus erwachte, dauerte es eine Weile, bis er begriff, dass die Kopfschmerzen kein Kater sein konnten. Er hatte maximal fünf Kölsch getrunken. Er befühlte mit der Hand seine rechte Gesichtshälfte und zuckte zusammen. Nick hatte ihn schlimmer erwischt, als er gestern vermutet hatte. Das Tapsen von nackten Füßen auf der Treppe und klirrendes Geschirr kündigten Eliza an. Sie stieß mit dem Ellbogen die Tür auf und schob sich vorsichtig mit einem beladenen Tablett ins Schlafzimmer.

»Zeit fürs Frühstück, Süßer. Es ist gleich zwölf Uhr.« Sie stellte das Tablett mitten auf dem Bett ab und setzte sich im Schneidersitz davor. »Und dann will ich in allen Einzelheiten hören, warum Nick dich verprügeln wollte.«

»Das sieht toll aus, danke«, krächzte er. Seine Stimme war nach langen Konzerten immer angeschlagen. »Hm, Erdbeeren, super. Ist schon Saison?«

»Lenk nicht ab. Schieß los.«

Magnus hievte sich vorsichtig in eine sitzende Position und schob sich ein Kopfkissen in den Rücken. Dann trank er das Glas Orangensaft auf einen Zug aus und räusperte sich. »Nick meint, ich hätte seine neue Freundin an die Polizei – an Miriam – verpfiffen. Stefanie Lindner ist Zeugin für den besagten Unfall. Außerdem ist sie schwanger.«

»Reden wir von der Blonden, die eine Affäre mit dieser Al-Pacino-Kopie hatte? Was hat Nick damit zu tun?«

»Er liebt sie, sagt er.«

»Woher kennt er sie denn? Egal. Und sie bekommt ein Kind von ihm?«

»Nein, von Axel Hammer. Sagt Nick.«

»Aber der ist doch tot? Ich blicke nicht mehr durch.«

»Zum Zeitpunkt der Zeugung war er noch lebendig«, sagte Magnus trocken und steckte sich eine Erdbeere in den Mund. Eliza knuffte ihn in die Rippen. »Blödmann. Wenn sie Zeugin ist, muss sie sich sowieso bei der Polizei melden.«

»Das versuche ich Nick zu erklären, seit er mir davon erzählt hat, dass er sie kennt. Was ist da auf den Ciabattas drauf?«

»Kräuterquark. Eins verstehe ich nicht. Wie kann diese Steffi Zeugin sein? Hammer war doch alleine im Auto, hast du erzählt.«

»Anscheinend ist sie ihm hinterhergefahren. Das hat sie jedenfalls Nick erzählt.«

»Du hast gesagt, er wäre in voller Geschwindigkeit vor einen Baum gefahren. Meinst du, sie hat ihn verfolgt oder bedrängt?«

Magnus schüttelte den Kopf. »Da habe ich auch schon drüber nachgedacht. Wenn mir jemand mit dem Auto nachjagt, würde ich versuchen auszuweichen. Oder zu bremsen.«

»Wenn Hammer vor einen Baum gefahren ist – das ist doch ausweichen, oder?«

»Ich habe die Schneise gesehen, die er in den Wald geschlagen hat. Das waren bestimmt 50 Meter.«

»Du warst dort?«

Magnus schwieg. Aus Verlegenheit stopfte er sich die letzten Erdbeeren in den Mund. Eliza sah ihn aufmerksam an. »Die Sache nimmt dich ganz schön mit«, stellte sie fest. »Vielleicht hat diese Steffi etwas gesehen, was sie der Polizei nicht sagen will.«

»Mag sein«, brummte er. »Mit den Mätzchen ist jedenfalls heute Schluss. Sie kommt heute aus Barcelona zurück. Die Polizei holt sie direkt am Flughafen ab. Das hat mir Miriam gestern geschrieben.«

»Sie hat sich vorhin gemeldet, aber ich wollte dich nicht wecken. Und diese Nadja, die du so magst, hat auch angerufen.«

»Das brauche ich jetzt so dringend wie Zahnschmerzen. Hey, heute ist Sonntag, wir haben frei! Weißt du, worauf ich Lust habe?«

Eliza räumte das Tablett ab und platzierte es vorsichtig auf den Boden. »Nein. Aber ich weiß, worauf ich Lust habe. Du brauchst jetzt dringend eine Krankenschwester, die dich gründlich untersucht. Sehr gründlich.«

Nach einer ausgiebigen Dusche und einer vorsichtigen Rasur fühlte Magnus sich fitter. Er beschloss, zuerst einen Abstecher zum Nüssenberger Hof zu machen, sein Gitarrenequipment stand noch auf der Bühne. Gestern Abend hatte niemand mehr den Nerv gehabt, abzubauen. Unterwegs fielen ihm die mit buntem Krepp geschmückten Maibäume in den Straßen auf. Es war eindeutig Frühling geworden in den letzten Tagen. Magnus fuhr mit offenem Fenster über den Militärring und genoss die warme Luft. Er beschloss, auf dem Rückweg am Beethovenpark anzuhalten. Es gab dort einen Weg, der von Fliederbüschen gesäumt war, wo man unauffällig ein paar Zweige pflücken konnte. Eliza würde sich freuen. Das grüne Metalltor zum Gutshof stand offen, und er fuhr über den knirschenden Kies vor die Scheune. Von den Jungs war niemand zu sehen, aber ein paar versprengte Grüppchen nahmen draußen auf den Bierbänken ein spätes Frühstück ein. Er schleppte gerade seinen Verstärker, zwei Gitarren und einen übrig gebliebenen Mikrofonständer aus der Scheune, als ihn jemand von der Seite ansprach. Erst auf den zweiten Blick erkannte er die Frau, der er gestern ein Glas Wasser über das Kleid gekippt hatte. Heute trug sie Jeans, einen nachlässig gebundenen Zopf und ein weißes, gut bestücktes Top.

»Ich habe dir noch gar nicht gesagt, wie gut mir der Auftritt gestern gefallen hat«, sagte sie. »Ich heiße übrigens Ellen.«

Magnus blieb stehen und wischte sich den Schweiß von der Stirn. »Danke«, lächelte er. »Magnus. Ihr wart aber auch ein tolles Publikum. Da macht das Spielen Spaß. Bekommt man hier irgendwo einen Schluck Wasser?«

»Kein Problem. Setz dich solange mit an unseren Tisch, ich hole dir ein Glas aus der Küche.« Sie deutete hinter sich auf einen Holztisch mit zwei Bänken, an dem sich zwei dickliche ältere Damen gegenüber saßen und scheinbar gleichzeitig aufeinander einredeten. Ellen folgte seinem Blick.

»Die sind harmlos«, sagte sie. »Die genügen sich selbst.« Sie verschwand in Richtung des Wohnhauses. Magnus grüßte die Damen höflich, aber sie registrierten ihn kaum. Er ließ sich mit dem Gesicht zur Sonne gewandt auf eine

Bank fallen und schloss die Augen. Er spürte die letzte Nacht wie Blei in seinen Knochen. Unfreiwillig lauschte er dem Gespräch der beiden Frauen.

»Sie ist immer noch zu dick, aber schon viel schlanker als früher. Das Kleid stand ihr gut. War das auf der Silberhochzeit von Franz und Roswitha, als wir sie zuletzt gesehen haben? Das ist schon ewig her.« Die Stimme klang wie ein Reibeisen. Mindestens 30 Jahre Nikotinmissbrauch, schätzte Magnus.

»Zehn Jahre. Mein Gott, wie die Zeit vergeht. Ich habe ihr immer gesagt: Marita, du musst auf dich achtgeben«, antwortete eine hellere Stimme. »Aber sie hört ja auf niemanden.«

»Wenn man bedenkt, wie schlank sie war, bevor sie mit den Medikamenten angefangen hat«, sagte das Reibeisen. »Das ging doch nach dem Klinikaufenthalt erst richtig los.«

»Von Antidepressiva nimmt man zu«, stellte die hellere Stimme fest. »Aber von gutem Essen auch, also was soll's.« Die beiden Damen lachten.

Ellen kam zurück und stellte ein Glas Wasser vor ihm ab. Sich selbst hatte sie einen Kaffee mitgebracht. »Was ist mit deinem Gesicht passiert?«

»Danke«, sagte Magnus und trank das Glas mit einem Zug leer. »Kleine Meinungsverschiedenheit.« Er hatte keine Lust, einer Zufallsbekanntschaft darüber Auskunft zu geben, und sei sie noch so freundlich. Er senkte die Stimme und deutete mit dem Kopf auf die beiden Damen. »Sind das Verwandte von dir?«

»Sehr entfernt, sie sind Großkusinen meiner Mutter oder so ähnlich. Haben Sie dich belästigt?« Sie grinste, steckte sich eine Zigarette an und bot ihm eine an. »Willst du auch?«

»Gerade nicht. Ich habe mich nur gefragt, woher sie Franziskas Patentante kennen.«

Ellen zuckte die Schultern. »Die kommen alle aus Sülz. Da kennt jeder jeden. Köln ist ein Dorf.«

Magnus stand auf und streckte sich. »Ich muss weiter. Danke für das Wasser.«

Ellen sah ihm erstaunt nach, aber Magnus war heute nicht in der Stimmung für lange Entschuldigungen.

Als er fast wieder zu Hause war, klingelte sein Handy. Miriam war dran.

»Na, wie war euer Auftritt?«

»Legendär, wenn du die Stimmung bei der Hochzeit meinst. Leider hält mich unser Gitarrist für einen miesen Verräter und will aus der Band aussteigen.«

»Herrjeh, das tut mir leid. Aber wenn Stefanie Lindner nicht so kopflos reagiert und sich sofort bei uns gemeldet hätte, wäre sie jetzt nicht in Schwierigkeiten.«

»Nick hat mir dafür gestern ein blaues Auge verpasst«, sagte Magnus und zögerte einen Moment. »Sie ist übrigens schwanger, das solltest du vielleicht wissen.«

Magnus hörte, wie Miriam am anderen Ende der Leitung tief Luft holte. »Sie bekommt ein Kind von Nick? Nein, das kann nicht sein, oder? Du meinst, von Axel Hammer?«

Magnus nickte, bis ihm einfiel, dass sie das nicht sehen konnte. »Zumindest hat sie das zu Nick gesagt.«

»Der Geliebte, von dem sie ein Kind bekommt, ist tot. Sie muss in einer furchtbaren Verfassung sein«, dachte

Miriam laut nach. »Ich werde einen Psychologen zu ihrer Befragung anfordern.«

Magnus dachte mit Unbehagen an Steffis verweintes Gesicht am Flughafen und die unfreundliche Reaktion von Olga am Telefon. Ob sie von der Schwangerschaft gewusst hatte? Und wer noch? Er erinnerte sich daran, dass Steffi direkt am ersten Tag seiner Ermittlung beim Arzt gewesen war. Beim Frauenarzt?

»Magnus? Bist du noch dran? Gib mir einen kurzen Zwischenbericht über deine Recherche in Sachen Sabotage.«

Während Magnus einen Parkplatz suchte, berichtete er ihr von der Baustelle in der Südstadt, an der das Fundament neu gegossen werden musste.

»Das war die Baustelle von Axel Hammer, sagst du?« Sie schien sich etwas aufzuschreiben, Magnus hörte das Kritzeln eines Stifts. »Das klingt, als ob jemand einen ausgewachsenen Hass gegen ihn hatte. So wie du das schilderst, scheidet er selbst als Täter für die Sachbeschädigung aus. Wir müssen mit dem Kollegen sprechen, der die Baustelle betreut, und mit deiner Klientin natürlich. Hat sie Anzeige erstattet?«

»Das weiß ich nicht. Das ist aber noch nicht alles.« Magnus fand eine große Parklücke am Klettenbergpark und stellte den Motor ab. Er erzählte Miriam von Nadjas Besuchen auf dem Schrottplatz in Chorweiler und der Strafanzeige seiner Klientin.

»Das war früher mein Bereich, ich kenne die Brüder. Die sind mehrfach vorbestraft wegen Hehlerei. Ihr glaubt, Axel Hammer hat seine eigene Baustelle bestehlen lassen? Das ist verrückt. Ich rufe sofort die Dienststelle am

Athener Ring an. Keine Ahnung, ob das für uns relevant ist, aber danke für die Info.«

»Miriam, ich brauche einen Tipp von dir: Wie überprüft man ein Alibi? Ich komme damit nicht weiter.«

»Willkommen im Club. Das geht uns auch oft so.« Sie überlegte einen Moment. »Eigentlich genauso, wie du es aus dem Fernsehen kennst. Zeit eingrenzen, infrage kommende Personen direkt fragen und dann Zeugen finden, die die Aussage bestätigen. Wieso?«

»Zum Beispiel muss ich wegen der Manipulation am Fundament die Nacht von Donnerstag auf Freitag überprüfen.«

»Wenn das, wie du sagst, jeder gewesen sein kann, der einen Schraubenschlüssel halten kann – viel Spaß. Da hast du kaum eine Chance.«

»Das habe ich befürchtet«, stöhnte Magnus. »Ich weiß, du darfst mir nichts sagen, aber hat Hammers Frau eigentlich ein Alibi für den Mittwochabend?«

»Guter Versuch, mich auszuhorchen«, sagte sie. »Das haben wir zuerst überprüft. Mehr darf ich nicht verraten.«

»Hat die Mordkommission einen Verdacht? Kannst du nicht ein bisschen für mich spekulieren?«

»Du gibst niemals auf, oder? Eins kann ich dir verraten: Ich habe heute Morgen die Vernehmungsprotokolle zum x-ten Mal durchgearbeitet. Einen unbeliebteren Kollegen als das Unfallopfer gab es in der Abteilung nicht.«

»Das wusste ich schon vorher«, brummte Magnus. »Besteht der Hauch einer Chance, das Ergebnis der Autopsie zu erfahren? Von meiner Verbindung zur Mordkommission weiß doch niemand.«

Doch, fiel ihm plötzlich ein. Nick wusste davon. Aber seine Chancen auf ein entspanntes Plauderstündchen mit ihrem Gitarristen standen ohnehin schlecht.

»Vergiss es einfach«, lachte Miriam, verabschiedete sich und legte auf.

Magnus' Vorstellung von einem ruhigen Sonntag sah anders aus. Er hörte das Telefon schon, als er die Haustür aufschloss, und spurtete los. Wenn Eliza die Tür zu ihrem Arbeitszimmer geschlossen hatte, hörte sie das Klingeln nicht.

»Wir müssen unbedingt Laubert beschatten.«

»Guten Morgen, Nadja.«

»Es ist schon Mittag vorbei. Im Ernst, der Mann ist absolut schräg. Der postet auf Facebook dauernd, was er für ein geiler Typ ist und was für Frauen er wieder aufgerissen hat. Dabei sieht er null danach aus. Der hat totale Komplexe, wenn du mich fragst.«

»Wir sollen ihn beschatten, weil er Komplexe hat?«

»Das Beste weißt du noch nicht. Der lästert voll ab über die Bestkauf GmbH. Die würden sich wie eine Krake überall in der Stadt breitmachen, da würden nur Bekloppte arbeiten und so was. Das musst du dir mal angucken.«

»Ich bin nicht bei Facebook.«

Es war einen Moment still in der Leitung. »Soll ich vorbeikommen? Ich kann dir das zeigen. Wenn du Zeit hast, meine ich«, fügte sie schnell hinzu.

Magnus überlegte. Die Chancen auf einen entspannten Tag mit Eliza schwanden dahin, aber Nadja hatte seine Neugier geweckt. »Na gut«, sagte er. »Aber dann sofort.«

20 Minuten später stand Nadja in Jeans und ihrer grünen Kapuzenjacke vor der Tür. Keine Spur von der mürrischen Zicke, die an Bennos Empfang arbeitete.

»Das ist nett, dass du dir Zeit nimmst.« Sie strahlte ihn an. »Was ist mit deinem Gesicht passiert?«

»Unwichtig. Komm rein«, knurrte er und hatte sofort ein schlechtes Gewissen. Das Mädel arbeitete erst seit zwei Tagen mit, zeigte echten Einsatz und brachte Ergebnisse; da könnte er ruhig freundlicher zu ihr sein. Sie schien ihm seinen sparsamen Empfang nicht übel zu nehmen und sah sich um. »Wow, das ist aber schön hier. Was zahlt ihr an Miete für das Haus? Oder seid ihr Eigentümer?«

»850 Euro. Das Haus gehört der Genossenschaft.«

»So wenig Miete? In Köln? Unfassbar.« Nadja sah ihn ungläubig an. »Das sind Preise wie in den 80er-Jahren.«

Magnus grinste. In den 80ern war seine neue Assistentin noch nicht mal geboren. Aber sie hatte recht. Das Haus war ein absoluter Glücksfall. Tolle Lage, kleiner Garten, gut in Schuss und nette Nachbarn. Er hoffte, niemals hier ausziehen zu müssen.

»Man merkt, dass du BWL studierst«, sagte er anerkennend.

»So viel zahle ich mit meiner Mitbewohnerin für gammelige 65 Quadratmeter ohne Nebenkosten.« Sie schlenderte zur Terrassentür und warf einen sehnsüchtigen Blick in den blühenden Garten. Magnus bewirtete sie mit Tee und holte seinen Rechner aus dem Arbeitszimmer. Wenig später tauchte er fasziniert in die Welt von Facebook ein. Unglaublich, was die Leute für einen Blödsinn über sich veröffentlichten. Rainer Laubert war einer der schlimmsten.

»Lies das hier«, sagte Nadja und wies auf einen drei Tage alten Post.

»Heute war ich bei der Bestkauf GmbH einkaufen. Wie immer unfreundliches Personal an der Kasse. Wer die eingestellt hat, muss taub, blind und doof sein.«

»Oder das da«, sagte sie und scrollte ein Stück höher.

»Bei der Bestkauf GmbH arbeiten nur Bekloppte. Wird Zeit, dass diesem Sauhaufen jemand die Zähne zeigt. Die nutzen ihre Monopolstellung aus, damit sie ihren überteuerten Dreck verkaufen können.«

Magnus arbeitete sich konzentriert durch die Mitteilungen. Der Mann hatte offensichtlich ein Problem mit der Bestkauf GmbH. War das nicht sogar schon Verleumdung? Warum war das noch niemandem aufgefallen? Eigentlich logisch. Laubert hatte bisher nicht im Zentrum der Ermittlungen gestanden. »Das hier melde ich der Mordkommission«, sagte er. »Vielleicht steckt mehr dahinter. Laubert und Hammer waren eine Zeit lang Kollegen und mochten sich nicht besonders.« Der ehemalige Chef der Bauabteilung hatte es »Hahnenkampf« genannt. Hatte er Miriam darüber überhaupt informiert?

»Ich weiß«, sagte Nadja. »Der Typ hat einen Knall. Wir müssen ihn beschatten.«

»Du guckst zu viel Fernsehen. Wir werden morgen mit ihm reden.«

Nadja schob ihre Unterlippe vor und sah damit aus wie eine Dreijährige, der man ihren Lolli weggenommen hatte. »Was soll dabei rauskommen?«, protestierte sie. »Meinst du, der gibt zu, dass Baustellen lahmlegen sein Hobby ist? Dann überwache ich ihn eben alleine.«

»Auf gar keinen Fall«, sagte Magnus entschieden. »Eine Beschattung führen wir immer zu zweit durch. Alles andere ist unprofessionell. Was machst du, wenn der auf dich losgeht?«

Nadja schwieg eine Weile, dann wechselte sie das Thema.

»Mir ist gestern noch etwas aufgefallen, als ich mir unsere Tabelle angeschaut habe«, sagte sie. »Als du uns von dem Standortgespräch am Mittwoch erzählt hast, war die Rede von einem Baukostenzuschuss. Ich habe eine Freundin, die beim Bauamt der Stadt Köln arbeitet. Wir sollten unbedingt in Erfahrung bringen, wer die Stadt auf die Idee gebracht hat, einen Zuschuss zu verlangen. Das sei nicht üblich, hat sie gesagt.«

Magnus nickte. »Hammer hat behauptet, der Vorschlag sei von Laubert gekommen. Aber wen willst du fragen? Die Investoren sind nicht gerade auskunftsfreudig.«

»Ich habe meiner Freundin gesagt, sie soll sich mal umhören«, sagte sie. »Vielleicht haben wir Glück, wer weiß.«

»Einen Versuch ist es wert«, gab Magnus zu. »Und was hast du gestern in Aachen bei dem Installateur herausgefunden?«

Nadja kicherte. »Das war witzig. Ich dachte mir, die sagen mir freiwillig sowieso nichts. Auf der Homepage hat die Firma angegeben, dass sie dringend Azubis suchen. Deshalb habe ich mich telefonisch als Bewerberin für einen Ausbildungsplatz vorgestellt und direkt einen Termin mit der Ehefrau ausgemacht. Die kümmert sich um das Personal und die Buchhaltung.«

»Gute Idee«, sagte Magnus beeindruckt.

»Ich bin hingefahren und musste einen Moment im Vorraum warten. Hinter der Tür zum Büro wurden die Stimmen immer lauter, aber ich habe nicht verstanden, worum es ging. Plötzlich reißt so ein älterer Typ die Tür auf und schreit rum, dass sein Sohn heute noch die Kündigung einreichen würde. Hast du noch Tee?«

Magnus stand auf und befüllte den Wasserkocher neu.

»Jedenfalls schreit die Ehefrau zurück, das wäre auch gut so, der Junge sei ja zu blöd, eine Wasserleitung zuzuschrauben. Der Vater ist dann rausgestiefelt, ich hinterher. Wir hatten ein interessantes Gespräch. Rat mal, was er gesagt hat.« Sie sah ihn erwartungsvoll an.

»Mach es nicht so spannend«, sagte Magnus ungeduldig.

»Ich habe mich dumm gestellt und gefragt, ob er mir etwas über die Ausbildung in dem Betrieb erzählen könnte«, fuhr sie fort. »Er hat gesagt, ich soll mir lieber eine anständige Firma suchen. Sein Sohn ist im ersten Ausbildungsjahr und wird ständig auf den Baustellen alleine gelassen. Weißt du, was ich glaube? Der Azubi war alleine vor Ort und hat diesen Stopfen da nicht fest genug zugedreht.«

»Eine hübsche Theorie, aber kein Beweis«, sagte Magnus.

Sie schob wieder die Unterlippe vor und erinnerte ihn einen sehr kurzen Moment lang an Eliza, wenn sie schmollte. »Das weiß ich selbst«, sagte Nadja. »Aber die Ehefrau hat das so ähnlich erzählt. Sie verkauft die Geschichte so, dass die Azubis früh selbständig arbeiten dürfen.«

Magnus dachte nach. »Vielleicht hast du recht. Trotzdem sind wir in der Sackgasse. Wir können höchstens vermuten, dass der Installateur ihn alleine auf die Baustelle geschickt hat. Das ist kein Verbrechen. Und nimm an, der Azubi war es wirklich, woher soll er wissen, ob er fest genug zugedreht hat? Das macht man nicht mit Absicht.«

»Heißt das, du gibst auf?«

»Blödsinn. Aber wir sollten uns bei der Ermittlung auf den Kölner Raum konzentrieren. Wir nehmen morgen zuerst Laubert in die Mangel. Seine Adresse kann mir unsere Auftraggeberin aus den Personalakten heraussuchen.« Er tippte die Nummer von Carola Wolf in sein Handy. Es war Zeit, Schneewittchen über den neuesten Stand der Dinge zu informieren.

Nadja grinste. »Soll ich Laubert eine Freundschaftsanfrage schicken?«

Nachdem sie sich verabschiedet hatte, trug Magnus den aktuellen Zwischenstand in Nadjas Excel-Tabelle ein. Immer noch waren viele Fragen offen, aber immerhin zeigte sich ein Tatverdächtiger. Laubert hatte ein Motiv, schob einen Hass auf die Bestkauf GmbH und mochte Axel Hammer nicht. Nadja lag vermutlich richtig mit der Annahme, dass der Supermarkt in Aachen fahrlässig unter Wasser gesetzt wurde, auch wenn sich das schwer beweisen ließ. Ihm fiel auf, dass bis auf den Supermarkt am Flughafen in Köln nur Baustellen von Axel Hammer betroffen waren. Dann kam ihm eine Idee. Er rief Carola Wolf zum zweiten Mal an. »Eine Frage habe ich noch«, sagte er.

Sie lachte. »Inspector Columbo, richtig?«

»Warum hat Hammer alle Kölner Baustellen betreut, den Flughafen aber nicht?«

»Bis zum Umbau im April hat er das auch. Ich habe wegen des Termindrucks am Rheinauhafen das Projekt Herrn Grundmann kurzfristig zugeteilt. Er war nicht begeistert, aber es ging nicht anders. Warum wollen Sie das wissen?«

»Ein Außenstehender würde vermuten, dass Hammer das Kölner Gebiet komplett betreut«, stellte Magnus fest.

»Sie denken, die Sabotage richtet sich gegen Axel Hammer persönlich und nicht gegen unser Unternehmen? Aber warum?«

Diese Frage konnte Magnus noch nicht beantworten. Aber vielleicht jemand anders.

»Sie rufen immer an freien Tagen an«, sagte Maren Lanzerath, aber sie klang nicht verärgert. »Dauert es lange? Ich bin gleich verabredet.«

»Fünf Minuten«, versprach Magnus. Er stand auf der Terrasse und zupfte in Gedanken Blätter von Elizas Basilikum ab. »Sie haben bei unserem ersten Telefonat etwas gesagt, was mir im Kopf herumgeistert. Sie meinten, Axel Hammer habe die Finger nicht bei sich behalten können.«

»Du meine Güte, er war verheiratet. Ich kann die Sorte Männer nicht leiden, die glauben, alle fliegen auf ihren Charme. Ich habe ihm eine klare Abfuhr erteilt.«

»Gab es jemanden, der davon wusste?«

»Er hat sich keine Mühe gegeben, sein Interesse zu verbergen, wenn Sie das meinen. Mir war das alles sehr peinlich.«

»Sagt Ihnen der Name Rainer Laubert etwas?«

»Rainer? Natürlich, die beiden waren befreundet. Ein sehr netter Mann. Herr Hammer und er haben schon bei Edeka zusammen gearbeitet.«

Freunde? Magnus war verblüfft. »Das hat Herr Wolter mir anders erzählt. Er sagte, es sei eine Art Hahnenkampf zwischen den beiden gewesen.«

Sie ließ sich Zeit mit der Antwort. »Das lag möglicherweise daran, dass Rainer – Herr Laubert – sich auch für mich interessiert hat. Aber er war nicht so aufdringlich. Ich glaube, er hat die Situation zwischen Herrn Hammer und mir falsch eingeschätzt. Nach meiner Kündigung hatte ich keinen Kontakt mehr zu beiden, ich weiß nicht, was danach passiert ist.«

Nichts Gutes, so viel war klar. Magnus beendete nachdenklich das Gespräch. Das warf ein anderes Licht auf sein Gespräch mit der Kaiserin, nach deren Meinung Maren Lanzerath Unruhe ins Team gebracht hatte. Steckte ein Eifersuchtsdrama zwischen den Projektleitern hinter den Sabotageakten? Er war gespannt, wie Laubert morgen auf ihre Fragen reagieren würde. Immer vorausgesetzt, er wollte mit ihnen reden. Zwingen konnten sie ihn schließlich nicht.

»Willst du heute Spaghetti mit Basilikumpesto essen?« Eliza steckte den Kopf zur Tür hinaus und wies lächelnd auf den Haufen Blätter, den Magnus in Gedanken auf dem Terrassentisch aufgeschichtet hatte. »Gute Idee. Außer Olivenöl, Knoblauch und Parmesan haben wir nichts mehr im Haus. Du bist übrigens morgen mit Einkaufen dran.«

Er nickte, war aber unfähig, die Gedankenspirale abzuschalten. Eliza zwickte ihn in die Seite. »Pause,

Süßer, hör auf zu denken. Komm, wir schauen uns die Hochzeitsbilder an. Ich bin mit der Bearbeitung fertig.«

»Das Brautpaar wird begeistert sein«, sagte er, aber er war in Gedanken nicht bei der Sache. Sie saßen in Elizas Arbeitszimmer vor ihrem Rechner. Ihr Monitor war fast so groß wie ihr gemeinsamer Flachbildfernseher. Die Wände waren vom Boden bis zur Decke mit ihren Lieblingsfotos tapeziert, die meisten davon Portraits. Von ihm selbst hing ein großformatiges Konzertbild über ihrem Farbdrucker, auf dem er ins Mikro brüllte, die Gesichtszüge verzerrt. Man sah jede Pore in seiner Haut und den Schweiß auf seiner Stirn glänzen. Er fand es schrecklich, aber Eliza nannte es authentisch und ihn selbst eitel.

»Die Bilder am Rhein sind grandios. Wie schaffst du das, dass das Brautpaar so natürlich aussieht? Hier das zum Beispiel, auf der Mauer mit Blick zur Altstadt. Die strahlen um die Wette.«

»Ich arbeite mit miesen Tricks«, lachte Eliza. »Das war das vorletzte Bild. Ich habe ihnen gesagt, dass wir gleich fertig sind und ich sie zu einem Eiscafé einlade, wenn sie brav in die Kamera lächeln.«

Sie klickte weiter auf die Bilder vom Nüssenberger Hof, übersprang die Familienfotos und öffnete eine Serie von der Clique am Tischfußballspiel.

»Da bist du, mitten im Spiel. Du gewinnst gerade, das sehe ich.«

»Die hatten von Anfang an keine Chance.« Magnus grinste selbstgefällig. »Ich habe mehr Zeit in Jugendzentren verbracht als sonst irgendwo. Erst hatten wir unseren Proberaum dort, dann während des Studiums das Anerkennungsjahr und später der Job.«

»Schon klar, du Angeber. Schau mal, wer da am Bildrand steht und dir zuguckt.«

»Die Kaiserin!« Magnus runzelte die Stirn. »Sie hat später so getan, als sei sie überrascht, mich zu sehen. Sie hat sich sogar verschluckt, als ich mich zu ihr an den Tisch gesetzt habe.«

»Sie ist fotogen. Sie sieht auf jedem Bild gut aus, egal ob Halbprofil oder Vorderseite. Das ist selten.« Eliza konzentrierte sich auf den Bildschirm. »Oder das hier. Als ob sie für ein Gemälde posieren würde. Unglaublich.«

»Das mit der Katze?« Magnus betrachtete die Frau im grünen Kleid wie eine Fremde. »Sie mag Katzen.«

Das Bild erinnerte ihn an etwas. An den Schatten konnte er sehen, dass es früher Nachmittag war. Die Frau stand leicht abgewandt vom Licht, den Kopf etwas geneigt und hielt die Graugetigerte im Arm. Die Backsteinmauer des Gutshauses bildete den warmen, rötlichen Hintergrund. Die Kaiserin lächelte auf die Katze hinab, die sich mit halb geschlossenen Augen an ihre Schulter schmiegte. Die Falten des Kleides verhüllten großzügig ihre Rundungen. Ihm kam ein anderes Bild in den Sinn. Drei Frauen im Büro, die bei Zalando bestellen. Die Kaiserin mit Olga und Steffi, kichernd. Ein ungnädiger Projektleiter. Brauer. Genau, das war am Dienstag. War da nicht von einer Hochzeit die Rede gewesen? Und der Farbe Grün?

»Und hier sind eure Bühnenbilder«, sagte Eliza. »Ihr wart großartig. Nur Nick sieht aus, als ob er jemanden auffressen wollte. Jetzt weiß ich ja warum.« Magnus nickte geistesabwesend. Seine Gedanken kreisten um die Internetbestellung im Büro. »Das wird ihn umhauen«, hatte eine von ihnen gesagt. Wen sollte das Kleid umhauen, wenn es für die Hochzeit war?

»Erde an Meister. Erde an Meister. Kein Kontakt. Melden Sie sich. Over.« Eliza kniff ihn in den Arm. »Süßer, wo bist du? Sonst kannst du nicht schnell genug die Konzertbilder sehen. Was ist los?«

»Entschuldige, ich bin müde.« Er gähnte demonstrativ. »Lass uns später weitergucken, okay?«

Eliza war zu gut gelaunt, um beleidigt zu sein. Magnus legte sich auf das Sofa im Wohnzimmer und versuchte zu entspannen. Er nickte ein. Im Traum stand die Kaiserin auf der Bühne am Nüssenberger Hof, hatte eine rothaarige Katze am Genick gepackt und schrie ins Mikrofon: »Das wird Sie umhauen! Das wird Sie umhauen!« Die Band spielte dazu Dissonanzen, die keiner erkennbaren Melodie folgten, bis sie in ein wiederkehrendes Alarmsignal mündeten.

»Er schläft, ist es dringend?« Magnus hörte mit einem Ohr, dass Eliza leise in den Hörer sprach. Pause. »Warte, ich gehe ihn wecken.« Ihre Schritte näherten sich aus dem Flur. Er schlug die Augen auf.

»Süßer? Oh, du bist wach. Miriam für dich.« Sie reichte ihm das schnurlose Telefon und zerzauste ihm die Haare.

»Magnus? Tut mir leid für deine Siesta, aber ich brauche deine Hilfe.« Miriam klang angespannt.

»Was ist los?« Er erhob sich schläfrig vom Sofa und streckte die lahmgelegenen Glieder.

»Meine Kollegen haben Stefanie Lindner am Flughafen verpasst. Sie ist abgehauen.«

Mit einem Schlag war er hellwach. »Was? Was sagst du da? Wie kann das passieren?«

»Streng genommen ist es nicht uns passiert, sondern den Kollegen in Barcelona. Sie sollte mit der Maschine um Viertel nach vier landen, hat aber einen früheren Flug genommen. Sie ist vor zwei Stunden in Köln gelandet, wir haben die Passagierliste überprüfen lassen.«

»Aber – wie kann sie so einfach umbuchen?« Magnus war fassungslos. Er verrenkte sich den Hals, um die Uhrzeit auf der Küchenuhr abzulesen. Es war kurz vor fünf.

»Irgendjemand in Barcelona hat verschlafen, die Information, dass wir die Zeugin abholen wollten, an die Fluggesellschaft weiterzugeben. Sie hat online eingecheckt, und am Schalter dort wusste niemand Bescheid.«

»Heilige Scheiße. Aber was habe ich damit zu tun?«

»Wir dachten, du hättest eine Idee, wo sie steckt. Ich kann sie schlecht zur Fahndung ausschreiben, sie ist keine Beschuldigte.«

Magnus spürte, wie Ärger in ihm aufstieg. »Miriam, was verlangst du da von mir? Ich bin weder ein Polizist noch ein Spion. Mein alter Kumpel Nick hat mir gestern Nacht ein blaues Auge verpasst. Und da wusste er noch nicht, dass ich dir von der Schwangerschaft erzählt habe.«

Miriam klang jetzt kleinlaut. »Ich weiß. Aber wir sind wirklich ratlos. Nick muss ja nicht erfahren, dass du mir …«

»Nick ist nicht blöd«, unterbrach er sie. »Davon mal abgesehen – ich habe keinen blassen Schimmer, wo sie sein könnte. Bei einer Freundin? Bei einer Kollegin? Bei

Nick? Verdammt, ich kenne das Mädel kaum. Jede Wette, wenn ich Nick anrufe, geht er nicht mal dran.«

»Sieh es mal so: Vielleicht ist sie in Gefahr, wenn sie mit dem Tod von Hammer nichts zu tun hatte. Vielleicht hat sie etwas gesehen, was sie nicht sehen sollte.«

»Ich kann dir nicht helfen, selbst wenn ich wollte. Es tut mir leid.«

Er legte auf und begann seinen Tabak zu suchen. Was für ein Schlamassel. Warum ging diese dämliche Steffi nicht einfach zur Polizei? Konnte man nicht ihr Handy orten? Dann fiel ihm ein, dass sie es verloren hatte. War das wirklich seine Aufgabe, darüber nachzudenken? Aber er konnte nicht verhindern, dass er sich Sorgen machte. Nicht nur um Stefanie Lindner – auch Nick brachte sich gerade in Schwierigkeiten. Er verfluchte im Geiste seinen Kumpel, der anscheinend entschlossen war, dieses Versteckspiel durchzuziehen. Wo sollte das hinführen?

Eliza zupfte im Garten Unkraut aus. »Was ist los?«, fragte sie, als er auf die Terrasse trat und sich eine Zigarette anzündete.

»Die Blondine ist abgehauen«, sagte er. »Und ich habe keine Ahnung, was ich tun soll.«

Magnus lief auf der Terrasse auf und ab wie ein Panther im Käfig. Wen könnte er anrufen? Wo war eigentlich sein Handy? Er suchte und fand es unter einem Sofapolster wieder. Ihm fiel Bennos Nachricht von gestern ins Auge, Magnus war noch nicht dazu gekommen, die E-Mail zu lesen. Der Rechner war noch hochgefahren. Magnus kippte fast vom Stuhl, als er die JPEG-Datei öffnete.

»Obduktionsbericht der Rechtsmedizin Köln vom 02.05.2015. Patient: Axel Hammer, geboren am 13.11.1973, verstorben am 28.04.2015 …«

Bevor er weiterlesen konnte, rief Benno an. Magnus ließ ihn nicht zu Wort kommen. »Wie kommst du an den Bericht? Ich fasse es nicht.«

»Ich dachte, das Ergebnis interessiert dich. Ich war gestern Abend mit Miriam essen. Sie hatte ihn in ihrer Tasche, und ich habe eine gute Kamera am Handy.«

»Das heißt, sie weiß nicht, dass ich ihn habe«, stellte Magnus fest.

»Selbst schuld, wenn sie ihn so gut sichtbar liegen lässt.«

»Hast du ihn gelesen?«

»Nur überflogen. Du musst vielleicht ein paar Begriffe nachschlagen. Soweit ich es begriffen habe, war der Typ bewusstlos, als er vor den Baum gefahren ist.«

Magnus starrte den Obduktionsbericht an wie ein giftiges Insekt. »Danke«, sagte er, nicht sicher, ob dafür Dankbarkeit angebracht war. »Miriam wird mich umbringen, wenn sie das erfährt.«

»Zuerst wird sie mich umbringen«, sagte Benno trocken.

»Warum tröstet mich das nicht?«

Magnus quälte sich durch den Bericht und verstand zuerst nur Bahnhof. Die Rechtsmediziner hatten in Axel Hammers Blut eine Substanz nachgewiesen, von der er noch nie gehört hatte. Gamma-Hydroxybuttersäure. Erst als er die Abkürzung las, klingelte etwas in seinem Gehirn. GHB. War das nicht eine Partydroge? Hammer schien ihm nicht der Typ für Exzesse zu sein. Er tippte den Begriff bei Google ein und stieß fast sofort auf die Verbindung zu K.-o.-Tropfen. Das Zeug wurde Partygängern ins Getränk gekippt, um sie gefügig zu machen oder auszurauben. Darüber war in den letzten Jahren immer wieder in der Presse berichtet worden. Oder hatte sich jemand einen Scherz mit Hammer erlaubt? Konnte man davon auch sterben? Das war ihm neu. Er überlegte, wen er dazu befragen könnte, aber außer Sven fiel ihm niemand ein, der Ahnung von Medizin hatte. Er hatte wenig Lust, noch mehr Leute in diese schräge Ermittlung mit hineinzuziehen. Am Ende des Obduktionsberichts stand eine vorsichtige Vermutung, dass die obduzierte Person vor dem Todeszeitpunkt bewusstlos gewesen war. Die eigentliche Todesursache war Polytraumairgendwas. Das war auch ohne Medizinstudium verständlich. Hammer war der Vielzahl seiner Verletzungen erlegen. Magnus dachte wieder mit einem unguten Gefühl an die Kerbe in der Buche und die Glassplitter auf dem Waldboden. Er fuhr den Rechner herunter.

Wenn Hammer nicht freiwillig K.-o.-Tropfen genommen hatte, wer hatte sie ihm eingeflößt? Und wann? Und vor allem: Warum? Er sah in seinen Unterlagen nach. Hammer hatte gegen 22.30 Uhr das Fest verlassen. Kurz nach ihm war Stefanie Lindner gegangen. Der Unfall war erst um 23.45 Uhr passiert. Konnte man noch nach mehr als einer Stunde plötzlich davon bewusstlos werden? Diese Fragen würden sich auch Miriam und ihr Team stellen.

Stefanie Lindner könnte etwas wissen. War das der Grund, warum sie sich vor der Polizei versteckte? Wo könnte sie sich verstecken? Er dachte an einen Lieblingsspruch seiner Mutter: Man sucht nicht mit den Händen, sondern mit dem Kopf. Er war ziemlich sicher, dass Nick sie vom Flughafen abgeholt hatte. Der Mann war so verknallt, dass er gewalttätig wurde, um seine Liebste zu schützen. Und dann? Die Polizei würde zuerst bei ihr und bei Nick zu Hause suchen. Sie hatte sicher Familie, Eltern oder Geschwister. Unwahrscheinlich, dass sie sich dort versteckte. Wenn Steffis Eltern normal tickten, würden sie ihre Tochter höchstpersönlich zur Polizei schleppen. Was war mit der Freundin, die sie nach Barcelona begleitet hatte? Waren die beiden zusammen zurückgeflogen? Das wäre eine gute Frage an Miriam gewesen, aber er würde den Teufel tun, sie noch einmal anzurufen. Selbst wenn er den Namen der Freundin wüsste: Die Polizei wusste ihn auf jeden Fall auch. Als Versteck denkbar ungeeignet. Vielleicht hatte Nick sie zu einem seiner Freunde gebracht? Aber wie sollte er das herausfinden? Nick würde nicht mit ihm sprechen wollen, so viel war klar. Für ihn war Magnus der verlängerte Arm der Polizei. Was war mit der Zweirad-Werkstatt? Dort gab es zumindest ein Sofa in dem winzigen Büro, auf dem zur Not jemand schlafen könnte.

Irgendwo musste er anfangen zu suchen. Magnus schnappte sich die Autoschlüssel, sagte Eliza kurz Bescheid und machte sich auf den Weg nach Köln-Kalk. Auf ihre Frage, was er tun würde, wenn er dort Nick oder Steffi anträfe, wusste er keine Antwort.

Die Werkstatt lag auf der Kalk-Mülheimer-Straße in einem Hinterhof, nicht weit weg von der alten chemischen Fabrik. Magnus parkte den Volvo vor einem schmutzig-grauen, dreigeschossigen Mietshaus aus den 60er-Jahren. Schon von Weitem hörte er das singende Geräusch einer Flex. Die Nachbarn waren scheinbar tolerant. Er ging durch die offene Einfahrt auf den Hinterhof, umschiffte Motorradreifen, Felgen und eine alte Ducati in Einzelteilen und klopfte an das halb offene Aluminiumtor. Neben dem Tor hing ein Schild, auf dem »Nick Görres & Benjamin Klocke GbR, Zweiradwerkstatt« stand. Irgendjemand war zu Hause. Dass es Nick war, bezweifelte Magnus. Die Flex machte einen Moment Pause.

»Komm rein. Nick ist nicht da.« Benjamin trug einen grünen Overall, jedenfalls dürfte das die ursprüngliche Farbe gewesen sein, bevor die Ölflecken das Regiment übernommen hatten. Er schob seine Schutzbrille auf die Stirn.

»Weißt du, wo ich ihn finde?«, fragte Magnus.

»Willst du ein Bier?« Benjamin wusch sich die Hände, öffnete einen Mini-Kühlschrank mit Jägermeisteremblem und kramte zwei Flaschen Kölsch aus dem oberen Fach. »Der Herr hat sich eine Woche Spontanurlaub genommen. Das erfahre ich heute Mittag per SMS. Wir haben momentan fünf Kunden, die auf ihre Motorräder warten. Und heute ist Sonntag, wie du vielleicht gemerkt hast.«

»Hat er gesagt, wo er hinwill?« Magnus öffnete die Flaschen mit seinem Feuerzeug.

»Schön wäre es. Wenn ich ihn vor dir finde, drehe ich ihm den Hals um. Hast du mal eine Kippe?«

Magnus reichte ihm den Tabak. »Weißt du, ob er mit – äh – einer Freundin unterwegs ist?«

»Keine Ahnung. Ich habe ihn gestern Mittag zum letzten Mal gesehen, weil er den Transit für euren Auftritt brauchte. Er hat ihn nicht zurückgebracht. Warum suchst du Nick so dringend?«

»Er steckt in Schwierigkeiten. Kann sein, dass die Polizei heute noch bei dir auftaucht.«

Benjamin verschluckte sich am Bier und hustete. »Wie bitte?«, keuchte er.

»Sie suchen die Freundin. Sie ist eine wichtige Zeugin.«

»Hat sie jemanden umgebracht oder was? Was hast du überhaupt damit zu schaffen?«

»Das ist eine lange Geschichte. Nick hat gerade einen Hals auf mich. Ich arbeite für Benno.« Er erhob sich. »Danke für das Bier.«

»Ich verstehe nur Bahnhof. Warum …«

»Nimm es mir bitte nicht krumm«, unterbrach Magnus ihn, »ich kann dir nicht mehr sagen.«

Er ließ Benjamin mit offenem Mund sitzen und trat den Rückzug an.

Was jetzt? Es gab Tausende von Möglichkeiten, wohin Nick und Steffi sich mit dem Transit abgesetzt haben könnten. Er startete den Volvo und fuhr zum Proberaum. Auf dem Parkplatz vor dem Bürgerhaus stand kein roter Transit. Das wäre auch zu einfach gewesen. Er rief Sven an, aber er erreichte nur die Mailbox. Magnus nahm den Rückweg über die Bonner Straße. Vor Stefanie Lindners Haustür parkte ein Streifenwagen, und er fuhr schnell weiter. Such mit dem Kopf, befahl er sich. Wo könnte Nick sich verkrochen haben?

Sven rief zurück. Magnus schilderte ihm in groben Zügen das Problem. »Ich will seine Freundin überreden, sich freiwillig bei der Polizei zu melden. Diese Bonnie-und-Clyde-Nummer ist doch krank.«

»Das muss ich erst mal verdauen. Wenn die Dame was ausgefressen hat, hat Nick ein richtiges Problem, oder?«

»Sieht so aus. Fällt dir was ein, wo Nick sich verstecken könnte?«

»Da muss ich passen. In den letzten Wochen habe ich außerhalb der Proben keine drei Sätze mit ihm gesprochen. Frag mal Hotte, der hat neulich sein Motorrad bei Nick reparieren lassen. Vielleicht hat der mehr mitbekommen.«

Magnus rief Hotte an, aber er meldete sich nicht. Langsam gingen ihm die Ideen aus. Frustriert machte er sich auf den Heimweg. Als er am Beethovenpark vorbeifuhr, fiel ihm ein, dass er Flieder für Eliza pflücken wollte. Wenig später schloss er mit einem zerrupft aussehenden Fliederbüschel und etwas besserer Laune die Haustür auf.

»Erzähl weiter«, sagte Eliza zu Clara und zwinkerte Magnus zu. »Ich bin sicher, dein Vater findet ohne Probleme in die Geschichte hinein.«

Clara grinste sie an und nahm sich eine Scheibe Brot. »Das ist nicht schwer. Dann kamen diese Typen wieder und wollten uns einen ausgeben. Die waren echt lästig.«

»Worum geht es?«, fragte Magnus, offenbar schwer von Begriff. Er merkte erst jetzt vor dem gedeckten Tisch, wie hungrig er war.

»Tanz in den Mai. Ich hab dir doch erzählt, dass wir in der Essigfabrik waren. Wir hatten ein paar Nervensägen an der Backe, zäh wie Pattex.«

»Und, habt ihr euch einladen lassen?«

»Bist du irre, Papa? Absolut niemand lässt sich mehr Getränke ausgeben. Viel zu gefährlich.«

Eliza und Magnus sahen sich an. Eliza hob ratlos die Schultern. »Das kapiere ich jetzt auch nicht.«

»Hallo, wir standen an der Cocktailbar. Offene Getränke. Wenn du da an die Falschen gerätst, kippen die dir was ins Glas.«

»Es gibt auch Getränke in Flaschen«, sagte Magnus mit vollem Mund. »Oder ist das aus der Mode gekommen, einer Frau ein Bier auszugeben?«

»Ich mag kein Bier. Viel zu bitter. Noch nicht mal, wenn die Typen netter gewesen wären, hätte ich mich einladen lassen.«

Magnus wusste nicht, ob er beruhigt sein sollte, weil seine Tochter sich nicht einladen ließ, oder beunruhigt, weil sie ein normales Bier ablehnte.

»Du machst alles richtig«, sagte Eliza zu Clara und goss ihr Tee nach. »Am Ende denkt noch jemand, du schuldest ihm mehr als ein Dankeschön.« Irgendwie schaffte sie es immer, die richtigen Worte zu finden, dachte Magnus erleichtert.

»Was ist denn aus deiner Ermittlung geworden, Papa? Hast du den Saboteur schon gefangen?«

»Nein. Er ist schlauer, als ich dachte. Aber morgen werde ich mit einem Verdächtigen reden. Er hetzt auf Facebook gegen die Firma, die mich beauftragt hat.«

»Hä, bist du bei Facebook? Hast du nicht neulich gesagt, das sei die größte Zeitverschwendung des Jahrhunderts?«

»Das finde ich immer noch«, knurrte Magnus. »Jemand aus Bennos Detektei hilft mir dabei.«

»Willkommen im 21. Jahrhundert«, spottete Clara.

»Apropos: Demnächst darfst du mir helfen, ein neues Handy zu kaufen. Ich werde mir ein Smartphone zulegen.« Gutmütig ließ er den Spott seiner beiden Lieblingsfrauen über sich ergehen und überhörte vor lauter Gelächter fast das Klingeln seines Handys. Hotte rief zurück. Magnus ging zum Telefonieren auf den Flur.

Er schilderte Hotte die Situation mit Nick und Steffi. »Ich will, dass sie von sich aus zur Polizei geht, verstehst du? Sie werden sie ohnehin finden.«

»Camping«, sagte Hotte.

»Du meinst – ach so. Sie schlafen im Wagen? Das ist doch absurd.« Noch während er es aussprach, wurde ihm klar, dass Hotte vermutlich recht hatte. Der Transit war das optimale Fluchtfahrzeug: eine preiswerte Übernachtungsmöglichkeit und gut motorisiert. Nick war schon öfter mit dem Transit, beladen mit Surfbrett, Gitarre und einem Gaskocher, in den Urlaub gefahren.

»Wo würden sie hinfahren, was meinst du? Südfrankreich oder Eifel? Ich kenne Nicks Lieblingsplätze nicht.«

Hotte schwieg ins Telefon, Magnus dachte schon, er hätte aufgelegt.

»Nicht weit«, sagte Hotte dann. »Nick muss bald wieder arbeiten.«

»Danke«, sagte Magnus. Hotte lag richtig. Selbst wenn ihr Gitarrist kopflos aus lauter Liebe war: Seine Werkstatt würde er nicht lange im Stich lassen. Er entschied, die Suche für diesen Abend auf Eis zu legen. Sinnlos, in der hereinbrechenden Nacht herumzufahren. Vielleicht kam ihm morgen eine zündende Idee. Außerdem sollte er sich besser damit beschäftigen, wofür Benno ihn bezahlte: einen Saboteur zu überführen. Er schloss sein Handy ans Ladegerät an und kehrte an den Abendbrottisch zurück.

MONTAG, 4. MAI

Im Traum sah er Clara in einer überfüllten Kneipe stehen, die wie das »Alibi« aussah. Um sie herum scharte sich eine Traube junger Männer, die ihr Bierflaschen anreichten. Clara setzte eine nach der anderen an den Mund und leerte sie bis zum letzten Zug. »Das wird mich nicht umhauen!«, rief sie und klammerte sich am Tresen fest. Hannes, der Besitzer der Kneipe, legte dazu mit einem diabolischen Lächeln die Stones auf, und »Sympathy for the Devil« dröhnte durch den Raum. Der Background sang »Huhuu« dazu.

Magnus schlug die Augen auf, die Musik dauerte an. Nach einer Weile realisierte er, dass der vermeintliche Backgroundgesang sein Handyklingelton war. Eliza schlief bewegungslos neben ihm. Wie spät mochte es sein? Er tastete sich im Dunkeln über die Treppe nach unten, um Eliza nicht zu wecken. Sein Handy lag an der Ladestation im Erdgeschoss und klingelte unbeeindruckt weiter. Verschlafen tapste er zum Tisch, stieß sich den großen Zeh an einem Stuhlbein, fluchte und drückte aus Versehen die falsche Taste am Handy. Das Gespräch war weg. Nadja versuchte ihn zu erreichen. Magnus schaltete das Licht an und warf einen Blick auf die Küchenuhr: Kurz vor drei Uhr. Er rief zurück.

»Du musst mir helfen. Ich bin Laubert auf den Fersen.« Nadja sprach leise.

»Ich muss gar nichts. Du spinnst wohl, mich mitten in der Nacht zu wecken«, krächzte Magnus. Er räusperte sich. »Beschattung immer zu zweit.«

»Willst du nicht wissen, wo ich bin?«, flüsterte sie.

»Ich würde lieber wissen, wo du deinen Verstand gelassen hast.«

»Den können wir später suchen. Komm jetzt bitte.«

»Wohin denn?«

Die Antwort verstand er nicht, dann war das Gespräch weg. Er rief wieder an, aber sie nahm nicht ab. Jetzt war Magnus hellwach. Er nahm die Treppe und zog sich schnell eine Jeans und eine Fleecejacke über. Er lauschte kurz nach oben, nichts zu hören. Eliza war nicht aufgewacht.

Ein leiser Klingelton aus dem Erdgeschoss zeigte den Eingang einer SMS an. »Baustelle am Großmarkt. Ich habe vor der Markthalle geparkt, schwarzer BMW. Unser Freund hat was vor. Bitte komm sofort. Taschenlampe.«

Am Großmarkt? Magnus lief in den Keller, suchte eine Taschenlampe in einer seiner Wühlkisten, wurde fündig, schnappte sich die Wagenschlüssel und schrieb Eliza eine kurze Nachricht. Er brauchte nur eine knappe Viertelstunde für den Weg bis zur Markthalle.

Nadjas Wagen war das einzige Fahrzeug am Rand des schwach beleuchteten Parkplatzes. Der BMW verschmolz fast mit der Dunkelheit. Als Magnus vorfuhr, stieg sie kurz aus und winkte ihn heran. »Kurze Lagebesprechung«, flüsterte sie. »Komm, wir setzen uns so lange ins Auto.«

Trotz der Anspannung musste Magnus grinsen. Sie hatte definitiv zu viele Krimis geguckt. Er quetschte sich auf den Beifahrersitz des BMW.

»Er hat sich den ganzen Tag nicht aus dem Haus bewegt«, sagte sie und trommelte auf das Lenkrad. »Bis 23 Uhr. Dann bin ich ihm gefolgt. Er fährt so einen Porsche für Arme, Mazda irgendwas.«

»Woher hast du seine Adresse? Ach egal.«

»Wo er überall war, erzähle ich dir später. Er hat Fotos gemacht«, sagte sie hastig. »Eben hat er am Bahndamm geparkt und ist mit einer kleinen Umhängetasche zur Baustelle gegangen.«

»Worauf warten wir dann?« Magnus öffnete die Tür.

»Stopp.« Nadja legte die Hand auf seinen Unterarm. »Er hat einen Hund dabei.«

Magnus schwang ein Bein aus dem Auto. »Gut zu wissen. Sah er gefährlich aus?«

»Ich hab ihn nicht gefragt, ob er beißt. Er ist riesig. Schwarz.«

»Rottweiler? Labrador?«

»Keine Ahnung, er war die meiste Zeit im Auto. Aber eben hat er ihn mitgenommen.« Ihre Stimme bekam einen panischen Unterton. »Ich habe Angst vor Hunden.«

»Jetzt verstehe ich, dass du mich geweckt hast«, grinste er. »Aufbruch?«

Sie liefen so leise wie möglich Richtung Baustelle. Obwohl Magnus den Weg kannte, wirkte das Gelände im Dunkeln unübersichtlich. Ein leichter Wind trug das Rauschen der Pappeln vom Bahndamm bis zu ihnen. In der Ferne hörten sie das gleichmäßige Rattern eines näherkommenden Güterzuges. Nadja bewegte sich leise wie eine Katze. Am Bauzaun angelangt knipste Magnus die Taschenlampe aus. Sie zwängten sich durch eine Lücke und orientierten sich. Sobald sich die Augen an die Dunkelheit gewöhnten, konnte man den Umriss des Fundaments erkennen. Soweit Magnus sehen konnte, sah die Baustelle genauso aus wie am Nachmittag zuvor. Keine Spur von Laubert oder seinem Hund, keine Geräusche. Sie schritten langsam an der Seite des Fundaments entlang, an der der Beton neu gegossen werden musste. Nadja, dicht neben ihm, packte ihn plötzlich an der Schulter und hielt ihn zurück. Sie deutete mit dem Kopf nach rechts. Magnus spähte angestrengt in die Nacht. Der Geruch stieg ihm in die Nase, bevor er sah, was sie meinte. Ein Stück vor ihnen rauchte jemand eine Zigarette. In der Dunkelheit sahen sie kurz die Zigarettenspitze aufleuchten, deutlich unterhalb ihrer Augenhöhe. Derjenige saß vermutlich am Bauzaun. Plötzlich begann ein Hund zu bellen, gefolgt von einem gedehnten Knurren. Es handelte sich nicht um einen Pinscher, so viel war klar.

»Ruhig, Remus. Hier ist niemand«, sagte eine Männerstimme.

Die darauffolgende Stille klang anders als die zuvor. Sie blieben stehen und hielten den Atem an. Sie waren zu weit weg, um mehr als den schwachen Umriss eines sitzenden Mannes zu erkennen. Er verschmolz in der Dunkelheit fast mit dem Bauzaun. Dann begann der Hund wieder zu knurren und zu bellen.

»Sei still«, sagte Lauberts Stimme. Sie hörten das Geräusch eines Reißverschlusses. »Wir sind hier gleich fertig. Ein Foto noch. Hör auf, jede Maus anzubellen.« Der Mann stand auf, schaltete eine Taschenlampe von der Größe eines Suchscheinwerfers an und ging langsam auf das Fundament zu. »Bei Fuß«, sagte er. Der Hund gehorchte.

Magnus warf einen Blick auf Nadja und traf eine Entscheidung. Sie stand stocksteif da, das Gesicht starr vor Angst.

»Pass auf, ich gehe ihm nach, und du wartest hier«, flüsterte er. Magnus machte sich auf Widerspruch gefasst, aber sie nickte nur. Er bewegte sich vorsichtig vorwärts, ohne Plan, was er tun sollte. Er hatte gehofft, Laubert auf frischer Tat mit dem Schraubenschlüssel in der Hand zu ertappen. Aber was hätte er auch losschrauben sollen? Der Beton war mittlerweile ausgehärtet. Es war ein seltsames Hobby, auf Baustellen Fotos zu schießen, aber nicht strafbar. Magnus verringerte die Distanz zwischen Laubert und sich. Er war froh, dass er instinktiv zu dunkler Kleidung gegriffen hatte. Der Hund war groß wie ein Kalb und lief ohne Leine dicht an der Seite ihres Verdächtigen. Kein Rottweiler, kein Labrador. Ein Terrier? Zu groß. Magnus mochte Hunde, seine Eltern hatten immer Hunde gehabt. Aber in der Regel traf er sie nicht nachts bei einer Verfolgungsjagd auf der Baustelle. Ohne Taschenlampe war es deutlich schwieriger, sicheren Tritt auf dem kiesigen Untergrund zu finden. Er achtete darauf, seinen Schritt Lauberts Tempo anzupassen. Sie hatten mittlerweile fast die äußere linke Ecke des Fundaments erreicht. Magnus erschrak und duckte sich instinktiv nach unten, als Laubert abrupt stehen blieb und sich umdrehte. Er schien ihn nicht zu sehen. Laubert öffnete seine Umhängetasche und wühlte sie durch. Was, wenn er bewaffnet war? Darüber hatte Magnus nicht eine Sekunde nachgedacht. Zum ersten Mal kroch ihm die Angst in den Nacken. Der Hund begann wieder zu knurren.

»Sitz«, sagte Laubert. Er reichte dem Tier etwas mit der flachen Hand, und kurz darauf hörte Magnus es knacken und knirschen. Remus verspeiste ein leckeres Häppchen. Magnus atmete auf.

»Leg dich hin. Herrchen ist sofort wieder da.« Der Hund gehorchte.

Laubert stellte seine Tasche neben sich, ging in die Hocke und wühlte etwas Weißes hervor, Magnus konnte nicht erkennen, was es war. Er blieb bewegungslos stehen. Was zur Hölle machte der da? War das ein Handtuch? Laubert band sich das Weiße vor das Gesicht. Magnus stockte der Atem. Eine Maske. Der Typ trug eine Maske. Was auch immer sein Plan war, eins stand fest: Laubert war völlig durchgeknallt, und Durchgeknallte waren gefährlich. Er entfernte sich ein paar Schritte, blieb dicht vor dem Fundament stehen und fischte einen kleinen Gegenstand aus seiner Jackentasche. Trotz seiner aufsteigenden Panik versuchte Magnus näher heranzukommen. Remus hob den Kopf, und ein tiefes Grollen erklang.

»Still«, blaffte Laubert. Seine Stimme klang gedämpft unter der Maske. »Herrchen muss sich konzentrieren!«

Magnus verbiss sich ein Lachen, die Situation war absurd. Herrchen war irre, aber der Hund hörte auf ihn wie eine Eins. Davon hätte er gerne ein Foto. Er würde sich ein Smartphone zulegen, so viel stand fest. Dafür taugte sein Handy nicht. Laubert hob den Gegenstand in seiner Hand auf Gesichtshöhe an und streckte den Arm aus. Es blitzte einmal, zweimal, dann begriff Magnus, was

Laubert in der Hand hielt. Der Mann machte ein Selfie. Mit Maske. Was sollte das? Wollte er sich am Tatort fotografieren? Anders konnte Magnus sich sein Verhalten nicht erklären. Er versuchte, sich das Lachen zu verbeißen, konnte aber nicht verhindern, dass ihm ein kurzes Schnauben entwich. Das war ein Geräusch zu viel. Der Hund sprang auf und begann ohne Unterlass zu bellen.

»Remus!«, tönte es dumpf unter der Maske hervor. »Was ist mit dir los heute?«

Aber Remus beruhigte sich nicht. Seine feine Nase hatte Magnus' Witterung aufgenommen. Laubert gab keinen neuen Befehl, und so wagte der Hund es, ein paar Schritte in Magnus' Richtung zu gehen. Riesenschnauzer. Das war die Hunderasse, jetzt, wo er ihn deutlicher sah, fiel es Magnus ein. Er war sicher, dass es keine gute Idee war, dem Hund den Rücken zuzudrehen und wegzulaufen. Also stehen bleiben und in den Angriffsmodus übergehen. Der Hund schien seine Gedanken zu spüren, sein Gebell klang bedrohlich, aber er kam nicht näher.

»Wer ist da?«, rief Laubert. Er hatte Magnus nicht gesehen.

»Laubert, was zum Teufel machen Sie da? Wollen Sie Ihre Großtaten bei Facebook veröffentlichen?«

»Wer sind Sie?« Laubert trat mit der Maske näher heran, ihm war sein lächerliches Aussehen scheinbar nicht bewusst. »Remus, halt die Klappe.« Der Hund gab Ruhe.

»Wir haben uns letzte Woche auf einem Parkplatz kennengelernt.« Magnus ging ein paar beherzte Schritte auf den Maskenträger zu. »Mit Axel Hammer zusammen.«

»Sind Sie mir gefolgt? Bleiben Sie da, wo Sie sind, sonst hetze ich den Hund auf Sie.« Er blendete Magnus mit der

Taschenlampe ins Gesicht. »Jetzt weiß ich, wer Sie sind. Sie waren mir gleich unsympathisch.«

»Sie veröffentlichen interessante Beiträge auf Facebook über die Bestkauf GmbH.« Magnus hielt sich die Hand schützend vor die Augen.

»Na und? Was geht Sie das an?«, blaffte Laubert.

»Ich arbeite für Ihren ehemaligen Arbeitgeber.« Magnus improvisierte. »Sie haben in Kürze eine Verleumdungsklage am Hals. Und das wird Ihr kleinstes Problem sein. Die Polizei sucht nach plausiblen Erklärungen für den Tod Ihres Exkollegen.«

»Wovon reden Sie überhaupt?« Laubert ließ die Taschenlampe sinken. Seine Stimme war undeutlich unter der Maske. »Er ist tot? Axel Hammer? Das kann nicht sein. Sie lügen.« Entweder war Laubert reif für die Theaterbühne, oder er wusste wirklich nichts von Hammers Tod.

»Ein ungeklärter Todesfall. Die Polizei überprüft gerade seine alten Verbindungen. Da sind Sie uns aufgefallen«, fabulierte Magnus munter weiter.

»Wir waren nicht gerade Freunde«, sagte Laubert, deutlich defensiver. »Aber mit seinem Tod habe ich nichts zu tun. Wie ist er denn gestorben?«

»Ihre Fragen können Sie gerne der Polizei stellen, die hilft Ihnen weiter. Sie wissen auch schon Bescheid über Ihre Liaison mit Maren Lanzerath. Eine nette Frau übrigens, finde ich. Aber sie hat sich mehr für Hammer interessiert, richtig?«

Der Schlag kam so schnell aus der Dunkelheit, dass Magnus sich nur noch mit knapper Not wegducken konnte. Der Hund sprang auf und begann wieder zu bellen. Lauberts Taschenlampe fiel zu Boden.

»Sie mieser Schnüffler. Sie haben keine Ahnung, wovon Sie reden. Sie hat sich einen Dreck für Hammer interessiert, im Gegenteil. Dieses Arschloch war schuld daran, dass sie ihren Job verloren hat.« Laubert zog sich die Maske vom Kopf, um besser sehen zu können, aber Magnus war ein Stück in die Dunkelheit zurückgewichen. Er wollte sich nicht unbedingt prügeln. Laubert mochte wütend sein, aber wie ein professioneller Schläger wirkte er nicht.

»Sie wollte trotzdem nichts mehr von Ihnen wissen«, provozierte Magnus weiter. »Frauen stehen nicht auf Verlierer und Säufer. Haben Sie deshalb Hammers Baustellen sabotiert?«

»Das war höchste Zeit, dass er von seinem hohen Ross herunterkam. Sie können mir nichts beweisen. Remus, fass!«

Dann passierte alles gleichzeitig. Der Riesenschnauzer galoppierte zielsicher auf Magnus zu, der wie angewurzelt stehen blieb. Laubert stieß einen Schrei aus, der nicht nach einem Anfeuerungsruf für seinen Hund klang. Danach hörte Magnus etwas Schweres zu Boden gehen. Nadjas Stimme rief aus der Dunkelheit: »Warum hast du ihn nicht eben schon k. o. geschlagen?«

Magnus spürte, wie etwas Nasses seine Hand berührte. Der Hund leckte seine Hand. Magnus hätte schwören können, dass er mit dem Schwanz wedelte. Er knipste seine Taschenlampe ein und leuchtete in Nadjas Richtung. Sie beugte sich gerade über den stöhnenden Rainer Laubert, richtete sich wieder auf und sagte: »Zur Sicherheit habe ich euer Gespräch aufgezeichnet. Das ist zwar kein richtiger Beweis, aber es hilft bei der Befragung.«

»Ich rufe die Polizei an.« Magnus grinste sie breit an und kraulte Remus hinter den Ohren. »Nimmst du so lange den Hund?«

»Der Kaffee kommt genau richtig«, sagte Magnus, gähnte und verrenkte sich den Hals, um die Küchenuhr zu sehen. »Schlafen lohnt sich nicht mehr. Fast sechs Uhr.«

»Jetzt spann mich nicht auf die Folter«, sagte Eliza und ließ sich neben ihn auf das Sofa plumpsen. »Hat dieser Laubert gestanden?«

»Die Vernehmung war noch nicht beendet, als wir gegangen sind. Miriam war dabei. Sie ist optimistisch, dass sie ihn festnageln können. Der Idiot hat gestern Abend von jeder Baustelle, an der etwas passiert war, Fotos geschossen. So viele Zufälle kann es nicht geben.«

»Was hat Miriam damit zu tun? Sie leitet doch die Mordkommission? Ach so, verstehe. Das könnte auch ein Mordmotiv sein.«

»Laubert bestreitet, etwas mit dem Unfall zu tun zu haben. Aber zumindest für die Sabotage kriegen wir ihn dran. Nadja hatte die richtige Idee, ihn zu beschatten«, fuhr er nachdenklich fort. »Ich hätte auf sie hören und ihr helfen sollen.«

»Das hast du getan. Mach dir bitte keine Vorwürfe. Du warst ganz schön beschäftigt vorher.«

»Aber nicht mit dem, wofür ich bezahlt werde. Die Suche nach Nick und Steffi hat mich abgelenkt.«

»Nick ist dein Freund. Du wärst ein Monster, wenn dir das egal wäre.«

»Danke.« Er küsste Eliza auf die Nasenspitze. »Jetzt weiß ich wieder, warum wir zusammen sind.«

»Ab und zu solltest du dich daran erinnern«, neckte sie ihn. »Trotzdem, ich verstehe nicht, warum der Hass auf diesen Hammer so groß war«, dachte sie laut nach.

»Ich schon. Sie waren vorher befreundet. Hammer hat ihn von Edeka zur Bestkauf GmbH geholt und ihm dann die Frau ausgespannt. Das dachte er zumindest in seinem kranken Hirn. Und dann Konkurrenz im Job. Hammer gelang alles, was er anpackte. Und dann verliert Laubert seine Stelle.«

»Aber das ist doch alles schon zwei Jahre her. Warum rastet er jetzt erst aus? Das ergibt für mich keinen Sinn.«

»Darüber habe ich lange nachgedacht«, gab Magnus zu. »Ich glaube, der berühmte Tropfen zu viel war die Zusage der Stadt Köln für den Neubau am Rheinauhafen. Das Prestigeprojekt, an dem auch Edeka interessiert war. Sie haben Hammer und Laubert für die Standortzusage ins Rennen geschickt – und Laubert hat verloren. Schon wieder.«

»Wenn er wirklich das Absperrband durchtrennt hat – er hätte fast ein Menschenleben auf dem Gewissen gehabt«, sagte Eliza empört.

Magnus nippte nachdenklich an seinem Kaffee. »Ich glaube nicht, dass er das wollte. Normalerweise läuft im Dunkeln niemand mehr über die Baustelle. Am nächsten Morgen hätte die Abnahme sein sollen. Eine ungesicherte Baugrube – das hätte weitere Verzögerung für die Bestkauf GmbH bedeutet. Und das ist teuer, so viel habe ich in der letzten Woche gelernt.«

»Warum hat er die Fotos gemacht?«

»Keine Ahnung – bin ich Psychologe? Der Typ tickt nicht richtig. Der hat den Hund auf mich gehetzt, schon vergessen?«

Eliza begann zu lachen. »Hund? Du meinst dieses schwarze Kampfschaf hier? Remus, komm mal her.«

Der Hund hatte es sich in der Ecke neben dem Sofa auf einer alten Decke bequem gemacht und hob träge den Kopf, als er seinen Namen hörte. Dann legte er ihn auf den Vorderpfoten ab und schloss die Augen.

»Er ist müde«, sagte Magnus. »Ich bringe gleich Hundefutter mit.«

»Bleibt er jetzt bei uns?«

Magnus zuckte die Schultern. »Solange, bis wir wissen, was mit Laubert passiert. Okay?«

»Wenn du ihn morgens früh ausführst: sehr gerne.«

Magnus war gerade auf dem Sofa eingedöst, als es an der Haustür klingelte. Eliza öffnete, und er hörte eine dröhnende Stimme aus dem Flur. »Was heißt hier, er schläft? Er soll aufstehen, ich bin sein Chef.« Magnus rappelte sich auf, da flog schon krachend die Wohnzimmertür vor die Wand. Benno linste im Nadelstreifenanzug um die Ecke und strahlte. »Gutes Teamwork, Meister. Ich komme gerade aus dem Präsidium.« Sein Blick fiel auf Remus, der träge den Kopf hob. »Habt ihr Familienzuwachs?«

»Das ist Remus. Er gehört unserem Verdächtigen. Was gibt's Neues?«

»Nichts, was du nicht schon geahnt hast. Laubert ist komplett eingeknickt. Miriam sagt, der ist psychisch instabil. Ein anderer Kollege hat es einfacher ausgedrückt. Der Typ hätte eine Vollmeise.« Benno ließ sich neben Magnus auf das Sofa fallen. »Der hat Sachen zugegeben, von denen wir noch gar nichts wussten. Der Staatsanwalt reibt sich schon die Hände.«

Magnus fuhr sich über die Augen. »Ich muss zugeben, deine Nadja hat einen guten Riecher bewiesen.«

»Habe ich dir nicht gesagt, dass das Mädel klasse ist? Ihr musstet nur miteinander warm werden. Aber deswegen bin ich nicht hier.«

»Wovon redest du?«

»Stell dich nicht blöd, ich weiß, du bist es nicht. Was fängst du mit dem Obduktionsbericht an?«

Magnus erhob sich und streckte die Glieder. »Als Erstes werde ich Nick und Steffi suchen. Ich will Miriam nicht in die Quere kommen. Und dann werde ich überlegen, wie man Axel Hammer K.-o.-Tropfen untergejubelt hat.«

»Stand das im Bericht?«

»Zumindest ist es eine logische Schlussfolgerung, wenn er das Zeug nicht freiwillig konsumiert hat.«

»Verdammt, ich habe ein schlechtes Gewissen, weil ich dir den Bericht zugespielt habe. Igitt, hier sind Hundehaare auf dem Sofa.« Er zupfte sich ein schwarzes Haar vom Hosenbein.

Magnus grinste in sich hinein. »Sei froh, dass Remus kein weißes Angorakaninchen ist.«

»Ruf unsere Klientin an, sie erwartet eine abschließende Besprechung.«

Magnus kam ein Gedanke. »Kann ich das Gespräch ausnahmsweise bei der Bestkauf GmbH führen?«

»Was versprichst du dir davon?«

»Ein Meinungsbild. Möglich, dass ich noch etwas Nützliches aufschnappe«, sagte Magnus.

»Meister, sei vorsichtig. Miriam reißt mir den Kopf ab, wenn etwas schiefgeht.«

Zu spät für einen Rückzieher, dachte Magnus und versprach Benno, auf sich aufzupassen.

Mit einer Hand schob Magnus sich eine Brötchenhälfte in den Mund, mit der anderen suchte er im Internet nach Campingplätzen in Köln und Umgebung. Eliza drehte eine Runde mit Remus am Decksteiner Weiher. Im Hintergrund spielte das Radio auf Eins Live Hip-Hop. Er wechselte den Sender und sah auf die Uhr. Halb neun, um elf war das Treffen mit Schneewittchen anberaumt. Magnus druckte sich eine Liste mit Campingplätzen aus und beschloss, zuerst nach Rodenkirchen zu fahren. Irgendwo musste er schließlich anfangen.

Das Wetter war warm und trocken, aber eine hellgraue Wolkenschicht verdeckte die Sonne. Die Straßen waren vom Berufsverkehr verstopft, erst direkt am Rhein in Rodenkirchen war es ruhiger. Er parkte den Wagen vor der Zufahrt zum Campingplatz und stieg erleichtert aus dem Auto. Ein süßer Duft stieg ihm in die Nase, den er einem weiß blühenden Strauch vor der Rezeption zuordnete, die um diese Uhrzeit noch nicht besetzt war. Magnus drehte zu Fuß eine Runde über den Platz, ein roter Transit war nirgends zu sehen. Für ein Pärchen, das sich verstecken wollte, war der Platz denkbar ungeeignet, es gab kaum grüne Ecken, jede Parzelle ein Präsentierteller mit Rheinblick. Auf dem zweiten Campingplatz am Rhein, weiter im Norden, kurz vor der Mülheimer Brücke, bot sich das gleiche Bild, außerdem standen hier hauptsächlich strahlend weiße, nagelneue Wohnmobile. Ein alter, roter Transit wäre sofort ins Auge gefallen. Magnus klapperte ohne

Ergebnis noch Campingplätze in Brühl und Erftstadt ab, bevor er zu seinem Termin mit Schneewittchen zur Bestkauf GmbH zurück fuhr.

Das Büro war gut besetzt. Auf dem Gang lief ihm Brauer über den Weg, gut gelaunt und energiegeladen.

»Der Rocker! Der Flurfunk hat schon gesendet, dass Sie erfolgreich waren. Sie wollen bestimmt zur Chefin, aber die holt gerade Kuchen beim Bäcker.« Er sah sich nach rechts und links um, ob ihn jemand belauschen würde, und flüsterte: »Wenn Sie mich fragen: Die Prinzessin hat ein schlechtes Gewissen, weil sie uns verdächtigt hat.« Er klopfte Magnus auf die Schulter. »Hätte ich nicht gedacht, dass Sie die Nuss knacken. Gratuliere.«

Magnus wusste nicht, ob er sich freuen oder ärgern sollte, und bedankte sich etwas lahm. »Sie sind wieder auf der Höhe, wie ich sehe«, sagte er.

»Kein Tropfen Alkohol mehr, Rocker. Ich weiß nicht, was da am Mittwoch los war, aber ich habe zwei Tage gebraucht, um auf die Beine zu kommen. Das will ich nie wieder erleben.«

In Magnus' Gehirn verbanden sich ein paar Synapsen miteinander und lieferten ihm eine Eingebung. Was hatte ihm Brauer am Telefon erzählt? Er wäre nach fünf Kölsch am Tisch eingeschlafen? Er konnte sich an nichts mehr erinnern? Das sei ihm noch nie passiert, hatte er gesagt. Natürlich hatte ihm niemand geglaubt. Magnus' Puls beschleunigte sich, nach außen blieb er ruhig.

»Das glaube ich gerne. Das klingt jetzt etwas blöd, aber neben wem haben Sie am Mittwochabend auf Grundmanns Feier gesessen?«

»Sie stellen noch dämlichere Fragen als die Polizei, Rocker. Meinen Sie, die Wieczorek hätte mich abgefüllt?« Er brach in Gelächter aus. »Nichts für ungut. Trinken Sie erst mal einen Kaffee, Sie sehen ganz schön müde aus.« Er hob die Hand zum Gruß und verschwand im Büro der Außendienstler.

Magnus starrte ihm hinterher. Dann drehte er sich um und marschierte zum Büro von Olga und Steffi. Er riss ohne zu klopfen die Tür auf und blickte auf Steffis verwaisten Arbeitsplatz. Olga sah ihm mit dem Telefonhörer in der Hand verblüfft entgegen.

»Ich melde mich gleich wieder. Bis dann«, sagte sie in die Muschel und legte auf. Sie versuchte ein Lächeln, was ihr misslang. »Du hast nicht geklopft«, sagte sie. »Das ist sehr unhöflich. Was ist mit deinem Gesicht passiert?«

»Du hast Brauer auf der Geburtstagsfeier K.-o.-Tropfen ins Glas geschüttet«, sagte Magnus. »Er saß neben dir. Er dachte die ganze Zeit, dass er den Alkohol nicht vertragen hätte. Was sollte das?«

Die Wirkung seiner Worte war verblüffend. Olgas Gesicht lief rot an. Sie fluchte leise in einer Sprache, die Magnus nicht verstand, vermutlich Polnisch. Dann vergrub sie ihr Gesicht in den Händen.

»Sieh mich an«, sagte Magnus. »Sollte das nur ein Spaß sein?«

Sie hob den Kopf hoch und setzte sich aufrecht hin. »Du musst ja nicht jeden Tag mit ihm arbeiten«, sagte sie. »Wir schon. Zu dir ist er vielleicht nett, aber du hast keine Ahnung, wie das ist, wenn man sich jeden Tag diese Sprüche anhören muss. Wir wollten ihm einen Denkzettel verpassen.«

»Wer ist ›wir‹?« In Magnus' Kopf schrillte ein Alarm los. Er ahnte die Antwort. Drei Frauen im Büro der Kaiserin, die kichernd auf den PC starrten. »Das wird ihn umhauen.« Wer hatte das gesagt, Steffi?

»Die Tropfen kann man problemlos im Internet bestellen«, fuhr Magnus fort. »Habt ihr das am Montag von hier aus gemacht? Brauer und ich haben euch dabei überrascht. Wir dachten, ihr bestellt Kleider bei Zalando.«

Olga presste die Lippen zusammen und schwieg. Sie hielt die Augen auf den Computer gerichtet, als ob er ihr die passenden Antworten auf Magnus' Fragen liefern könnte.

»Hast du der Polizei von den K.-o.-Tropfen erzählt?«, fragte Magnus.

»Sie haben mich nicht danach gefragt«, sagte sie zum Monitor. Es klang trotzig.

»Dann werden sie das heute noch tun. Melde dich bei ihnen. Es ist wichtig.« Er war sich nicht sicher, ob die Dringlichkeit seiner Warnung bei ihr ankam.

Olga nahm den Hörer in die Hand, wählte und sprach leise auf Polnisch in die Muschel. Magnus überlegte, ob er Miriam anrufen sollte. Wenn er zugab, dass er von den K.-o.-Tropfen wusste, würde sie weder mit Benno noch mit ihm jemals wieder ein Wort reden. Er entschied, noch damit zu warten. Ein Klopfen an der Tür riss ihn aus seiner Gedankenschleife. Schneewittchen stand mit einem strahlenden Lächeln und einem Tablett von der Bäckerei im Türrahmen.

»Hier sind Sie! Ich habe Sie schon gesucht. Mögen Sie Berliner?«

Magnus wusste, dass das Abschlussgespräch mit seiner Klientin wichtig für einen möglichen Folgeauftrag war. Offene Fragen waren zu klären, und jeder Erfolg bei der Ermittlung sollte als starke Leistung verkauft werden. Schließlich sollte sie die Detektei weiterempfehlen.

Aber er war nicht bei der Sache. Wer hatte die K.-o.-Tropfen zuletzt gehabt? Er blickte aus dem Fenster ihres Büros, ohne etwas zu sehen. Vor ihm stand unberührt ein Teller mit einem Berliner, der einen schwachen Duft nach Hefe verströmte, aber er hatte keinen Appetit. Zum Glück war Carola Wolf ausgesprochen gut gelaunt und gesprächig, so konnte er hoffen, dass ihr seine mangelnde Konzentration nicht weiter auffiel.

»Ich hätte nie gedacht, dass eine alte Geschichte solche Folgen haben kann«, sagte sie gerade. »Mir ist damals nicht aufgefallen, dass Hammer und Laubert so stark miteinander konkurriert haben. Wie sind Sie darauf gekommen?«

»Das war eine Routineüberprüfung«, sagte er souveräner, als er sich fühlte. »Ehemalige Mitarbeiter sind immer für Überraschungen gut. Uns ist aufgefallen, dass sich Laubert auf Facebook extrem abschätzig über die Bestkauf GmbH geäußert hat. Da lag es nahe, ihn genauer unter die Lupe zu nehmen.«

»Er ist psychisch krank, oder?« Sie biss herzhaft in einen Berliner. »Auch noch Fotos davon zu schießen, das ist unglaublich«, sagte sie mit vollem Mund. Über ihre Finger lief Marmelade.

»Das kann nur ein Arzt feststellen«, sagte Magnus. »Jedenfalls hat sich bei ihm eine Menge Wut aufgestaut.«

»Ein teurer Spaß für unser Unternehmen. Wenigstens ist das jetzt vorbei.« Sie tupfte sich die Finger mit einer

Serviette ab und lächelte ihn an. »Bitte essen Sie auch einen Berliner, dann fühle ich mich nicht alleine so klebrig.«

»Sie lagen trotzdem richtig mit Ihrer Einschätzung, dass man Sie als Führungskraft anzweifelt«, sagte er und griff lustlos nach dem Gebäck. »Axel Hammer hat seine eigene Baustelle bestohlen. Wir können ihn nicht mehr fragen, warum, aber ich denke, er wollte Ihnen schaden.«

Sie nickte nachdenklich. »Wir haben vor meiner Beförderung gut zusammengearbeitet. Mir hätte früher auffallen müssen, dass er nur noch das Nötigste mit mir besprochen hat. Davor hat er keine Gelegenheit verstreichen lassen …« Sie errötete.

»Mit Ihnen zu flirten?«, fragte Magnus.

»Das ist mir im Nachhinein peinlich«, sagte sie. »Aber so war er eben. Ich habe übrigens seine Frau von den Vorfällen unterrichtet. Sie hat mich gebeten, die Diebstähle auf der Baustelle vertraulich zu behandeln. Man müsse Tote nicht noch zusätzlich mit Dreck bewerfen, waren ihre Worte.«

»Das entscheiden Sie«, sagte Magnus. »Außer dem Praktikanten weiß niemand aus Ihrer Belegschaft davon. Eventuell noch Stefanie Lindner, da bin ich mir nicht sicher. Ich konnte sie nicht fragen.«

»Sie hat heute Morgen einen Krankenschein für die ganze Woche eingereicht«, sagte sie. »Ich werde mit den beiden sprechen, wenn sie wieder hier sind. Überhaupt habe ich zu wenig mit meinen Mitarbeitern gesprochen. Das wird sich ändern.«

Magnus sprang auf. Der Teller mit dem Berliner landete auf dem Teppich. »Stefanie Lindner war eben hier? Wann?«

Carola Wolf sah ihn erstaunt an. »Nicht persönlich, glaube ich. Die Bescheinigung hatte ich in der Post. Warum?«

»Wer öffnet die Post bei Ihnen? Frau Kaiser?« Magnus stürzte aus dem Raum. Die Kaiserin war nicht am Platz. Eben hatte sie ihn freundlich gegrüßt, als er mit Schneewittchen ihr Büro durchquert hatte.

»Was ist los?«, fragte seine Klientin, die ihm verblüfft folgte.

»Welches Datum stand auf der Krankmeldung?«, fragte Magnus. »Es ist wichtig. Die Polizei hat viele Fragen an Frau Lindner.«

»Die Meldung ist von heute. Sie muss heute früh bei ihrem Hausarzt gewesen sein. Warten Sie, ich habe die Postmappe auf meinem Schreibtisch.« Sie marschierte zurück in ihr Büro und blätterte in einer schwarzen Mappe. »Hier.«

Magnus war wie angewurzelt vor dem Schreibtisch der Kaiserin stehen geblieben und starrte auf das alte Foto, das die hübsche Brünette mit den zwei Katzen zeigte. Sein Gehirn arbeitete auf Hochtouren, spuckte aber keine Ergebnisse aus.

»Kann ich behilflich sein?« Die Kaiserin stand im Türrahmen und beobachtete ihn. »Was suchen Sie?«

»Marita, hat Frau Lindner die Krankmeldung selbst abgegeben?« Carola Wolf kam aus ihrem Büro und wedelte mit dem gelben Schein.

»Nein. Er war in der Post«, sagte die Kaiserin. »Ich habe den Umschlag noch. Einen Moment.« Sie durchwühlte einen Papierkorb und reichte Magnus ein kleines Kuvert aus Altpapier, das handschriftlich mit »Bauabteilung« adressiert war. Magnus schaute sich den Umschlag an. Er erkannte Nicks Handschrift sofort. Sie waren nicht weit weg, so viel war klar. Stefanie Lindner war in der Zwickmühle. Sie wollte nicht ihren Job riskieren, aber auch nicht auf der Bildfläche erscheinen.

»Es tut mir leid, ich muss los«, sagte er zu Carola Wolf. »Ich melde mich später bei Ihnen.« Er ließ die Frauen stehen und marschierte aus dem Büro.

Bevor er losfuhr, drehte er sich auf dem Parkplatz eine Zigarette und studierte aufmerksam die Liste mit den Campingplätzen. Such mit dem Kopf, hörte er seine Mutter sagen. Sein Handy klingelte.

»Ich weiß Bescheid«, sagte Miriam. »Benno hat mir gerade gebeichtet, dass er den Obduktionsbericht an dich weitergegeben hat. Darüber reden wir später. Wo bist du?«

»Auf dem Parkplatz der Bestkauf GmbH. Abschlussgespräch mit unserer Klientin.«

»Erwähne niemandem gegenüber nur das kleinste Wort aus dem Bericht, hörst du? Wir vernehmen die Gäste der Geburtstagsfeier heute ein zweites Mal. Jetzt wissen wir, wonach wir suchen.«

»Okay«, sagte er. Zu spät, dachte er.

»Oh, und ruf besser mal Eliza an. Sie klang sauer am Telefon.« Miriam legte auf.

Scheiße. Er hatte vergessen, Eliza einen Zettel zu schreiben. Eilig überprüfte er seine eingegangenen Nachrichten.

»Wo bist du, Süßer?« Die SMS war um zehn gekommen, er hatte sie überhört. Magnus wählte die Festnetznummer von zu Hause, aber sie ging nicht ans Telefon.

Auf ihrem Handy sprang die Mailbox an. Er hinterließ eine kurze Nachricht, dass er noch unterwegs sei, und fuhr los, in Richtung Bergisches Land. Auch auf der rechten Rheinseite gab es schöne Campingplätze, nicht weiter als eine halbe Stunde von Köln entfernt.

Vier Stunden später strich er die Segel. Sein Magen und seine Laune hingen im Keller. Außer einem halben Brötchen und einem viertel Berliner hatte er noch nichts gegessen. Er war kreuz und quer durch das Bergische Land gefahren, hatte mit misstrauischen Platzwarten und freundlichen Campern gesprochen, viel Landschaft gesehen, aber keinen roten Transit. Als er hinter dem Heumarer Dreieck im Stau stand, gestand er sich ein, dass er es alleine nicht schaffen konnte. Hier mussten Profis ran. Er rief Miriam an, aber sie ging nicht ans Telefon. Er erschrak, als das Handy in seiner Hand im gleichen Moment zu klingeln begann.

»Magnus? Nadja hier. Du bist heute die am meisten gesuchte Person in der Stadt. Weder deine Frau noch Benno wussten, wo du steckst.« Sie klang besorgt. »Brauchst du Hilfe?«

»Mir ist nicht zu helfen«, sagte Magnus. »Ich suche einen Freund.«

»Hat das mit dieser Unfallermittlung zu tun? Ich habe gerade Zeit und ein Auto«, sagte Nadja. Im Hintergrund brüllte eine Männerstimme herum. »Schöne Grüße von Benno. Es täte ihm leid, sagt er. Ich weiß nicht, worum es geht.«

»Der kann mich mal«, knurrte Magnus. Er verließ die Autobahn am Kreuz Köln-Süd und fädelte sich am nächsten Kreisverkehr auf der rechten Spur in Fahrtrichtung Sülz ein.

»Bist du noch dran? Meine Freundin beim Bauamt hat sich wegen des Baukostenzuschusses umgehört. Sie meinte, es gäbe keinen derartigen Zuschuss für diesen Standort. Ich glaube, die Stadt hat nur gepokert bei dem Gespräch.«

»Danke für die Info, aber ich habe gerade keinen Kopf dafür.« Er warf das Handy auf den Beifahrersitz und beeilte sich nach Hause zu kommen.

Er fand einen Parkplatz an der Ecke zum Klettenbergpark, direkt vor einer Litfaßsäule. Er wappnete sich innerlich für den unvermeidlichen Streit mit Eliza. Sein Blick streifte im Vorbeigehen ein Plakat mit einer Konzertankündigung für das Dünnwalder Waldschwimmbad. Er lächelte unwillkürlich. Dort hatten sie mit ihrer zweiten Band als Vorgruppe von den »Brings« gespielt. Das war bestimmt 20 Jahre her. Benno am Schlagzeug, Sven am Keyboard, Nick hatte damals noch Bass gespielt, ein talentierter dünner Kerl mit Flaum auf der Oberlippe.

Magnus blieb vor ihrer Haustür stehen und suchte zerstreut seinen Schlüssel. Dünnwalder Waldschwimmbad. Moment mal. Da gab es ein kleines Campingareal gegenüber dem Schwimmbad. Er machte auf dem Absatz kehrt und spurtete zurück zum Auto. Ein grüner Passat hatte sich dicht vor ihn gestellt, so dass er mehrfach rangieren musste, um auszuparken. Flüchtig überlegte er, wo er die vielen Katzenaufkleber auf dem Heck schon einmal gesehen hatte.

Zehn Minuten später stand er wieder im Stau, diesmal in der Gegenrichtung.

Der Campingplatz war winzig. Magnus parkte auf der Zufahrtstraße. Er war müde, hungrig und musste dringend pinkeln. Der Volvo stotterte ein bisschen, auf dem Rückweg würde er tanken müssen. Er rief Eliza auf dem Festnetz an, diesmal nahm sie ab.

»Wo steckst du? Ich habe schon zwei Kundengespräche verschoben, damit ich deinen Hund versorgen kann.«

»Es tut mir leid. Ich war schon fast zu Hause, da kam mir noch eine Idee. Ich klappere Campingplätze auf der Suche nach Nick ab.«

»Das ist mir egal. Du bringst dich in Gefahr und wirst nicht mal dafür bezahlt. Überlass den Job der Polizei, die können das besser.«

»Danke für dein Vertrauen«, sagte Magnus wütend.

»Wann kommst du zurück?«

»Keine Ahnung. Am besten planst du heute Abend einfach ohne mich.«

»Gut. Dann plan deine Hundebetreuung ab morgen ohne mich.« Sie legte auf.

Scheiße. Streit mit Eliza brauchte er jetzt so dringend wie die neue CD von Bushido. Er atmete einen Moment tief durch, dann stieg er aus. Die Luft roch nach Frühling und frisch gemähtem Gras. Für einen kurzen Moment genoss er die Stille und lauschte den Vögeln, die ein Abendkonzert gaben, dann meldete sich seine Blase zurück. Er warf einen kurzen Blick auf den weißen Flachbau, in dem die Rezeption und ein Kiosk untergebracht waren, aber es war niemand da. Anfang Mai war der Platz bis auf einige Dauercamper noch nicht belegt. Er folgte eilig über asphaltierte Wege der Beschilderung zum WC, wachsam nach links und rechts spähend, auf der Suche nach Nicks Transit. Für eine große Portion Pommes mit Majo hätte er seine Seele verkauft, aber das musste warten. Ein rotes Gefährt unter einer kleinen Linde zog kurz Magnus' Aufmerksamkeit auf sich, entpuppte sich aber als rostiger VW-Bus, der nur noch durch Aufkleber und aufgemalte Blumen zusammengehalten wurde.

Nachdem er sich erleichtert hatte, ging es ihm besser. Magnus begann systematisch die Wege abzusuchen, als ihm ein Duft in die Nase stieg, der ihm sofort das Wasser im Mund zusammenlaufen ließ. Jemand grillte hinter einer Hecke, die den Zeltplatz vom Rest des Areals abtrennte. Wie ein Hund folgte er der Nase nach dem Geruch bis zum äußeren Rand des Geländes. Der Zeltplatz war leer bis auf ein verlassen wirkendes Iglu-Zelt vorne rechts.

Dann sah er sie, am anderen Ende der Wiese. Steffi Lindner saß mit nassen Haaren und in eine Wolldecke gewickelt auf einem grünen Klappstuhl, vor sich einen winzigen Tisch, auf dem eine Flasche Wasser und ein Plastikbecher standen. Sie tippte auf ihr Handy ein und hob nicht einmal den Kopf, als Magnus direkt auf sie zuhielt. Neben ihr brutzelten Würstchen auf einem Mini-Grill. An einem abgesägten Baumstumpf lehnte Nicks alte Reisegitarre. Zwei Fahrräder standen an einem Baum. Der Transit war gut verborgen hinter hohen Sträuchern am Rand der Hecke geparkt. Magnus sah zunächst nur Nicks Beine in einer abgewetzten Jeans, er kramte etwas aus dem Heck des Fahrzeugs.

»Ich wusste es, wir haben Senf!«, rief er triumphierend in Steffis Richtung und tauchte mit einer blauen Tube in der rechten Hand und einem Klappstuhl unter dem Arm hinter einem Strauch auf, ein breites Grinsen im Gesicht. Dann erkannte er Magnus, der stehen geblieben war, und seine Gesichtszüge froren ein.

»Verpiss dich, Meister. Wir brauchen keinen Polizeispitzel hier.«

Steffi hob den Kopf, sah Magnus und sprang auf, wobei sie sich in der Wolldecke verhedderte und den Stuhl umwarf. »Scheiße. Warum lassen Sie uns nicht in Ruhe?«

»Wie lange gedachtet ihr, diesen Blödsinn hier durchzuziehen?«

»Zum letzten Mal: Hau ab, Meister. Das hier ist nicht dein Bier.« Nick trat näher, seine Hände umklammerten die Senftube, als ob sie ein Baseballschläger wäre.

»Willst du dich wieder mit mir prügeln? Du weißt, dass du dabei den Kürzeren ziehst. Ich will vernünftig mit euch reden. Ihr seid nicht mehr auf dem neuesten Stand.«

»Wie hast du uns überhaupt gefunden?«

»Ich bin ein guter Schnüffler. Immer dem Geruch nach.« Magnus grinste und wies auf den Grill. »Habt ihr eine übrig?«

Nick ließ Senf und Stuhl auf den Rasen fallen, wandte sich ab und ging zum Transit. »Leck mich.«

Magnus schnappte sich den Stuhl und setzte sich an den Tisch, als ob er ein willkommener Gast zum Abendessen wäre. Er würde hier nicht eher weggehen, bis er Stefanie Lindner das Versprechen abgenommen hatte, sich der Polizei zu stellen. Sie machte keine Anstalten wegzulaufen, sondern stand unverändert neben dem Grill und starrte ihn an, den umgekippten Stuhl zu ihren Füßen.

»Da brennt was an«, sagte Magnus und deutete mit den Augen auf den Grill. Sie erwiderte nichts, in ihrem

Gesicht arbeitete es. In diesem Moment hätte Magnus viel darum gegeben, ihre Gedanken lesen zu können.

Nick kehrte zurück mit einer Flasche Bier in der Hand, ging zum Grill, holte die Würstchen mit einer Gabel vom Rost und legte sie auf einen Plastikteller.

Steffi löste sich aus der Starre, hob ihren Stuhl auf und setzte sich wieder. Sie zitterte und zog die Decke enger um sich.

»Haben Sie die K.-o.-Tropfen eingesteckt?«

Ihre Augen weiteten sich. »Was? Wovon reden Sie?«

»Olga hat mir gesagt, dass Sie die Tropfen gemeinsam im Internet bestellt haben«, sagte Magnus, knapp an der Wahrheit vorbei. »Ein alberner Streich, den Sie da Ihrem Kollegen Brauer gespielt haben.« Bildete er sich das ein, oder sah sie plötzlich erleichtert aus?

»Ach das. Deshalb spionieren Sie uns nach?«

»Von welchen K.-o.-Tropfen spricht er?«, fragte Nick.

Steffi schwieg. Ihre Augen wanderten von Nick zu Magnus und zurück. »Lass mich mal einen Moment mit deinem Freund alleine reden, okay?«

»Das glaube ich jetzt nicht.« Nick schleuderte die Bierflasche an die Hecke. »Ich reiße mir für dich ein Bein aus, und du vertraust mir nicht?«

»Nick, bitte. Das ist Blödsinn, und du weißt es.«

»Nichts weiß ich. Wer bist du eigentlich?«

Magnus schaltete sich ein. »Was spricht dagegen, dass Nick dabei ist? Wenn Sie ihn wirklich so gern haben, warum soll er dann nicht zuhören?«

»Bemüh dich nicht, Meister. Ich gehe schon.« Nick warf Steffi einen vorwurfsvollen Blick zu, nahm sich seine Gitarre und ging quer über den Rasen. Kurz darauf hörten sie von weiter weg, wie Nick flüssig Gitarrenläufe spielte.

»Das macht er immer, wenn er sauer ist«, sagte sie.

»Er ist ein verdammt guter Gitarrist und ein sehr alter Freund von mir. Und jetzt erzählen Sie mir endlich, warum Sie Verstecken mit der Polizei spielen. Und seien Sie so nett und holen mir ein Bier. Ich bin schon den ganzen Tag auf der Suche nach Ihnen beiden.«

Sie brachte ihm ein Bier. »Brauer ist ein Idiot. Das sollte nur ein Spaß sein.« Sie kicherte. »Er ist schon um halb zehn oder so am Tisch eingeschlafen. Endlich konnten wir an einem Tisch sitzen, ohne seine dämlichen Sprüche hören zu müssen.«

»Er fand das nicht so witzig.«

»Sie müssen nicht mit ihm arbeiten, okay?« Sie funkelte ihn wütend an. »Er hatte eine Abreibung verdient. Wir wollten es ihm hinterher sagen, aber dazu ist es nicht mehr gekommen, weil …«

»Weil Axel Hammer starb? Das lässt Sie kalt, scheint mir.«

»Sie haben keine Ahnung wovon Sie reden.« Jetzt liefen ihr Tränen über das Gesicht. Sie wischte sie mit dem Handrücken weg.

»Lassen Sie mich nicht dumm sterben und reden Sie endlich. Sie sind schwanger. Sie wussten das. Er auch?« Magnus kramte in seiner Jacke nach dem Tabak. Diese blonde Tusse ging ihm allmählich auf den Wecker. Er mochte keine Frauen, die nicht von hier bis zum Ende des Zauns denken konnten.

Stefanie Lindner setzte sich aufrecht hin.

»Sie müssen mich für eine dämliche Ziege halten«, sagte sie, seine Gedanken erratend. »Aber es war vorbei mit uns. Ich habe zwei Jahre darauf gewartet, dass er sich von seiner Frau trennt, so wie er es angekündigt hat. Ich dachte, er liebt mich. Wir haben uns seit Wochen nur noch gestritten. Vorletzte Woche habe ich die Geschichte beendet.«

»Freitags? Am Rheinauhafen?«, fragte Magnus.

»Woher wissen Sie das?«, fragte sie überrascht.

»Ihr alter Freund Nils hat Sie beide gesehen.«

»Er ist uns wieder gefolgt, der Idiot.« Sie lächelte gequält. »Axel hat mich einfach auf dem Parkplatz stehen lassen.« Sie riss die Augen auf. »Deswegen ist er in die Grube gestürzt? Oh, nein. Dann bin ich daran auch noch schuld.« Ihre Augen füllten sich wieder mit Tränen.

»Das denke ich nicht. Er ist schon drei Mal sieben Jahre alt und muss selbst auf sich aufpassen. Es geht ihm wieder besser.« Magnus suchte ein Feuerzeug in seiner Jacke und steckte sich die Zigarette an.

Sie atmete auf. »Danke, dass Sie mir das sagen.«

»Woran sind Sie noch schuld, Ihrer Meinung nach?«

»Mir ist kalt«, sagte sie. »Warten Sie, ich hole mir eine Jacke.« Magnus sah ihr in Gedanken nach, als sie zum Transit ging und eine rote Fleecejacke aus dem Heck kramte. Schöne Scheiße. Die Frau war nicht zu beneiden, selbst wenn sie ihrem Kerl K.-o.-Tropfen verabreicht hatte. Oder hatte sie nicht?

Steffi setzte sich wieder auf ihren Stuhl und wickelte sich in die Decke ein. »Es war schön, jemanden wie Nick kennenzulernen«, fuhr sie fort. »Jemand, der mich einfach liebt und unterstützt. Die Trennung von Axel war wie eine Befreiung. Bis ich letzten Montag erfahren habe, dass ich schwanger bin. Nick weiß das alles.«

»Wann haben Sie mit Hammer gesprochen?«

»Er hat mich immer abgewimmelt. Am Mittwoch nach der Feier bin ich ihm hinterhergelaufen, als er ging. Ich habe ihm gesagt, dass wir dringend reden müssen. Er war in schlechter Stimmung. Seine Frau hatte ihm gesagt, dass sie sich scheiden lassen will. Schöne Ironie, oder? Kaum haben wir uns getrennt, will sie die Scheidung.«

»Wer wusste aus der Bauabteilung noch von Ihrer Affäre?«

»Nur Olga. Es war unmöglich, das vor ihr zu verheimlichen. Warum wollen Sie das wissen?«

»Egal. Erzählen Sie weiter.«

Sie zögerte. Ihre Augen waren auf die Hecke gerichtet. In der Stille bemerkte Magnus, dass das Gitarrenspiel aufgehört hatte. Sein Magen knurrte laut. Er erhob sich ächzend von dem unbequemen Stuhl und fischte sich eine kalte Wurst von dem Teller neben dem Grill. Besser als nichts.

»Wir sind in ein Café an der Bahnhaltestelle gegangen und haben uns in eine kleine Nische gesetzt. Von der Straße aus konnte man uns nicht sehen, darauf habe ich geachtet.«

Sie meint das »Eckstein«, dachte Magnus. Das war das einzige Café in der Nähe der Straßenbahn. Er biss in die lauwarme Grillwurst. Es schmeckte gar nicht so übel, wenn man hungrig war.

»Wir haben uns gestritten. Er war geschockt über meine Schwangerschaft. Er wollte, dass ich abtreibe. Was das sollte, wir hätten ohnehin keine gemeinsame Zukunft, sagte er. Aber das Kind kann ja nichts dafür, oder?« Sie erwartete keine Antwort darauf. »Dann bin ich gegangen ohne zu bezahlen, habe mich ins Auto gesetzt und eine Runde geheult. Ich wollte so gerne einen Vater für mein Kind haben, Trennung hin oder her. Dann wurde ich wütend. Was für ein feiger Arsch. Macht zwei Jahre mit mir rum und zieht dann den Schwanz ein. Dann dachte ich, was, wenn mich jemand von den Kollegen hier rumheulen sieht. Ich habe auf der Luxemburger Straße geparkt, nicht weit vom Brauhaus weg.«

»Sie sind ihm gefolgt«, stellte Magnus fest.

Sie nickte. »Er lief an meinem Auto vorbei, er hatte ein Stück vor mir geparkt und fuhr stadtauswärts. Er wohnt mit seiner Familie in Rondorf. Er fährt immer über den Militärring. Ich weiß gar nicht, ob er mich sofort bemerkt hat. Es war schließlich dunkel. Ich habe keine Ahnung, warum ich ihm hinterhergefahren bin. Vielleicht wollte ich nicht, dass er so einfach davonkommt.«

»Und dann ist er einfach so von der Straße abgekommen?«

»Es sah so aus«, sagte sie und wirkte plötzlich erschöpft. »Auf dem Militärring ist er schneller gefahren. Ich war dicht hinter ihm. Kurz vor einer Kreuzung zog er mit dem Wagen volles Tempo nach rechts in den Wald, und ich dachte, was macht er da? Dann gab es einen fürchterlichen Knall.« Sie begann zu weinen. Die nächsten Sätze konnte Magnus kaum noch verstehen. Nick tauchte aus der Dämmerung auf und lehnte seine Gitarre behutsam an einen Baumstamm.

»Sie hat kurz gewartet und ist danach weitergefahren, Meister«, sagte er. »Verstehst du jetzt?«

Magnus nickte langsam. »Unterlassene Hilfeleistung.«

Steffi schluchzte laut auf. »Ich war so wütend! Das geschieht ihm recht, habe ich gedacht. Außerdem, vielleicht ist er wegen mir plötzlich in den Wald gefahren?«

Magnus schüttelte den Kopf. »Nein. Und Sie hätten vermutlich auch nichts mehr für ihn tun können.«

»Woher willst du das wissen?«, fragte Nick.

»Ich weiß es einfach«, sagte Magnus und sah von einem zum anderen. Sie schwiegen. »Beendet die Geschichte und meldet euch bei der Polizei. Das hier«, er beschrieb mit der Hand einen Halbkreis über den Campingtisch – hat keine Zukunft.«

»Hast du vor, uns wieder zu verpfeifen?«

»Das wird nicht nötig sein. Er hat recht, Nick«, sagte Steffi. »Ich kann nicht mehr.«

Es war fast dunkel, als Magnus zum Volvo zurückging. Sein Handy lag noch auf dem Beifahrersitz. Er holte es aus dem Auto und checkte die eingegangenen Nachrichten. Dreimal Miriam, zweimal Benno. Nichts von Eliza. Er rief Miriam zurück.

»Magnus, Gott sei Dank, wo steckst du?«

»Stefanie Lindner wird sich gleich bei dir melden. Sie versteckt sich auf dem Campingplatz in Dünnwald. Ich habe sie durch Zufall gefunden.«

»Schön, dass du unsere Arbeit machst«, sagte sie. »An solche Zufälle glaube ich nicht. Weißt du zufällig auch, wo Marita Kaiser ist? Sie ist nicht zur Vernehmung erschienen. Ihre Kollegin hat uns von den K.-o.-Tropfen erzählt. Aber das weißt du sicher auch schon?«

Magnus legte auf. Er hatte keine Lust, sich mit Miriam zu streiten. Sicher, er hätte früher Bescheid geben müssen, aber immerhin hatte er einen ganzen Teil zur Aufklärung beigetragen und dafür gesorgt, dass Stefanie Lindner sich der Polizei stellte. Also bitte. Eliza hatte recht: Dafür wurde er nicht bezahlt. Er startete den Volvo, der ihn brav bis zur nächsten Ecke fuhr und dann mit einem letzten Stottern stehen blieb. Der Tank war bis auf den letzten Tropfen leergefahren. Magnus fluchte, schaffte es gerade so, den Wagen etwas an den Rand zu schieben und machte sich zu Fuß auf den Weg zurück zum Campingplatz. Steffi und Nick waren dabei, ihre Sachen zu packen, und sahen ihm erstaunt entgegen.

»Kannst du mir dein Rad leihen, Nick? Ich habe vergessen zu tanken. Eliza ist gerade nicht gut auf mich zu sprechen, ich will sie nicht bitten, mich abzuholen.«

»Wir können dich ein Stück mitnehmen«, bot Nick an. »Aber nur bis zum Präsidium.«

Magnus winkte ab. »Etwas Bewegung tut mir gut. Von hier aus bin ich schnell zu Hause.«

Von wegen schnell. Magnus war noch keine Viertelstunde unterwegs, da schnaufte er schon. Außerdem setzte ein leichter Nieselregen ein. Er erinnerte sich an seine guten Vorsätze, mehr Kondition aufzubauen. Jede Oma, die regelmäßig mit dem Rad zum Markt fuhr, hätte ihn überholen können. Auf der Severinsbrücke spielte er kurz mit dem Gedanken abzusteigen und zu schieben, aber sein Stolz ließ ihn durchhalten. Erleichtert ließ er sich auf dem Scheitelpunkt der Brücke endlich bergab rollen. Er entschied sich für den Weg durch die Südstadt und bog links auf die Severinstraße ein. Viele Autofahrer waren nicht mehr unterwegs, es war bestimmt schon nach elf. Das leise Brummen eines Dieselfahrzeugs kroch auf der Straße hinter ihm her, der Fahrer hatte zu wenig Platz zum Überholen. Magnus warf einen Blick über die Schulter und sah einen alten Kombi, der für seinen Geschmack zu dicht auf seinen Hinterreifen auffuhr. Magnus beschleunigte und fuhr geradeaus durch das Severinstor, das für Autofahrer nicht passierbar war. Der Kombi hinter ihm bog nach links ab. Magnus nahm eine Abkürzung durch den Volksgarten, den die Südstädter im Sommer in eine Grillwiese verwandelten. Schließlich bog er in die Straße am Bahndamm ein, an der die Polizeiwache lag, auf der er sich mit der netten Polizeikommissarin unterhalten hatte.

Ein vertrautes Brummen erklang hinter ihm. Magnus drehte sich um und bemerkte den Kombi von eben, der jetzt wieder hinter ihm her kroch. Warum kam ihm der Wagen so bekannt vor? Und warum überholte der Idiot ihn nicht? Hier war doch Platz genug, es gab kaum Gegenverkehr um die Uhrzeit. Magnus war nicht ängstlich, aber das Gewerbegebiet, das er durchradelte, war schon tagsüber keine Schönheit. Nachts, mit einem Fahrzeug im Rücken, erschien es unheimlich. Hinter der nächsten Ampelkreuzung verengte sich die Straße an einer Baustelle. Der Kombi blieb hinter ihm. Die nasse Straße reflektierte das Licht der Laternen, er hatte Mühe die Fahrbahnmarkierung zu erkennen. Ein Transporter kam ihm entgegen und blendete ihn mit den Scheinwerfern. Eine Viertelsekunde lang überlegte er zu warten, beschloss dann, dass auch mit Gegenverkehr genug Platz für die Durchfahrt war. Hinter ihm drängelte der

Kombi, der es plötzlich eilig hatte. Magnus drehte sich wütend um und reckte eine Faust. Der Wagen näherte sich bedenklich seinem Hinterrad und Magnus trat in die Pedale. Die Gegenfahrbahn war jetzt frei, und er wich nach links aus. Er zeigte dem Kombifahrer einen Vogel, als der rechts an ihm vorbeizog, laut hupend. Es war ein alter Passat mit Aufklebern auf dem Heck.

Dann gingen vor Magnus die Bremslichter an und die Aufkleber kamen in einem Sekundenbruchteil ganz nah. Es gab einen Schlag, als Magnus in das Heck des Autos fuhr und stürzte. Danach war es mit einem Mal schwarz um ihn herum. Er wurde wach, als ihn jemand an der Schulter berührte. Vor ihm erschien ein düsteres Gespenst, vom bleichen Licht einer Straßenlaterne umrandet.

»Es tut mir leid.«, sagte eine warme, dunkle Stimme.

Dann umfing ihn eine weiche Dunkelheit.

DIENSTAG, 5. MAI

»Papa wird wach. Guck mal, Eliza, er hat sich bewegt.«

»Magnus, Süßer, kannst du mich hören?« Eine warme Hand berührte ihn sanft an der Wange. Magnus schlug die Augen auf. Seine beiden Lieblingsfrauen beugten sich mit angespannten Gesichtern über ihn. Das Licht war zu grell, er schloss die Augen wieder und lächelte.

»Das hier ist ein Krankenhaus«, sagte er.

»Die Uniklinik. Siehst du, das habe ich doch gesagt. Mit seinem Kopf ist alles in Ordnung«, sagte Claras Stimme. »Er weiß bestimmt auch, wie er heißt und welcher Wochentag ist. Papa? Wie heißt du?«

Magnus begann zu lachen und hörte sofort wieder damit auf. Sein ganzer Bauchraum tat mörderisch weh.

»Magnus Meister. Heute ist Montag.«

»Na gut, Montag lassen wir gelten«, antwortete Claras Stimme. »Es ist nach zwölf und schon Dienstag, aber das konntest du nicht wissen, du warst bewusstlos.«

Magnus öffnete die Augen und sah Eliza an. Eine Träne lief ihr über die Wange. Sie wischte sie weg, als sie seinen Blick spürte.

»Schön, dass du wieder da bist«, sagte sie leise. »Das war ein Schock, dich hier zu sehen.«

»Bin ich schwer verletzt?« Magnus hob den Kopf und sah an sich hinunter, er trug keinen Verband. Er versuchte sich aufzusetzen, gab aber mit einem Stöhnen wieder auf. »Mir tut alles weh.«

»Du hattest voll Glück, Papa. Nur schwere Prellungen und eine fette Gehirnerschütterung. Und mir predigst du immer, ich soll beim Radfahren einen Helm aufsetzen.« Clara gähnte herzhaft.

»Lass ihn. Gemeckert wird später«, sagte Eliza. »Süßer, weißt du noch, was passiert ist?«

»Ein Volltrottel ist ohne Grund vor mir auf die Bremse gegangen. Ich bin ihm ins Heck geknallt«, sagte Magnus. »Danach weiß ich nichts mehr.«

»Eine Polizeistreife hat dich gefunden und direkt den Krankenwagen gerufen«, sagte Eliza. »Der Fahrer ist einfach weitergefahren. Kriminell, so etwas. Du hättest sterben können.«

»Ach was, Papa ist zäh wie Unkraut«, meldete sich Clara zu Wort. »Sagt mal, jetzt, wo wieder alles gut ist, kann ich nach Hause gehen? Ich will ins Bett.«

»Natürlich. Ich fahre dich schnell nach Hause und komme dann wieder«, sagte Eliza und erhob sich. Magnus fiel auf, dass sie genauso müde aussah wie Clara. »Miriam und Benno sind hier, sie holen sich gerade einen Kaffee draußen«, sagte sie zu Magnus und küsste ihn auf die Wange. »Bis gleich.«

»Bleib doch zu Hause und schlaf dich aus. Mit mir ist alles in Ordnung«, sagte er.

»Vergiss es«, sagte sie und schloss leise die Tür hinter sich. Magnus dämmerte sofort wieder weg.

Als er die Augen das nächste Mal aufschlug, standen Miriam und Benno am Fußende seines Bettes und betrachteten ihn besorgt.

»Meister! Endlich! Ich dachte schon, ich müsste mir einen neuen Mitarbeiter suchen«, witzelte Benno. »Warum fährst du Fahrrad? Du hast doch ein Auto!«

»Das hat Nick uns doch gesagt«, sagte Miriam gereizt. Sie hatte dunkle Ringe unter den Augen. »Sein Tank war leer.«

»Wozu gibt es Taxis?«, murrte Benno.

»Könntet ihr bitte aufhören zu streiten?«, sagte Magnus. »Ihr seid schließlich kein Paar mehr.«

Beide wurden wie auf Kommando rot. Magnus sah von einem zum anderen. »Habe ich was verpasst, als ich bewusstlos war?«

»Das ist gerade unwichtig«, wiegelte Miriam ab. »Gut, dass du wach bist. Hast du das Fahrzeug erkannt, das dich angefahren hat?«

»Genau genommen bin ich ihm ins Heck gefahren. Der Fahrer hat ohne Grund abrupt gebremst. Ich hatte keine Chance. Ein Kombi war das, schon älteres Baujahr.« Magnus dachte nach. »Ein alter Passat. Dunkle Farbe. Blau, vielleicht auch dunkelgrün. Viele Aufkleber am Heck.«

»Passat, bist du sicher? Hast du das Kennzeichen erkannt?« Magnus verneinte. Miriam runzelte die Stirn und dachte einen Moment nach, dann griff sie zum Handy und verließ den Raum.

»Was ist in der Zwischenzeit passiert?«, wandte sich Magnus an Benno. »Haben Nick und Steffi mit der Mordkommission geredet?«

Benno nickte. »Aber das ist noch nicht alles. Miriam hat dir doch gesagt, dass diese Sekretärin nicht zur Vernehmung erschienen ist, oder?«

Magnus kramte in seiner Erinnerung. Sein Schädel schmerzte. »Die Kaiserin. Was ist mit ihr?«

»Soviel ich weiß, haben sie einen Streifenwagen zu ihr nach Hause geschickt, aber sie war den ganzen Abend nicht da. Mitten in der Nacht hat Miriam befohlen, ihre Wohnung aufzubrechen, weil die Nachbarn merkwürdige Geräusche gehört haben. Sie muss sich über die Hausrückseite angeschlichen haben und so an der Streife vorbeigekommen sein. Miriam war stinksauer deswegen.«

»Hat sie gestanden, dass sie die K.-o.-Tropfen an sich genommen hat? Sie war es doch, oder?«

»Sie hat versucht, sich umzubringen, Meister. Ich glaube nicht, dass schon jemand mit ihr sprechen konnte. Sie liegt momentan mit ausgepumptem Magen hier in der Klinik zur Beobachtung. Mehr weiß ich auch nicht.«

Magnus schwieg. Die Kaiserin entzog sich auf der ganzen Linie. Sie floh vor der Vernehmung und beging anschließend einen Selbstmordversuch. Deutlicher konnte man sich nicht zum Verdächtigen machen. Aber gesetzt den Fall, sie hätte es irgendwie geschafft, Axel Hammer K.-o.-Tropfen zu verabreichen – was war ihr Motiv? Und warum wollte sie sich anschließend umbringen? Er verstand gar nichts mehr. Was hatte er übersehen? Sein Kopf brummte, und er schloss erschöpft die Augen. Als Miriam den Kopf zur Tür hereinsteckte und Benno leise heranwinkte, schlief Magnus schon wieder fest.

Mitten in der Nacht wurde er wach. Bis auf eine trübe Notbeleuchtung war es dunkel im Zimmer. Er musste dringend auf Toilette. Leise Atemzüge zeigten ihm an, dass er nicht alleine war. Eliza war auf dem Stuhl neben seinem Bett eingeschlafen und rührte sich nicht. Das zweite Bett in seinem Krankenzimmer war leer.

Magnus versuchte aufzustehen, aber jeder Muskel an seinem Körper schien sich gegen ihn verschworen zu haben. Schließlich schaffte er es, sich hinzustellen. Er sah an sich herunter. Als er bewusstlos war, hatte ihm jemand einen uralten, bequemen Trainingsanzug und Wollsocken angezogen. Eliza vermutlich. Benommen blieb er einen Moment stehen, dann tastete er sich vorsichtig zur Tür. Weit konnten die Patienten-WCs nicht entfernt sein, schließlich war das hier eine Unfallchirurgie und kein Sportplatz. Auf dem Gang spähte er nach links und rechts, bis er das richtige Schild fand.

Als er wieder vor seiner Zimmertür stand, zögerte er. Die Kaiserin lag bestimmt auf der Station Innere Medizin, wenn man ihr den Magen ausgepumpt hatte, oder? Er schlich sich zurück bis zur nächsten Verbindungstür, vorbei am Zimmer der Stationsschwestern, die ihn nicht bemerkten, und las die Hinweisschilder. Jeder Schritt tat ihm weh. Er war im ersten Stock des Bettenhauses, Marita Kaiser lag vermutlich im dritten. Ihm wurde einen Moment lang schwindelig, und er musste sich an der Wand festhalten. Wie sollte er sie überhaupt finden? Die Idee war schwachsinnig. Er war kurz davor umzukehren, da hörte er ein leises Summen ein paar Meter entfernt, und mit einem kurzen Klingeln hielt der Fahrstuhl auf seiner Etage an. Ein Pfleger stieg aus und verschwand zügig in den Gang nach links. Er hatte Magnus nicht gesehen. Magnus schleppte sich bis zum Aufzug und drückte auf den Knopf für die dritte Etage. Wenn ihn jemand vom Personal in diesem alten Trainingsanzug und auf Socken durch die Gänge schleichen sah, würde man ihn wahrscheinlich in die Psychiatrie einweisen, dachte er.

Marita Kaiser zu finden erwies sich als Kinderspiel. Ihr Zimmer war das einzige, neben dem ein junger Polizist Wache schob. Oder besser gesagt: Wache schieben sollte, denn er war eingenickt. Sein Kopf lehnte an der Wand, und er schnarchte in unregelmäßigen Abständen. Die Tür stand offen, und Magnus spähte vorsichtig in das Zimmer hinein. Nur das vordere Bett war belegt. Selbst in der trüben Beleuchtung erkannte er die Kaiserin sofort. Sie lag auf der Seite und sah ihm gerade ins Gesicht, als ob sie ihn erwartet hätte. Magnus schloss die Tür leise hinter sich und ließ sich auf einen Stuhl am Fußende des Bettes fallen.

»Sie leben noch«, sagte sie mit verwaschener Stimme.

»Sie auch«, sagte Magnus.

»Leider«, erwiderte sie und begann zu weinen.

Magnus war verlegen. Es gab nichts, womit er sie hätte trösten können oder wollen. »Sie haben Hammer die K.-o.-Tropfen verabreicht«, stellte er fest. »Was hatten Sie gegen den Mann?«

Sie stieß ein brüchiges Lachen hervor und versuchte, sich im Bett aufzurichten. »Das ist eine sehr lange und sehr alte Geschichte.« Sie wischte sich die Tränen aus dem Gesicht.

Magnus dämmerte etwas. Das Foto von der hübschen Brünetten mit den zwei Katzen tauchte vor seinem inneren Auge auf. »Sie waren früher ein Paar?«

»Das hätten Sie nicht gedacht, oder? Die fette, alte Kuh zusammen mit dem Abteilungscasanova.« Die Kaiserin stopfte sich ein Kissen ins Kreuz und trank einen Schluck Wasser. Magnus zuckte schuldbewusst die Achseln. Das war ihm tatsächlich nicht in den Sinn gekommen. Er rechnete schnell zurück. Beide hatten im Jahr 2000 in der Bauabteilung angefangen. Marita Kaiser war zu dem Zeitpunkt 34 gewesen, Axel Hammer 27.

»Er ist mir nachgelaufen wie ein Hündchen«, sagte sie. »Ich habe mich irgendwann darauf eingelassen. Es gibt in meinem Leben nichts, was ich so sehr bereut habe.« Sie tastete auf dem Nachttisch nach ihrer Brille.

»Aber er hat 2003 die Abteilung verlassen«, sagte Magnus.

»Genau aus diesem Grund«, sagte sie und setzte sich die Brille auf. »Er war damals noch nicht lange verheiratet. Seine Frau war mit der älteren Tochter schwanger. Was zu diesem Zeitpunkt niemand wusste – ich war auch schwanger.«

»Axel Hammer hat ein Kind mit Ihnen?«

»Er wollte nicht. Ich habe abgetrieben. Aber ich habe es nicht gut verkraftet.« Sie schloss die Augen und schwieg.

Magnus kam ein Gespräch auf dem Nüssenberger Hof in den Sinn. Zwei ältere Damen am Biertisch. War nicht sogar von Antidepressiva die Rede gewesen? Ihm ging ein Licht auf. »Sie haben sie belauscht an dem Abend, richtig? Stefanie Lindner und Axel Hammer, meine ich.«

Sie nickte. »Ich habe es mir nicht ausgesucht, glauben Sie mir. Ich habe ein paar Minuten vor ihnen die Feier verlassen und mochte noch nicht nach Hause gehen. Ich wollte in Ruhe einen Espresso trinken. Sie kamen schon laut streitend zur Tür herein und haben mich nicht bemerkt, ich saß mit dem Rücken zu Ihnen.«

»Und dann haben die beiden das gleiche Gespräch geführt, das Sie mit Axel Hammer vor vielen Jahren hatten?«, riet Magnus.

Die Augen der Kaiserin wurden schmal. »Fast wortwörtlich. Dieses Schwein.«

Die Zimmertür schlug krachend an die Wand. Miriam stand mit flammendrotem Gesicht und einem sehr verlegenen jungen Polizisten im Türrahmen. Sie brüllte ohne Vorwarnung los: »Bist du jetzt total durchgeknallt? Sie wollte dich eben umbringen!«

Magnus erhob sich schwerfällig von dem Stuhl, ihm wurde sofort schwindelig. »Miriam, Frau Kaiser will dir eine Geschichte erzählen.«

»Wenn du im Krankenhaus herumspazieren kannst, kannst du auch den Tisch abräumen und die Abendrunde mit dem Hund gehen«, sagte Eliza und verschränkte die Arme vor der Brust. Magnus hatte sie schon oft wütend erlebt, aber noch nie so lange am Stück. Das war der erste zusammenhängende Satz, den Eliza an ihn richtete, seit sie heute Morgen mit einer Packung Schmerzmitteln und guten Genesungswünschen aus dem Krankenhaus zurückgekehrt waren. Der Grund war nicht schwer zu erraten. Wie konnte er es wagen, sich freiwillig in Lebensgefahr zu bringen? Dass er sich nicht mit Absicht auf dem Fahrrad umnageln ließ oder dass Marita Kaiser im Krankenbett keine Gefahr für ihn darstellte, war ihr nicht zu vermitteln, also versuchte er es gar nicht. Stattdessen rief er Remus zu sich und versuchte ihn anzuleinen. Der

Hund umkreiste ihn aufgeregt und war sichtlich erfreut, ihn wiederzusehen. Wenigstens einer, dachte Magnus und trat hinaus in den kühlen Maiabend.

Er las auf dem Weg zum Park eine SMS von Sven und lächelte. »Gute Besserung, Meister. Wann spielen wir wieder ein richtiges Konzert? Grüße auch von den anderen. Morgen Probe?«

Magnus antwortete »Danke. Bald. Ja« und machte Remus von der Leine los. Sein Handy klingelte. Er hatte keine Lust auf Gespräche, überlegte es sich aber anders, als er Miriams Namen auf dem Display erkannte.

»Ich nehme an, du willst den Rest der Geschichte hören«, sagte sie. »Marita Kaiser hat das ganze Fläschchen mit den Tropfen in Hammers Glas gekippt, als er kurz auf Toilette war, und ist dann gegangen, ohne zu bezahlen. Dass er noch ein Stück damit fahren konnte, war ein Wunder.«

Magnus pfiff durch die Zähne und dachte nach. »Ist das eigentlich Mord?«, fragte er.

»Gute Frage«, sagte sie. »Wenn sie einen guten Anwalt hat, kann er auf Körperverletzung mit Todesfolge plädieren. Oder wenigstens auf verminderte Schuldfähigkeit. Damit muss ich mich zum Glück nicht mehr beschäftigen.« Es war einen Moment still in der Leitung. »Danke übrigens. Gute Vorarbeit.«

Magnus merkte, dass ihr das Kompliment schwerfiel und grinste in sich hinein. »Gern geschehen«, sagte er. Auf dem Rückweg durch den Park beobachtete er ein Entenpaar, das friedlich auf dem Teich paddelte. Ihm kam eine Idee, wie er sich wieder mit Eliza versöhnen konnte. Er rief den Hund zu sich und schlenderte über die Luxemburger Straße zum Blumengeschäft an der Bahnhaltestelle. Eine Minute vor Geschäftsschluss kaufte er den Eimer mit den roten Rosen leer und machte sich auf den Heimweg. Heute war ein guter Zeitpunkt, um seiner Frau einen Antrag zu machen.

ENDE

DANKSAGUNG

Von wegen alleine im stillen Kämmerlein schreiben: Autoren müssen genial sein oder Teamplayer. Sucht euch etwas aus. Hier kommt in loser Reihenfolge mein Dank an diejenigen, ohne die Magnus Meister nie ermittelt hätte. Meine Ideengeber und Testleser: Claudia Behr, Silke Laws, Carolin Gaissert, Thomas Pape, Uli Hacke, Annette Harbaum, Bettina Burghardt, Nicole Sassenscheid, Heinz-Peter Schnatz. Egal ob es eure Ideen zum Plot, zu den Figuren oder Durchhalteparolen waren – alles hat geholfen. Motivationshilfe Nummer 1: Mein Mädels-Stammtisch. Ihr seid die Größten. Dank an die Autorengruppe Lux 352 für euer Feedback.

Zum Thema Musik haben mich Bodo Hüppeler und Günther Götz inspiriert. Keine Sabotage am Bau ohne fachlichen Input: ich bedanke mich bei den REWE-Kollegen Oliver Leu und Rainer Vongerichten. Bei Thorsten Sassenscheid für einen Rundgang mit Helm und vielen Tipps. Alle haben geduldig meine Fragen beantwortet. Philipp Thoma hat medizinischen Rat beigesteuert, Stefanie Scheibe Hilfestellung bei der polizeilichen Ermittlungsarbeit. Ratschläge, auf die ich nicht gehört habe, und fachliche Fehler im Buch gehen allein auf meine Kappe. Dank an die Freunde und Kollegen, die ein Ohr und Zeit für mich hatten. Christiane Preisen hat geniale Vertriebsideen und Tanya Hofmann schießt Fotos, auf denen ich mir gefalle.

Dank an das gutgelaunte und kompetente Team beim Gmeiner-Verlag: so macht Schreiben Spaß. Besonderen Dank an meine Lektorin Claudia Senghaas, deren Begeisterung mich von Anfang an ermutigt hat. Von ihrer Geduld ganz zu schweigen.

Lieber André Hille, wenn du das liest, weißt du, dass du alles richtig gemacht hast. Danke für deine gute Agenten-Spürnase, die professionelle Betreuung und deine Geduld bei nervigen Anfängerfragen am Wochenende.

Das größte Dankeschön geht an meinen Mann, Achim Gassen. Man braucht einen langen Atem: Leere Kühlschränke, nicht gekochte Essen, fragwürdige Fernsehserien und lange Phasen geistiger Abwesenheit. Du hast ihn.

Susanne Grulich, Mai 2017